시간의 다락

읽히지 않는 책들에게

송인자 산문

시간의 다락

읽히지 않는 책들에게

생각나눔

그리운 어머니와 남편 조충연 님께 이 책을 바칩니다.

여기 작고 허름한 나의 다락을 보여 드립니다.

다락은 매우 사적이고 내밀한 공간이라서 오픈하는 일이 쉽지는 않았습니다. 나의 다락에는 오래된 사진과 편지, 아이들의 일기장, 잊고 싶지 않은 것들을 모아 놓은 상자들이 있습니다. 시간의 바닷가에서 주운 것들입니다. 예쁜 돌멩이나 투명한 유리 조각, 조개껍데기 같은 작고 소소한 것들이지요. 때로는 이 작은 것들이 너무 반짝거려서 혹시 금이 아닐까, 다이아몬드가 아닐까 아주 우아한 의심을 품기도 했습니다. 이곳저곳 아프게 다쳐가면서 어렵사리 주운 것들도 있고, 별다른 이유 없이 그저 좋아한 것들도 있습니다. 나에게 그건 단순한 추억 상자가 아니었습니다. 오래 들여다보고 만지작거렸던 소중한 이야기 상자였습니다. 그것들은 기쁨, 탄식, 다짐, 뒤늦은 깨달음으로 매번 새롭게 다가왔던 것들입니다. 어쩌면 내겐 일종의 밥 같은 것인지도 모릅니다. 별맛은 없지만 나를 살게 하는 어떤 것들이었습니다.

우리는 모두 한 권의 책입니다. 책에는 각자 살아온 이야기가 있습니다.

내 어머니와 남편이라는 소중한 책을 제대로 읽어 본 적이 없다는 걸 그들이 내 곁을 떠나고 나서야 뒤늦게 알게 되었습니다. 나는 어머니의 사랑이나 남편의 신실했던 삶의 모습이 너무 쉽게 잊히는 것이 안타깝고 미안합니다.

나라도 기억하지 않으면 아무 의미 없는, 읽히지 않는 책이 되고 말 것 같아서입니다.

나 역시 읽히지 않는 책입니다. 한 사람이라는 책을 온전히 읽는 일은 생각보다 어렵습니다. 너무 평범하거나 재미없어서, 사느라 바쁘고 언제라도 읽을 수 있을 것 같아서. 세상에서 주목받는 눈부신 책들을 읽느라 등등 책을 읽지 못하는 이유를 얼마든지 댈 수 있습니다.

읽히지 않는 책들이라고 해서 읽을 가치가 없다고 말할 수 있을까요? 그럴 리가 없습니다. 어떤 사람이라도 그 사람만이 해 줄 수 있는 이야기가 있습니다. 우리는 세상에 하나밖에 없는 고유한 이야기를 담고 있는 '책'입니다.

나는 읽히지 않는 책들의 이야기를 조금이라도 더 많이 듣고 싶습니다. 되도록 찬찬히, 제대로 읽어 보고 싶습니다. 그러기 위해서 먼저 나의 이야기를 꺼내 놓습니다.

나의 다락을 둘러보고 실망할지도 모르겠습니다. 아니면 자신들의 그것과 너무 비슷해서 놀라기도, 또는 이런 것도 있었네 하면서 신기해할 수도 있겠지요. 용기를 내서 나의 다락을 오픈하긴 했지만 잘한 일인지 모르겠습니다. 하지만 이제 와서 어쩌겠어요. 덕분에 나는 청소도 하고 정리도 하고, 오래 묵힌 숙제 하나를 잘 해낸 것 같습니다.

　사실 다락은 아이들이 좋아하는 곳이지요.
　언젠가 장난꾸러기 아이들이 나의 다락을 구석구석 헤집고 다니는 그런 꿈같은 일이 벌어지면 얼마나 좋을까요.
　읽히지 않는 책들에게 마음을 담아 다정한 인사를 전합니다.

2022년 10월
읽히지 않는 책, 송인자 올림

차례

Ⅰ. 위로의 기술

Ⅱ. 사랑을 가졌어라

Ⅲ. 어린 왕자를 좋아하세요?

Ⅳ. 내 생애의 아이들, 그들이 사는 세상

V. 산책길에서 마주친

VI. 파리로 가는 길,
　　에피소드 인 유럽

I
위로의 기술

날개가 되어준 말

　　　　　　'옷이 날개'라는 말이 있지만, 옷보다 더 날개라고 할 수 있는 것은 '말'이 아닐까 하는 생각이 든다. 말 한마디로 천 냥 빚을 갚기도 하고, 품위 있고 고운 말씨는 사람을 돋보이게 한다. 다른 사람에게서 들은 칭찬이나 격려, 또는 위로나 제안이 오래도록 가슴에 남는 경우가 있다. 그런 말들은 흘러가고 사라지는 많은 말 속에서 새롭게 채워지고 단단해져서 점점 빛이 나는 말로 누군가에게 날개가 되어주기도 한다.

　TV에서 「오프라 윈프리 쇼」를 우연히 보았다. 미국 사회에서 영향력 있는 인물 중 한 명인 오프라는 '개천에서 난 용'의 전형적인 사례로, 드라마틱한 스토리를 가지고 있다. 본인이 유명해지기 전 가난했던 시절에 얼마나 고생했는지 말할 줄 알았는데, 다소 엉뚱하게도 「컬러 퍼플」이라는 스필버그 감독의 영화에 출연했던 얘기를 했다. 아주 짧은 대사를 하는 단역이었다고 한다. 엔딩 크레딧에 출연했던 사람들 이름이 줄줄이 올라오는데 글쎄 자기 이름, '오프라 윈프리'는 아무리 찾아도 없더란다. 몹시 실망한 나머지 울고만 싶었는데, 그런 그녀에게 같이 출연했던 남자 배우가 다가와서 "괜찮아. 지금 많이 섭섭하겠지만, 네 인생은 앞으로 눈이 부시게 빛날 거야."라고 말해 주었다고 한다. 그 말이 너무도 고맙고 기뻐서 아직까지 기억하고 있다며, 자기는 그 말에 힘을 얻어 오늘의 오프라 윈프리가 될 수 있었다는 얘기였다. 울고 있던 그녀에게 다가와 그렇게 진심 어린 말로 날개를 달아준 남자 배우가 누구였는지는 모르겠다. 하지만 멋진 사람인 것은 분명해 보인다. 그 말을 해준 사람도 대단하지만, 그 말을 액면 그대로 믿은 그녀가 더 대단해 보인다. 그런 경우 나라면 십중팔구 '그냥 하는 소리겠지. 힘내라고 위로 삼아 하는 말이겠지…'라며 가볍게 흘려들었을 텐데 말이다.

아무리 좋은 말이라도 듣는 사람의 마음 상태에 따라 무가치하게 버려지기도 하고, 때로는 보석처럼 오래 간직하고 싶은 말이 되기도 한다. 그때의 아쉬움을 담아 그 영화를 뮤지컬로 만들기도 했던 오프라는 그날 방송에서 기어코 「컬러 퍼플」엔딩 화면에 자기 이름을 편집해 띄우는 영상을 보여줘 모두를 웃게 했다.

내게도 날개를 달아준 말들이 있다. 이제야 하는 말이지만 오래전부터 마음 한구석에 글을 쓰고 싶다는 생각이 있었다. 하지만 누구에게도 그런 말을 입 밖에 낸 적은 없었다. 감히 꿀 수 없는 꿈이라고 생각했고, 그건 매우 부끄러운 일이어서 절대 들켜서는 안 되는 것이었다. 그런데 어느 날 제자였던 Y가 느닷없이 나에게 글을 써보라고 하는 것이 아닌가. 더구나 책을 내주겠다는 것이다. 평소에 말수가 적고 다소 쿨한 느낌의 Y가 한 번도 아니고 여러 번 이런 말을 한 것은 의외였다. 그 후로도 채근하듯 사진도 넣고 글을 모아 책을 만들자는 얘기를 했다. 가슴이 쿵쾅거리면서 어떻게 이런 말을 할 수가 있는지 놀랍고 말할 수 없이 기뻤다. 글쓰기라는 힘겹지만 즐거운 도전을 하게 된 것은 순전히 Y의 응원 덕이다.

여덟 번의 혹독한 항암 치료 중일 때, 내 주위의 많은 사람이 겉으로는 표현하지 않아도 무척 조심스러워하며 걱정하는 눈길로 나를 바라보았다. 그때 Y가 나를 「팬텀싱어」의 크리스마스 콘서트에 데려가 주며 "산티아고에 같이 가요. 전 일정은 힘들겠지만 짧은 구간은 괜찮을 거예요."라고 했던 말을 잊을 수 없다. 당시 산티아고 순례길을 가고 안 가고를 떠나서 이보다 더 나를 행복하게 한 말은 없었다. 누구라도 걱정하고 멀리할 수밖에 없는 암 환자에게 어떻게 이런 제안을 할 수 있단 말인가? 심장이 관통당한 느낌이랄까? 그 말 한마디는 지옥 같았던 항암 치료 과정을 견딜 수 있게 해준 아주 고맙고 소중한 선물이었다. 이렇게 믿어주고 힘을 주는 말은 부모나 친구, 혹은 선생님을 통해서 듣게 되는데, 내 경우는 어떻게 된 게 거꾸로였다. 믿기지 않겠지만 17살 소녀였던 제자가 40년 전에 만났던 선생님에게 건넨 말이다.

Y는 매우 뛰어난 학생이었으며, 서울대 의대를 다니다 노동운동으로 투옥되고 제적당한 후 다시 복학해 졸업했다. 그 후 한의학을 공부해 『한의학 탐사 여행』이란 책도 펴내고, 서울대에서 이례적인 한의학 강의를 하기도 했다. 어려운 의학 공부를 20여 년 동안 했고, 지금은 의사와 한의사 면허 둘 다 가지고 있는 교수다. 많은 선생님이 Y를 공부 잘하는 학생으로 기억하겠지만, 나는 Y를 책 좋아하고 음악과 영화를 좋아하는 유난히 눈이 반짝였던 아이로 기억한다.

2018 동경. 아라카와 전차. 매우 느리고 다정하다.
거동이 불편한 한사람을 위해 얼마든지 기다려줄 수 있는 기차라니…

산티아고 순례는 결국 불발로 그쳤지만, 대신 우리는 3박 4일 일정으로 일본 여행을 다녀왔다. 신주쿠에 숙소를 정하고 여기저기 다녔다. 「라이온 킹」 뮤지컬을 보고, 신주쿠 교엔의 놀랍도록 크고 아름다운 정원이며, 하코네와 후지산 습지 공원을 돌아다녔다. 아라카와 전차를 타고 오래된 마을의 작은 역에 내려서 마을 시장도 둘러보면서 하루에 이만 보 이상을 걸었다. 항암 치료가 막 끝나고 머리카락이 하나도 없을 때였다. 인생의 어두운 바닥에서 수치와 고통을 겪고 있을 때 내게 안겨준 이 따뜻한 동행을 절대 잊을 수 없다. 빨간 머리 앤이 보육원에서 만날 구박만 받고, 변변한 옷도 없이 초라한 행색으로 살다가 매튜 아저씨가 선물한 퍼프소매의 아름다운 옷을 받고 행복했던 그런 마음이랄까?

내가 과연 글을 쓸 수 있을지 몰라 겁만 내고 있을 때, 내가 남들처럼 다시 여행을 갈 수 있을까 걱정하고 있을 때 글을 쓸 수 있게 되고, 여행을 갈 수 있게 된 건 "책 내드릴게요", "산티아고에 같이 가요."라는 아무 근거도 없이 그저 믿어주었던 따뜻한 말 때문이었다. 칭찬하는 말도 좋지만, 진심으로 믿어주는 말이 힘이 된다. 허물이 많고 부족해도 기다려 주고, 최고의 모습을 기대하며 전폭적인 지지를 보내는 말은 얼마나 아름다운가?

'아이를 맡긴다면 너에게 맡기고 싶어', '너는 내 일처럼 기뻐해 줄 사람이야', '당신 옆에서 살고 싶다.' 이런 말을 듣는다면 훨훨 날아갈 듯 기쁠 것 같다. 누군가에게 날개가 될 수 있는 말을 건네는 사람은 정말 특별하거나 아니면 날개를 가진 천사이거나 둘 중 하나다. 아무래도 나는 운 좋게 천사를 만난 것 같다.

▲ 1979 경복궁. 교실이 아닌 고궁에서
제자와 즐거운 데이트

▲ 2018 후지산, 40년 세월을 함께 하면서
이젠 친구가 되어준 제자

위로의 기술

          위로가 필요하지 않은 때는 한 번도 없었다. 그러나 요즘처럼 위로가 절실했던 때가 또 있었나 싶다. 고된 노동으로 생계를 꾸려야 하는 사람도, 관계의 어려움으로 고통스러운 사람도, 외롭거나 아픈 사람, 코로나19로 유례없는 어려움을 겪고 있는 우리 모두는 위로가 필요하다. 위로가 이렇게 절실한데도 위로하는 일이 왜 이렇게 여전히 서툴고 어렵게만 여겨질까?

  '위로'라고 하면 으레 따뜻한 말을 생각한다. 뜻밖에도 그 따뜻한 말이 때로는 위험할 수도 있다. 힘든 사람에게 쏟아지는 관심과 위로의 말이 견딜 수 없는 고문이 되기도 한다. 남편과 아들을 떠나보낸 박완서 작가는 얼마나 힘들었으면 조문에서 벗어나는 것이 구원이라고 했겠는가. 성급하게 위로하기보다 때로는 모른 척 내버려 두거나 잠잠히 기다려 주는 것이 좋을 때가 있다. 좋은 위로에는 진정성과 따뜻함이 있어야겠지만, 그것만으로 충분하지 않을 때도 있다. 집중해서 잘 듣고 섬세하게 살피지 않으면 엉뚱한 말로 위로는커녕 실망과 상처를 안겨주게 된다. 괜찮은 위로였던 것 같은데 오히려 상처를 주기도 하고, 관계가 소원해지기도 한다.

  빨간 머리 앤이 길버트에게 건넨 위로가 생각난다. 길버트의 아빠가 돌아가셨다. 앤은 아빠를 잃고 혼자 남겨진 길버트를 위로하고 싶다. 섬세하고 총명한 앤이 생각 없이 가벼운 위로를 건넬 리가 없다. 어떤 말로 친구의 슬픔을 다독여줄 수 있을까 오래 생각했을 것이다. 앤은 부모의 사랑을 받아본 적도, 부모가 어떤 사람인지도 모르는 불행했던 자기 처지를 얘기해 준다. 너는 아빠의 사랑을 충분히 받았으니 나보다 훨씬 낫지 않느냐고 그러니 힘을 내라고 말한다. 자기가 겪었던 고통을 얘기해 주면 길버트가 위로받을 줄 알았는데, 길버트는 위로받기는커녕 버럭 화를 낸다. "내가 왜 네 기준으로 살아야 해?"라는 길버트의 말에 앤은 놀라고 무안해져서 어찌할 줄 모른다. 앤도 자기의 고통스러웠던 과거를 얘기한다는 것이 쉽지 않았을 것이다. 앤의 위로는 실패한 것처럼 보인다. 슬픔이나 아픔을 겪는 사람은 예민해지기 쉽다. 울음이 그치기 전까지는 사실 어떤 말도 제대로 들리지 않는다. 그들의 고통이 때로는 무기가 되기도 한다. 그 일 후로 둘은 한동안 말도 하지 않고 서먹하게 지낸다. 길버트는 앤의 진심 어린 위로의 어디가 그렇게 마음에 안 들었던 걸까?

나도 앤처럼 위로에 서툴거나 어떡해야 할지 막막할 때가 있다. 아무리 애정이 어린, 진실한 위로라 해도 위로받는 사람이 불편하다면 다시 생각해야 한다. 위로에 대한 정답이 따로 있는 것 같지는 않은데 오답으로 처리해야 할 것 같은 위로들이 있다.

갑자기 아버지가 돌아가셔서 어쩔 줄 모르는 친구의 아들에게 "나는 자네 나이 때 부모 모두를 잃었어. 그래도 다 살게 돼 있어." 사춘기 아들이 가출해서 하루하루 피 말리는 고통 중에 있는 어미에게 "속 안

썩이는 애들이 어디 있어? 애들은 다 그래. 적어도 너는 먹고사는 문제로 걱정할 일은 없잖아. 너보다 힘든 사람이 많다는 걸 잊지 마." 항암 치료 중인 사람에게 불쑥 전화해서 "얼마나 힘드세요. 지금 몇 기래요?" 남편 때문에 마음이 다쳐 속이 쓰린 친구에게 "그러게 내가 뭐랬어? 처음부터 만나지 말라고 했잖아. 세상에서 너같이 불쌍한 사람도 없어." 오래 일하고 정년퇴직한 아버지에게 "아빠 힘내세요. 좋은 일자리 곧 나올 거예요."

이런 위로들은 얼핏 모양새는 갖추었는지 몰라도 '아무래도 이건 아닌데…'라는 애매한 느낌이 있다. 충고나 제안, 호기심, 동정으로 들리는 말은 특히 조심해야 한다. 심한 경우 불쾌하고, 화가 나기도 하고, 상처에 소금 뿌린 듯 쓰라린 느낌이 들 수도 있다. 딱히 어디가 잘못된 건지 꼬집어 말하기도 어렵다. 문제는 이런 말들을 건네고도 상대를 잘 위로했다고 착각하는 경우가 많다는 것이다.

어머니가 돌아가셨을 때 많이 힘들었다. 세상이 무너진 것 같았다. 오히려 시간이 지나면서 울음이 불쑥 터질 때가 많았다. 그때 친구가 내 어머니에 관한 얘기를 들려주었다.

"난 따뜻한 어머니를 가진 네가 늘 부러웠어. 내가 출산을 앞두고 있을 때 너희 어머니가 우리 집에 오신 적이 있는데, 돼지고기를 사다 주시면서 이걸 먹으면 아이 낳을 때 순산한다더라 하셨어." 아마 친구의 친정집이 멀어서 가까이 살던 나의 어머니가 마음을 써주신 듯하다.

"어느 추운 겨울날 너희 집에 갔었어. 네가 없었지. 그냥 돌아가려고 하는데 어머니께서 잠깐 들어오라고 하시곤 내 꽁꽁 언 발을 아랫목에서 한참 손으로 주물러 주시는 거야...”

친구가 들려준 어머니에 대한 이런 얘기들이 슬픈 마음을 달래주었다. 다른 사람을 통해 듣게 된 내가 사랑했던 사람에 관한 이야기가 다른 어떤 말보다 힘이 됐던 기억이 있다. 마치 우는 아이에게 건넨 사탕 한 알, 떨리는 어깨 위에 걸쳐진 따뜻한 담요와 같은 위력이 있었다.

사실 나는 위로했던 일보다 위로받았던 기억이 훨씬 많다. 아파서 기운을 못 차릴 때 친구가 와서 끓여준 꽃게탕, 손수 담가 가져온 동치미, 김장김치, 밑반찬 같은 음식들이 오래오래 생각난다. 음식에 담겨있는 정성과 수고에 대해 어떻게 말로 간단히 고마운 마음을 전할 수 있을까. 힘들 때 괜찮은지 물어봐 주고, 먼 길에도 한달음에 달려와 함께해 주고, 기도해 주고, 회복하는 모습을 자기 일처럼 기뻐해 줄 때 진심 어린 위로를 느꼈다.

우리는 타인의 슬픔이나 고통을 감히 알 수 없다. 겪어보지 않고는 알 수 없는 것, 어느 나이에 이르기 전에는 도저히 알 수 없는 것들이 있다. 안타깝게도 우리가 건네는 위로는 자칫 피상적이거나 추상적인 것에 그치기 쉽다. 누굴 위로한다는 것은 그래서 늘 어렵다. 어쩌면 위로의 기술이 따로 있는 게 아닐지도 모른다. 누군가 넘어져 있을 때 손잡아 주는 것, 그의 아픔이나 슬픔에 집중하면서 섬세하게 마음을 헤아려 주는 것, 그냥 함께 있어주는 것, 그의 상실을 오래 기억해 주는 것, 잃었던 웃음을 찾아주는 것. 작아도 구체적인 도움을 주는 위로가 좋다. 역시 쉽지 않은 일이다.

자세히 들여다보면 우리 모두 어느 한구석은 불쌍한 모습을 하고 있다. 서로의 눈물을 보면서 '나만 힘든 게 아니었구나. 너도 힘들었구나.' 새삼 알게 되는 일이 생각보다 많다.

2014 슬로베니아. 블레드섬의 작은 성당의 십자가에서 위로를 보았다.

▲ 2016 터키. 빨간포피가 피어있는 히에라폴리스. 폐허에 가득한 고요의 힘.

▲ 2021 분당 중앙공원. 사라지는 것들이 보여주는 투명한 아름다움.

백만 송이 꽃은 피고

「백만 송이 장미」라는 노래가 있다. 우리 가요, 트로트인 줄 알았다. 그런데 라트비아의 노래다. 러시아 가수 알라 푸가초바가 부른 곡을 심수봉이 가사를 바꿔 노래한 것이다. 누구나 한 번쯤 들어보았을 노래다. 『모래시계』의 주제곡과도 비슷한 느낌이다. 일단 슬픔이 밑바닥에 한 자락 깔려있고, 마음을 파고드는 묘한 구석이 있다.

『복면가왕』의 음악대장 하현우가 불렀을 때 전혀 새로운 노래처럼 다가왔다. '어머, 이런 노래였어?' 같은 노래, 그런데 다른 느낌이다. 아무튼 신선했다. 한때 푹 빠져 보았던 『나의 아저씨』 드라마 OST에 나오는 고우림의 노래도 좋지만, 나는 하현우의 노래가 더 좋다. 이전과 달리 가사 하나하나가 정확히 들렸다. 가사가 가슴 깊은 곳을 건드린다. 세상에 태어날 때 작은 음성 하나 들었는데, 사랑을 주고 오라는 것이다. 진실한 사랑을 할 때만 피어나는 꽃이 있는데 열심히 사랑해서 백만 송이 꽃을 피우라고, 미워하지 말고 아낌없이 주기만 하라고. 그래야만 그립고 아름다운 내 별나라로 갈 수 있다는 내용이다.

첫 구절부터 심상치가 않다. 아기가 세상에 태어나면 '건강하고 행복하게 자라라', '너는 사랑 받기 위해 태어난 사람이야.'라고 말하는 게 보통이다. 그런데 이게 웬일인가? 사랑을 주고 오라니. 사랑받기 위해 태어난 것이 아니고, 사랑을 주기 위해 태어난 것이란다. 더구나 진실한 사랑을 할 때만 피어나는 사랑의 장미를 무려 백만 송이나 피워 오란다. 아무리 노래 가사라지만 백만 송이는 너무 심한 거 아닌가 하면서, 하릴없어 심심한 나는 그럼 하루에 대체 몇 송이를 피워야 하나 계산기로 두드려보았다. 백 살을 산다고 치면 일 년에 일만 송이, 하루에 삼십 송이 정도는 피워야 한다는 계산이 나왔다.

2018 덕수궁. 백일홍(배롱나무)이 피어야 여름이 완성된다.

나는 지금까지 몇 송이의 꽃을 피웠을까? 되짚어 보면 내 인생에도 꽤 많은 꽃이 피었을 것 같다. 내가 사랑을 하기 시작한 것은 아마도 엄마 생각을 하면서부터가 아니었을까. 엄마를 기쁘게 해주고 싶어 엄마의 생일 선물을 고르던 그 무렵일 듯싶다. 오래 발품을 팔아 산 장난감 같은 반지를, 내 맘에 쏙 드는 반지를 드리면서 엄마를 사랑했다고 믿었다. 나는 어릴 적에 수줍음을 많이 타서 누구 앞에서 말도 잘 못 하는 아이였는데 신기하게도 엄마 앞에서는 춤도 추고, 노래도 잘 불렀다. 기형도의 「엄마 생각」에서 나오는 아이. 열무 삼십 단을 이고 시장에 간 엄마를 날이 저물도록 기다리는 아이, "배추 잎 같은 엄마 발소리"를 기다리는 아이의 마음속에 피어나던 그런 작은 풀꽃들이 나의 유년에도 피어났을 것이다.

그리고 아이들을 키우면서 사랑의 수고를 했던 그때 수만 송이의 꽃이 마구 무더기로 피었을 것이다. 아이들 머리맡에 산타클로스 선물을 놓아줄 때, 학교에 가는 아이들 뒷모습을 바라볼 때, 열이 펄펄 끓는 아이를 업고 발을 동동 구를 때, 어린 남매가 엄마 없을 때 라면을 끓여 먹고는 딱 잡아떼며 거짓말하는 입술을 바라볼 때도 견딜 수 없이 사랑했다.

내 인생에서 가장 화려하고 아름다운 꽃이 피어났다면 사랑하는 사람과 만나는 모든 시간 속에서였을 것 같다. 정말 아름다운 꽃의 정원이 만들어지는 것은 결혼 후부터다. 부부로 살면서 사랑할 때마다 이름도 알 수 없는 신비롭고 예쁜 꽃들이 해마다 피고 지고 하면서 제법 아름다운 정원이 만들어졌다. 하지만 충분히 아름다웠다고 말하기는 어렵다. 모든 사랑은 언제나 부족하기 마련이지만, 남편에 대한 사랑을 떠올리면 '나는 너무 부족했구나.' 하는 생각을 지울 수 없다. 살아오면서 가장 후회되는 것이 있다면 남편을 더 사랑하지 못한 것이다. 남편은 나에게 아버지의 사랑을 주었다. 이 말은 내가 그에게 부족한 아내였다는 말과 다르지 않다. 그의 수첩에는 나와 관련된 갖가지 정보들이 깨알같이 적혀있었다. 처가 식구들과 아내의 친구들에 대한 꼼꼼한 기록을 보면서 나는 왜 그런 노력을 하지 못했을까 싶은 생각도 들고, 그가 내게 보낸 숱한 편지와 카드를 보면서 턱없이 적은 내 카드를 떠올렸다. 함께 골프를 치고 싶어 골프 수강권을 끊어주고 골프채까지 사 주었는데, 아무 노력도 안 하고 관심 없다며 무심하게 굴었던 것도 오래 미안하다. 지금 마음으로는 운동도 같이하고, 그가 아플 때나 힘들 때 어머니의 사랑으로 살뜰하게 대해주고, 아무튼 잘해 줄 것 같다. 맛있는 것도 더 많이 해주고, 그가 말할 때 더 많이 웃어주고, 이따금 장난기 많은 소년이 되게 해주고 싶다. 물론 지금 마음이 이렇다고 실제로 잘할 거라고 장담할 수는 없다. 결심이란 늘 착하기 마련이지만 현실은 녹록하지 않기 때문이다. 내 옆에 있는 가장 가까운 사람을 사랑하는 일은 생각보다 쉽지 않았다. 어떻게 후회하지 않는다고 말할 수 있겠는가?

'더 사랑할 수 있었다.'라는 것이 뼈아픈 나의 고백이다.

미워하는 미워하는 마음 없이 / 아낌없이 아낌없이 사랑을 주기만 할 때 / 수백만 송이 백만 송이 꽃은 피고…

살다 보면 미워할 수밖에 없는 사람도 만나야 하고, 아낌없이 주다가도 알아주지도 않는데 나만 애쓰는 거 그만하자 싶고 '참을 만큼 참았어! 이만하면 됐지.' '생긴 대로 살아야지.' 하는 사랑 포기 선언을 하고 싶을 때가 많다. 먹고살기도 힘에 부치는 판국에 무슨 꽃 타령, 사랑 타령인가? 앞이 안 보이는 갑갑한 세상에 이런 치기 어린 낭만적인 주문을 하다니, '시방 배부른 소리 하시네요.' 할 수도 있다. 사랑한다는 것이 결심한다고, 노력한다고 쉽게 되는 것은 아니라는 것쯤은 잘 아는 사실이다. 누구보다 사랑한다고 믿고 있는 가족이나 친구들의 경우조차 사랑한다는 일이 절대 만만하지가 않다. 어떻게 미워하는 마음이 없을 수 있단 말인가? 어떻게 아낌없이 주기만 할 수 있다는 말인가? 자고 나면 쑥쑥 자라는 잡초처럼, 미워하는 마음이나 '어떻게 그럴 수가 있어.' 같은 서운한 마음들이 자라나 꽃밭은커녕 쑥대밭이 되는 일이 허다하다. 누구를 사랑하지는 못해도 그저 다른 사람 마음 아프게 하는 일 없이, 무탈하게 별일 없이 살고 싶다. 그러나 노래는 언제고 어떤 상황에서도 사랑해야 한다고 말해 주고 있다. 심지어 죽음의 수용소에서도, 죽어가면서도 사랑해야 한다.

이탈리아 영화감독 로베르토 베니니의 「인생은 아름다워」라는 영화는 사랑할 수 없는 상황은 없다는 걸 보여준다. 유대인 수용소, 죽음을 앞둔 절망의 현장에서 아버지는 아들을 위해 치밀한 각본을 준비하고, 거짓말 연극을 한다. 지옥 같은 수용소 생활을 마치 게임처럼 만들어서 기어코 아들을 살려내고, 영화 제목처럼 아름다운 인생을 선물하고 떠난다. 물 한 방울 없는 사막 같은 죽음의 수용소

2011 제주도.
폭죽처럼 터지는 병솔꽃

에서 그야말로 수없이 많은 꽃을 피워 낸 기적을 선물하고 간 것이다.

사람마다 미워할 수 없는 이유, 사랑해야 할 이유가 한 가지씩은 꼭 있다고 한다. 가만히 보면 저마다 슬퍼서, 고통스러워서, 불쌍해서, 아니면 외로워서, 그것도 아니면 어떤 이유라도 반드시 사랑받아야 마땅한 이유가 있다는 말이다.

그래, 사랑 말고 또 뭐가 있겠는가? 죽기 살기로 사랑해서 기어코 꽃을 피우던가 아니면 꽃 한 송이 피우지 못하는 사막의 절망을 매일 확인하며 살든가 둘 중 하나다. 노래는 다행히 해피 엔딩이다.

"그러나 사랑은 계속될 거야."

▲ 2022 제주도, 가족여행

▲ 2014 하와이. 아들아이 신혼여행. 너희가 수백만송이의 꽃을 피우길.

▲ 2017 프라하. 딸아이 신혼여행. 매일 더 많이 사랑하고 더 많이 행복하길.

물처럼 공기처럼

　"사랑은 받는 것보다 주는 거라고, 네가 날 사랑하지 않아도 끝까지 사랑할 거야."라는 말이 있다. 정말 그럴까? 나는 이 아름다운 말이 선뜻 믿기지 않는다. 나이와 상관없이 우리는 하루 세 끼 식사를 해야 살아갈 수 있다. 어른이라고 먹는 게 없어도 참고 살아갈 수 있는 것은 아니다. 먹어야 힘을 얻는 것처럼 사랑을 받으면 더 잘 사랑할 수 있다. '기브 앤 테이크'라는 말이 있지만, 때로는 '테이크 앤 기브'도 정답일 수 있다. 순서가 어찌 됐든 사랑은 주고받아야 맛이다. 특히, 사랑받고 싶은 욕구는 인정 욕구보다 훨씬 강렬하고 뜨겁다. 내가 어떤 사랑을 받았을까 문득 궁금해질 때가 있다.

　영화 「45년 후」는 겉으로는 완벽해 보이는 부부로 살아왔지만, 어느 날부터 돌이킬 수 없는 파국에 이르는 부부에 관한 이야기다. 남편 첫사랑의 시신이 알프스에서 발견되었다는 소식을 듣고부터 부부의 갈등이 발화된다. 남편을 이해하고 배려하는 현숙한 아내였고, 아내의 침대맡에 모닝커피도 가져오는 다정한 남편이었다. 그러나 그들의 화려한 결혼 45주년 파티에서 아내는 그를 차갑게 뿌리친다. 그녀는 오랜 세월 사랑했다고 믿었던 남편에게 본인이 어떤 존재였는지 강한 의구심이 든다. 아마도 자기 존재가 통째로 증발해 버린 듯한 절망감을 느끼지 않았을까 싶다. 장장 45년의 세월을 부부로 살았다. 혹시 그 정도의 연륜이면 사랑이 뭐가 중요하냐고, 용서하지 못할 일이 뭐가 있겠느냐고 말할지도 모른다. 그러나 아무리 나이를 먹었어도 내 존재를 확인하고 싶고 사랑받고 싶은 욕구에서 자유롭기는 어렵다. 그냥 잘해주는 것만으로 사랑이라는 퍼즐이 맞춰지는 게 아니다. 결정적인 그 하나가 없다면 글쎄다. '나는 너에게 무엇이었나?' 하는 궁극의 질문을 던져야 한다.

앤 머레이가 부른 「You Needed Me」는 노래도 좋지만, 가사가 참 좋다. 그녀의 젖어드는 목소리로 부르는 이 곡을 들으면 울고 싶어진다. 노래 속의 '너'는 이런 사람이다.

> 나의 눈물을 닦아주고 / 일으켜 세워주고 / 나의 존귀함을 일깨워주고 / 추운 날 내 손을 잡아주고 / 절망의 벼랑 끝에 서 있을 때 단단한 반석 위에 세워주고 / 내가 영혼을 팔아버렸을 때 다시 내 영혼을 찾아주고 / 나의 거짓을 진실로 바꾸어 주고 / 세상을 직면할 수 있게 해주었다….

얼마나 진심 어린 사랑인가, 얼마나 기막힌 사랑인가? 그런 지극한 사랑을 받았으니 '고맙다 미안하다 행복하다'라는 가사가 나올 법한데, 노래는 다소 엉뚱하게 "너는 내가 필요했던 거야."라고 되풀이하면서 마무리된다. 흔히 희생하고 수고하고 많은 것을 베풀어 주는 것을 사랑이라 여기지만, 이렇게 '너는 내가 없으면 안 되겠구나. 너는 내가 꼭 필요했던 거야.'라는 생각이 들게 하는 사람이 정말 사랑하는 사람이다.

엄마와 아기의 관계를 보면 엄마가 아기를 일방적으로 사랑하는 것 같지만, 아기는 엄마에게 세상에 없는 사랑의 경험을 선물한다. 아기에게는 한순간도 엄마가 없으면 안 된다. 엄마 젖을 찾고, 엄마와 눈을 맞추고 방긋거리며 엄마 품을 파고들어 온다. 수시로 울고, 떼쓰고, 한마디 말을 안 해도 아기는 엄마가 꼭 필요하다고 온몸으로 표현한다. 아기에게서 받는 이런 사랑은 전율할 만큼 특별하고 강렬하다.

옛날 어느 동네에 효자라고 이름난 아들이 있어 사람들이 효자를 구경하러 갔다. 늙은 어머니에게 따뜻한 밥을 지어드리고, 팔다리도 주물러드리고, 자기 허벅지 살이라도 떼어주는 착한 아들을 기대했는데 정작 가보니 다 큰 아들은 방에서 뒹굴거리면서 "엄마, 밥 줘. 배고파." 그러더란다. 그냥 누워서 죽을 날만 기다리던 노모의 얼굴이 환해지면서 "그래, 에미가 얼른 밥해 줄게. 조금만 참아라." 하더니 허리는 구부정하고 얼굴은 온통 주름투성이의 늙은 엄마가 아들을 위해 밥상을 차리는데, 그 모습이 어찌나 행복해 보이는지 효자 구경하러 갔던 사람들이 "정말 효자 맞네."라고 했다는 얘기가 있다.

엄마에게 고기 사 주고 비단옷 사 주는 것보다 '엄마가 없으면 안 되겠어. 엄마가 필요해.'라는 이런 말이 맘에 착 감긴다. 그러나 '너는 더 이상 내가 필요하지 않구나', '너는 혼자서도 잘살고 있구나', '나는 결국 너를 기쁘게 할 도리가 없구나.' 이런 말들은 좀 슬픈 말이다.

애들이 결혼한 후 분가하여 잘 살고 있는 모습을 보면 기특하고 고 맙다. 그렇긴 한데, 둥지를 떠나간 아이들을 지켜보면서 아직도 접선할 기회를 호시탐탐 찾고 있다. 독립한 자녀들에게 이런 걸 기대하는 것부터 반성해야 하는 일인지도 모른다. 반찬도 해주고 애들도 봐주면서 어떻게든 아이들과 만날 구실을 도모하지만, 반찬도 필요 없다, 애들도 잘 놀고 있으니 걱정하지 마시란다. 자식들에게 이런 거절을 연거푸 받다 보면 구차한 '애정 행각'을 이제는 딱 끊어야겠다고 결심하지만, 그게 생각만큼 잘 안 된다. 마음을 운전하는 일은 늘 버겁다.

"물처럼 공기처럼 부족해지고 싶었다."

사르트르의 어느 책에서 읽었던 글귀 같은데 정확한 문장도, 출처도 잘 생각나지 않는다. 이 불완전한 문장, 아주 오래 내 안에 각인된 이 문장이 아직도 주머니 속의 조약돌처럼 만져진다. 물과 공기가 없으면 어떤 생물체도 살 수가 없다. 살아있는 것은 이들을 떠난 어떤 이탈도 꿈꿀 수 없다. 내가 사랑하는 사람에게 '물처럼 공기처럼' 없어서는 안될 사람이 되고 싶다. 있어도 그만, 없어도 그만인 사람이 아니라, 있는지 없는지 모르겠는 존재가 아니라, 없으면 큰일 날 것 같은 대체 불가의 존재가 되고 싶다. 네가 물을 찾듯 나를 찾고, 괜찮은지 살펴주고, 너 없이 안 되겠다고 말해 주길 바란다. 사랑한다는 말보다 너 없으면 못 살 것 같다는 이 단순하고 유치한 말이 좋다. 어미 본 아기, 물 본 기러기의 얼굴을 하고 네가 나를 기뻐해주면 좋겠다. 나를 눈 빠지게 기다리는 너를 보고 싶다. 네가 나를 막 그리워하면 좋겠다.

내색은 안 하지만 괜찮다고 할 수는 없는 그런 때가 있다. 갑자기 오한이 드는 것처럼 으슬으슬 몸이 아플 때가 있다. 너의 그리움이 되고 싶은 철없는 욕망이 감당이 안 되는 그런 순간이 있다. 사랑은 주는 거라고 자꾸 말하지 마라. 너부터 그런 사랑을 해봤냐고 제발 따지듯 묻지 마라. 그냥 불쑥 그런 난감한 마음이 들 때가 있다.

이따금 나도 모르게 작은 신음이 나올 때가 있다.

"아, 어쩌란 말이냐…."

2015 청송 주산지. 네가 나를 그리워하면 좋겠다.

2018 다낭. "너는 내게 물처럼 밀려오라" (이정하)

이름을 부른다는 것

　　　　　　　언젠가 「1 대 100」이라는 TV 프로그램에서 재미있
는 문제를 보았다. 오바마 대통령의 풀 네임을 묻는 문제였는데, 대부
분의 사람이 맞추지 못했다. 정답은 '버락 후세인 오바마'였다. 후세인
하면 이라크의 대통령, 미군에게 생포되어 비참하게 처형된 '사담 후세
인'을 생각하고 있었는데 오바마의 이름에 같은 '후세인'이 들어있다는
것에 꽤 놀랐던 기억이 있다. 성과 미들 네임까지는 그렇다 쳐도 이름
도 아프리카식 이름 '버락'이다. 피부색이 다르다는 것만으로도 차별이
적지 않았을 텐데 미국에서 태어난 아이에게 단박에 표가 나는 그런
이름을 지어주다니, 오바마의 부모는 세상에 대한 기본적인 신뢰를 갖
고 있었던 걸까? 아무튼, 오바마는 이름 때문에 좀 더 특별하다.

　　나는 이름에 관심이 많다. 사람 이름, 나라 이름, 나무 이름, 꽃 이
름 등등. 전국의 수많은 지명이 어떻게 그렇게 각각 다르게 지어졌는
지, 꽃 이름, 나무 이름도 어쩌면 그렇게 다르게 딱 어울리게 지었는지
신기하다고 생각할 때가 많다. 사람 이름 중에서도 도전, 용기, 우물,
무던이 같은 이름이 멋지다. 서울, 공주, 부여, 파도리, 고요리 같은 지
명도 근사하다. 층층나무, 물푸레나무, 수수꽃다리, 채송화, 은방울

꽃…. 이름만 불러도 기분이 좋아진다.

세상의 부모들은 태어난 자기 아기에게 좋은 이름, 예쁜 이름을 지어주고 싶다. 나의 부모님도 좋은 이름을 지어주고 싶었을 것이다. 내게 주신 이름은 인자, 어질 인(仁), 아들 자(子)이다. 내 어릴 적에는 '자'로 끝나는 이름이 많았다. 이름 끝에 '자'는 너무 흔하고 어딘지 촌스럽게 느껴져 내 이름이 썩 마음에 들지는 않았다. 그렇다고 이름을 바꾸고 싶다거나 크게 불만을 가진 적은 없다. 나이를 먹어가면서 오히려 내 이름이 점점 좋아지고 있다. 내 이름 속에 있는 '어질 인(仁)'이라는 글자가 좋다. 유교의 도덕적 덕목, 인의예지신(仁義禮智信) 중에 제일 먼저 나오는 인(仁)은 충(忠)이나 효(孝) 못지않게 소중한 가치다. 기독교의 사랑이라는 말도 仁과 크게 다르지 않은 것 같다.

내 이름은 송인자, Song 인자, '따뜻한 노래'라는 근사한 뜻을 스스로 지어냈다. '주먹 쥐고 일어서' '머릿속의 바람' 같은 인디언식 이름과 어딘지 비슷한 느낌이 든다. 이름처럼 따뜻하고 어진 사람으로 살 수 있다면 얼마나 좋을까 싶다.

본희랑 하민이가 나를 "할머니!" 하고 부를 때마다 세상을 얻은 듯 행복해진다. 그런데 손주들이나 아이들이 아닌 다른 사람들이 나를 할머니라고 부르면 어쩐지 낯설기도 하고, 살짝 서운하기도 했던 과도기가 있었다. 할머니한테 할머니라고 부르는, 이 자연스럽고 분명한 상황이 불편했던 기분을 설명하기란 매우 궁색하고 애매하다. 지금이야 할머니라는 호칭이 편해졌지만 그래도 나는 할머니라는 보통명사 말고 내 이름, 고유명사로 살고 싶다. 너무 염치없고 한심한가? 그래도 나처럼 평범한 사람이나 나이 든 사람은 이름이 없어도 된다는 것은 왠지 섭섭하다. 김훈, 박완서, 하루키, 움베르토 에코에게 할아버지, 할머니라고 부르면 심한 결례를 한 것 같은데 나는 왜 그렇지 않은가. 차별받는 느낌, 또는 공평한 대접을 못 받는 것 같은 그런 기분이 든다면 너무 오버한 걸까?

바울이 디모데에게 보낸 편지, 디모데후서 11장에는 이런 구절이 나온다. "네 외조모 '로이스'와 네 어머니 '유니게' 속에 있던 믿음이 네게도 있는 줄로 확신하노니…." 디모데의 어머니와 할머니가 참 신실한 사람이었다고 말해도 될 텐데, 바울은 디모데의 어머니 이름만이 아니라 심지어 외할머니의 이름까지 기록하고 있다. 로이스와 유니게는 디모데와 함께 이천 년이 넘도록 여전히 살아있는 아름다운 이름이다.

누가 내 이름을 불러주면 좋겠다는 생각을 한 적이 있었다. 어릴 적에는 내 이름을 불러주는 사람이 많았다. 집이나 학교, 동네, 어디에서도 자주 들을 수 있었다. 이제는 사랑하는 사람이 하나둘 내 곁을 떠나면서 내 이름을 불러줄 사람이 점점 줄어들고 있다. 살아가는 게 힘겹게 느껴질 때, 설명할 수 없는 일들로 마음이 사나워지려고 할 때, 아파서 신음이 저절로 나올 때 누가 내 이름을 불러주면 마음이 금세 누그러지고 순해질 것 같다.

거짓말하고 싶을 때마다 나를 불편하게 만들었던 말이 있다. "우리 인자는 거짓말 안 해."라는 말이었다. 어릴 적에 어머니로부터 지나가는 말처럼 들었던 말이다. '너, 거짓말하면 안 돼', '거짓말하지 않을 거지?'라는 말보다 몇 배 더 부담되는 말이었다. 어떤 메시지가 이름과 함께 입력될 때 훨씬 단단하고 힘있게 다가오는 것 같다. 우리는 이름 앞에서 꼼짝없이 약해지는 존재다.

사랑하는 사람에게 고백을 하고 싶다면 먼저 이름부터 불러야 한다. 수만 송이 꽃 중의 하나가 아니라 세상에서 유일하고 특별한, 하나뿐인 '너'의 이름을 부르면서 다가가야 한다. 이름을 부른다는 것은 아주 평범하고 대수롭지 않은 '그것'에서 소중하고 특별한 '너'를 만나고 싶다는 뜻이다. 새로운 관계의 시작을 의미한다. 부르고 싶은 이름, 생각나는 이름이 많아진다는 것은 인생이 좀 더 행복해질 수 있다는 말인지도 모른다.

사랑이 시작되는 순간이 언제일까? 눈빛이 마주치는 순간일까 가슴이 뛰는 순간일까. 아니면 터치가 이루어지는 순간일까? 내 생각에는 진짜 사랑이 시작되는 순간은 아무래도 이름을 부르는 그 순간일 것 같다.

칼 라르손
너의 이름을 알고 싶다.

▲ 2019 분당. 부를 때마다 행복해진다. 본희야 ～

▲ 2022 분당. 내 귀여운 꼬맹이, 사랑둥이 하민아 ～

뜻밖의 친절

　　　　　살다 보면 무지개를 만난 것처럼 가슴 환해지는 아름다운 장면이나 뜻밖의 친절과 마주칠 때가 있다. 특별히 낯선 이들의 친절은 소나기가 퍼붓던 하늘에서 만난 무지개처럼 가슴 뛰는 기쁨과 설렘으로 다가온다.

　우리 가족이 처음으로 해외여행이란 걸 하던 중이었다. 독일에서 월드컵이 열리고 있을 때였다. 우리가 렌트한 차는 내비게이션은 고사하고 수동 기어로 돼있어서 운전하느라, 숙소 찾느라 애들 아빠랑 아들이 고생 꽤나 했다. 지금 생각하면 오로지 지도만 보면서 예약한 숙소를 찾아다니고 유명 관광지를 찾아다닌 일이 참 대단했던 일이었다.

　죽기 전에 가봐야 할 곳이라는 프랑스의 몽생미셸을 보기로 했다. 몽생미셸은 밀물 때는 섬이었다가 썰물이 되면 땅이 드러나 걸어서 갈 수 있는 작은 섬의 암벽 위에 지어진 수도원이다. 근처 비앤비(B&B)에서 묵고 다음 날 사람이 적은 아침 일찍 수도원을 보기로 했다.

　석양이 질 때 멀리서 본 몽생미셸은 신비롭고 아름다웠다. 해가 지고 사방이 어두워지고 있는데 우리는 예약된 숙소를 못 찾아 계속 헤

매고 있었다. 엉뚱한 곳에서 길을 헤맬 때 구경하는 시골 마을 풍경
은 왜 그렇게 아름다운가? 시침 뚝 떼고 속으로만 즐기던 나도 슬그머
니 걱정되기 시작했다. 마을 사람들에게 물어봐도 도통 알아들을 수
가 없다. 불어도, 영어도 다 먹통이다. 조금 있으면 자정이 될 판이다.
여행 스트레스로 가족 모두 예민해 있었다. 마치 팽팽한 고무풍선처럼
언제 터질지 모를 위험한 얼굴들을 하고 있었다. 길에서 만난 어느 부
부에게 숙소 주소를 내밀며 물어보았더니 단박에 자기를 따라오란다.
마치 오랜만에 친구를 만난 듯 반색하며 우리 가족을 부르더니 어떻
게 가면 된다고 일러주며 맥주 한 잔씩 권하며 놀다가 가라는 것이다.
그리고 집을 못 찾으면 다시 자기 집으로 오란다. 생면부지의 동양인
에게 어떻게 이리도 친절할 수가 있는가?

2006 프랑스. 몽생미셸 근처 숙소를 찾아가는 길에 만난 가족.
예상치 못했던 그들의 친절에 쌓였던 피로가 한방에 씻겨 나갔다.

얼마 전 로마에서는 길을 가르쳐주겠다고 따라오라고 하고는 20유

로를 챙기던 사람도 있어 이번의 뜻밖의 환대(?)가 정신 못 차릴 정도로 즐거웠다. 여행의 피로가 한 방에 씻겨 나간 것 같았다. 예민하게 날이 서있던 가족의 분위기가 언제 그랬냐 싶게 순하게 누그러지면서 밝아졌다. 그들 부부의 친절은 무더운 여름날의 시원한 냉수 한 사발과 같았다. 이처럼 예상치 못한 친절을 경험하면 마치 마술을 부린 것처럼 세상이 살 만해지고 아름답게 보이기 시작한다. 심지어 행복해지기까지 하다.

얼마 전 동네 미용실에서 파마하고 있을 때였다. 그 미용실은 원장이 직원 없이 혼자서 운영하는 곳이다. 최소한의 난방으로 버티는 미용실은 그날따라 더 추웠다. 전기난로 하나만 달랑 피워놓아 유난히 추위를 타는 나는 춥다는 말도 못 하고 속으로만 떨고 있었다. 게다가 머리까지 감고 난 뒤라 오들오들 떨고 있는데 손님으로 온 어떤 분이 "아이고, 추우시겠네." 하면서 바쁜 원장을 대신해 헤어드라이어로 내 머리를 한참 말려주는 것이었다. 와, 이렇게 친절한 사람도 있구나. 나라면 남의 머리 말려줄 생각은 아예 하지도 못했을 텐데 말이다.

이렇게 오래 기억에 남는 친절의 순간들이 많다. 하지만 모든 친절이 다 좋은 것은 아니다. 친절이 때로는 위험할 수도 있고, 엉뚱하게 오해를 일으킬 수도 있다. 집시들이 일부러 접근해 부딪쳐 도와주는 척하면서 중요한 소지품이 든 가방을 훔쳐 달아난 경우도 있고, 미국 서부에서 야영하기 위해 텐트를 치는데 친절한 청년이 도와주어 감동하고 나니 지갑과 카메라가 없어졌더라는 얘기도 들었다. 반면에 순수한 친절을 경계하고 의심하다가 결례를 하는 경우도 있다. 한번은 비가 많이 쏟아지는 아침, 출근하는 딸에게 잘 모르는 어떤 분이 버스 정류장까지 태워준다기에 이상한 사람이다 싶어서 괜찮으니 그냥 가시라고 했는데 알고 보니 같은 동, 같은 라인에 사시는 분이었단다. 호의를 그렇게 무시당했으니 얼마나 무안했을까 싶다. 나중에 고맙고 미안했다는 말은 전했지만, 지금까지도 죄송한 마음이다.

친절은 어디까지나 타이밍이 중요하다. 언젠가 시내버스에서 중동지역에서 온 듯한 외국 여성이 당황하는 모습을 본 적이 있다. 그녀는 버스카드가 계속 띠디 거리며 결제가 안 되자 아마 현금으로 만 원을 낸 것 같다. '촤르륵… 촤르륵…' 결국 그 여성은 거스름돈으로 떨어지는 100원짜리 동전을 계속 주워 담아야 했다. 무려 팔십 개가 넘는 동전을 몸을 굽혀 꺼내고, 때로는 바닥에 떨어져 굴러간 동전을 줍기도 하면서 한참을 입구에서 그러고 있었다. 동전 소리는 철렁철렁 끝도 없이 떨어지는 것 같았다. 괜히 민망하고 미안한 마음이 들어 불편했다. 아차. 내가 교통카드 한 번 대신 찍어주었으면 좋았을 텐데. 우물쭈물하다 타이밍을 그만 놓쳐버렸다. 잠깐 멈칫한 사이 무지개를 만들 기회를 놓쳐버렸다.

친절도 부단히 연습해야 할 것 같다. 타이밍을 놓치지 않는 것, 누군가의 필요를 재빨리 알아차리는 것, 그리고 용기를 내어 다가가 얼른 행동하는 것. 단, 괜한 오지랖이 되지 않게 똑똑해지는 것이 필요하다. 쉬운 듯하면서도 막상 쉽지 않은 친절이다.

저녁 산책길에서 기분 좋은 일이 있었다. 여섯 살 정도 돼 보이는 여자아이가 처음 보는 나에게 손을 흔들어 준 것이다. 그것도 한 번이 아니라 뒤돌아보면서 그 예쁘고 작은 손을 연신 흔들어 주는데, 그 모습이 얼마나 고맙고 예쁜지 눈앞에 쌍무지개가 뜬 줄 알았다.

우리도 마음만 먹으면 이 아이처럼 무지개를 만들 줄 아는 어마 무시한 존재가 될 수 있다.

2006 몽셀미셸. 포피가 피어있는 들판 너머로 몽셀미셸이 보인다.

이따 전화 드릴게요

　　　　　가족이란 이름으로 한솥밥을 먹고, 함께 웃고 고 생했던 피붙이가 내 곁을 떠나갔다. 돌아가시기 며칠 전에 모임 중이라 오빠의 전화를 제대로 못 받고 "이따 전화 드릴게요." 하고는 전화를 못 드렸던 일이 가슴 아픈 후회로 명치 끝에 걸려있다. 그냥 목소리 듣고 싶어 안부 차 전화하셨을 텐데 무심한 동생은 오빠와의 마지막 통화를 그렇게 놓쳐버렸다. 내가 놓쳐버린 게 어디 그것뿐일까.

　작은오빠는 월남전 참전용사로, 국가유공자였다. 한 번도 월남전에서 얼마나 힘들었는지 물어보지 못했다. 전쟁을 다룬 영화를 보면서 영화 속 인물들이 겪어야 했던 전쟁의 참혹함, 절망감, 두려움에 공감했다고 생각했다. 그러나 새파란 청춘으로 전쟁터에 다녀온 내 오빠의 얘기는 막상 들은 바가 없으며, 아는 것이 없었다. 늘 사람 좋은 웃음으로 허허 웃던 모습과 전쟁기념품으로 가져왔던 미제 초콜릿과 시레이션 박스가 생각난다. 만나면 그저 겉도는 얘기만 했다. 어떻게 지내는지, 힘든 일이나 재미난 일은 없었는지는 크게 궁금하지 않았던 것 같고, 진지한 대화를 나눈 기억도 별로 없다.

　평소에는 잘 모른다. 크게 부딪히는 일도, 눈에 띄게 벗어나는 일도 없이 그런대로 잘 사는 것 같다. 그러다 갑자기 큰일을 당해보면 그제야 새롭게 알게 되는 것이 있다. '나'라는 존재의 무심하며 이기적인 면면을 구체적으로 마주할 때가 있다. 겨우 이 정도였구나 하며 나의 바닥을 확인하게 된다. 뒤늦게 찾아오는 후회, 회한, 자책과는 다르게 훨씬 더 아프다. '용서해 주세요.'라는 말을 차마 할 수가 없다. 그저 '불쌍히 여겨주세요.'라는 말밖에는 달리 할 말이 없었다.

이렇게 문안은 고사하고 걸려온 안부 전화도 제대로 못 받았던 사람이 누군가의 문안 인사를 간절히 기다렸던 적이 있었다. 몸도, 마음도 거의 바닥을 헤매고 있었을 때였다. 힘들 때는 사실 다정한 인사도 부담되고 통화하는 것도, 문자를 보는 것조차도 어려워 제발 모른 척해주길 바라기도 한다. 그런데도 꼭 그 사람이 물어주길 바랐다. 어떻게 지내냐고, 얼마나 힘드냐고, 아픈 데는 없냐고 걱정해 주길 바랐었다. 누구나 건네는 '그냥 하는 소리' 말고 그 사람한테서 진심 어린 문안을 기다렸지만, 그런 일은 일어나지 않았다. 이 대책 없는 기대, 치기 어린 마음이라니…. 골치가 아팠다. 황인숙의 「강」이란 시를 읽으며 마음을 다독였던 적이 있다.

당신이 얼마나 외로운지, 얼마나 괴로운지 / 미쳐버리고 싶은지, 미쳐지지 않는지 / 나한테 토로하지 말라 / 심장의 벌레에 대해 옷장의 나방에 대해 / 찬장의 거미줄에 대해 터지는 복장에 대해 / 나한테 피도 침도 튀기지 말라 / … / 차라리 강에 가서 말하라 / 당신이 직접 강에 가서 말하란 말이다 누군가의 문안이 간절했다고 해서 모든 문안이 기다려진다든지, 항상 고맙거나 반갑기만 한 것은 아니다. 오랜만에 받은 문안 인사가 반갑기는커녕 되레 기분이 안 좋아지는 경우도 있다. 오다가다 마주칠 때 인사 정도 하는 사람이 불쑥 전화해서 탐색하듯이 꼬치꼬치 물어오면 대답을 하면서도 '이건 아닌데…' 하는 생각이 든다. 호기심으로 시작하는 진정성이 없는 인사는 무례하다. 특히, 힘든 상황에 부닥친 사람에게는 상처와 수치를 줄 수도 있기 때문이다.

어려서부터 배웠던 인사 잘하는 사람이 되는 것이 생각보다 어렵다. 가깝게 지내는 친구나 가족이라도 인사를 제대로 건네지 못하고 무심하게 지낼 때가 많다. 자식이 부모에게 전화나 문자로 안부를 묻는 일역시 쉬운 일은 아니다. 매일 보던 아이들이 결혼해서 떨어져 살게 되면 이따금 목소리가 듣고 싶어질 때가 있다. 그러나 이런 기대는 되도록 내려놓는 게 좋다. 부모는 자식들이 늘 보고 싶고 궁금하지만, 자식이 부모에게 그러기란 어렵다. 자식에 대한 부모의 사랑은 어차피 영원한 짝사랑이다. 집에만 있는 나도 바쁠 때는 전화하고 받는 일이 부담스러운데, 젊은 사람들이 치열한 일터에서 얼마나 부대끼며 살까 생각하면 그런 기대가 오히려 미안할 지경이다. 혹시라도 장성한 아이들의 탯줄을 여태 못 끊고 자식들 안부에 목매는 그런 에미가 될까 걱정이다. 이럴 때 약이 되는 말이 있다. '무소식이 희소식'이라는 말이다. 그리움에 얼마나 목마르면 이런 말로 위안을 삼을까 싶지만 이런 쿨한 멘트랑 친해져야 한다.

요즘 많이 듣는 말 중에 '안물' '안궁'이라는 말이 있다. '안 물었어.' '안 궁금해.'를 줄여서 하는 말인데 서로에게 궁금한 것도, 물어보고 싶은 것도 없으니 제발 내게 말 걸지 말아 달라는 소리다. '바쁘다'는 말은 이해는 되지만 거절의 차가운 느낌을 떨칠 수 없다. 이따금씩 무슨 특별한 용건이 없어도 잘 지내냐고, 네가 궁금하고 보고 싶다는, 싱겁지만 다정한 인사가 있었으면 좋겠다. 이런 맹목의 따뜻한 문안이 사라져버린다면 세상은 정말 살맛이 안 날 것 같다. 지구의 사막화를 걱정할 게 아니라 문안이 사라져버리는 인간관계의 사막화를 더 심각하게 걱정해야 할 듯하다.

세상에는 노력해도 안 되는 일이 수두룩하지만, 그래도 맘만 먹으면 누구라도 잘할 수 있는 것이 인사가 아닐까? 바울의 인사를 배우고 싶다. 바울이 옥중에서 쓴 편지에는 얼마나 많은 사람을 세세히 거명하며 문안하는지 읽을 때마다 놀랍다. 말할 수 없는 고통 중에도 바울 사도는 '나의 고통'을 말하고 싶은 게 아니라 오직 '너의 평안과 구원'을 말하고 있다.

▲ 2021 서판교. 잠깐 피는 나팔꽃 그래서 더 싱그럽다

▲ 2017 신두리. 바닷가에 핀 메꽃

바울은 "거룩하게 입맞춤으로 서로 문안하라, 문안하라."를 거듭 당부하고 있다. 따뜻함과 간절함이 전해지는 인사다.

때에 맞는 문안 인사, 엄마가 아이의 상태를 알아채는 것같이 섬세하게 살펴주는 인사, 오직 진실함으로 전하는 여름날 아침의 나팔꽃 같은 싱그러운 문안이 그립다.

'잘 지내시지요?'

'좀 어떠세요?'

'아픈 데는 없고?'

'보고 싶다….'

2018 다낭의 일출. 수평선 위에, 바다 위에, 모래밭에 떠오른 아침 해의 인사 '바다야 안녕'

꽃은 언제나 옳다

　　　　　　　　슬로베니아의 아침이었다. 시장 여기저기를 기웃거
리면서 구경하다가 한 할아버지가 꽃을 팔고 있는 모습을 보았다. 조
그만 양동이에 라일락으로 보이는 보라색 꽃들이 가득 담겨있다. 자기
집 마당에서 키운 꽃인

듯 상품 가치는 별로 없어

보인다. 그때 젊은 여인이

아기를 태우고 유모차를

끌고 오다가 그 꽃을 사고

있다. 꽃의 소박한 분위기

로 봐서는 누구에게 주려

고, 또는 축하하려고 사

는 건 아닌 것 같다. 그냥

2013 슬로베니아. 아침시장에서 꽃을 사는 여인

자기 집 식탁이나 창틀에 놓고 싶어서, 우리가 콩나물 사듯 쉽게 꽃을
사는 것같이 보인다. 나는 뿌리가 있는 여러해살이 화초를 사기는 해
도 화병에 잠깐 꽂아두고 볼 꽃을 산 적은 거의 없었던 것 같다. 꽃을
좋아하더라도 알뜰한 주부라면 잠깐보다 말 꽃을 저렇게 덥석 사기는
쉽지 않다.

이따금 기념일에 꽃다발을 받을 때가 있었다. 고마우면서도 '이 비싼 꽃다발 대신 그냥 돈으로 주면 좋을 텐데.' 하는 물질주의에 젖은 불온한 생각을 하기도 했다. 그랬던 내 앞에서 젊은 아기 엄마가 꽃을 사던 짧은 장면이 아직도 선물처럼 남아있다.

어릴 적에는 꽃이 잘 보이지 않았다. 마당에 피어있던 과꽃이나 샐비어, 채송화를 보면서 그저 꽃이 있네, 꽃이 피었네 하면서 무심히 지나쳤다. 사십이 되어서야 자연이 보이고, 꽃이 눈에 들어오더라는 말이 이해가 된다. 사랑도 해보고 이별도 해보고, 아픔이 뭔지 고통이 뭔지 알게 될 때라야 꽃이 보인다는 말이 아닐까.

용눈이 오름의 완만한 구릉에 넓게 깔려있던 보라색 꽃향유, 프로방스 지방의 라벤더, 남부 유럽의 시골에 피어있던 빨간 포피가 생각난다. 꽃이 있는 풍경은 아름답다. 그렇다고 해서 꽃에 대한 기억이 모두 기쁘고 행복한 건 아니다. 해마다 봄이 되면 사순절 새벽기도회를 마치고 남산이나 과천 미술관 주변을 자주 찾았다. 어둠이 완전히 걷히지 않은 조용한 아침, 세상이 온통 벚꽃으로 하얗게 눈부셨다. 바람이 불어 꽃잎이 눈처럼 내리던 장관을 보여주고 싶어 나를 데려가던 사람은 이제 내 곁에 없다. 봄은 어김없이 오는데, 그와 함께하는 꽃 피는 봄날은 다시 오지 않는다.

한때 양재 꽃시장에 자주 다녔다. 남편이 갑자기 떠나고 나와 가족에게 많은 위로가 쏟아지던 때였다. 그 모든 관심으로부터 도망치고 싶었고, 어디론가 꼭꼭 숨어버리고 싶었다. 사람들의 따뜻한 눈빛, 다정한 위로 앞에서 여전히 속수무책인 채로 서있어야 하는 내 모습이 초라했다. 그런 나를 어린애 구슬리듯 다독이며 혼자 꽃시장을 찾았다. 꽃 냄새가 훅 들어오는 커다란 온실에서 꽃구경을 하며 마음에 드는 꽃들을 고르다 보면 우울했던 기분도 사라지고, 배도 슬슬 고파지곤 했다. 꽃이 주는 에너지가 생각보다 강력했다. '원예 치료'라는 말이 실감 나기도 했다.

내가 사는 것은 주로 칼랑코에, 제라늄, 풍로초, 천리향 같은 여러해살이 화초와 야생화들이다. 그 예쁜 것들을 차에 싣고 와서는 화분에 옮겨 심어야 하는데 그 일이 보통 일이 아니었다. 베란다에 꽃과 화분들을 잔뜩 펼쳐놓고 그들의 어울리는 조합을 심사숙고해야 한다. 잘 심고 나서 화분 위에 굵은 마사토나 이끼를 덮어준다. 마지막으로 옮겨심기를 끝낸 화분마다 물을 흠뻑 주고 나면 허리가 안 펴질 정도로 온몸이 뻐근했지만 작은 베란다는 꽃들의 활기로 가득했다. 나는 풍로초를 특별히 좋아하는데, 그 꽃은 실처럼 아주 가느다란 꽃대 위에, 애기 손톱만 한 작은 꽃을 쉴새 없이 부지런히 피워 올린다. 분홍, 하양, 진분홍색의 앙증맞은 꽃들이 어찌나 신통하고 예쁘던지 아침저녁 수시로 들여다보았다.

▲ 2020 파주. 루드베키아

▲ 2018 청원. 봄에 피는 무스커리

꽃을 자세히 보면 그저 예쁘기만 한 게 아니다. 저마다 선명한 그리움의 얼굴을 하고 있다. 살아있는 것들이 품고 있는 쓸쓸함과 안타까움의 얼굴이 있다. 꽃을 보면 슬픔도, 외로움도 훨씬 선명해지는 느낌이 든다. 아무리 작은 꽃이라도 비바람을 견딘 경험과 생명의 신비와 아름다움에 대해서, 씨앗이 품고 있는 비밀에 관해서 이야기할 수 있다. 속절없이 떠나버리는 것들과 순명하는 작은 목숨들에 대해서, 살아있는 것들의 죽음에 대해서 들려줄 말이 있다.

꽃을 사는 것, 꽃을 키우는 것, 꽃을 기억하는 것, 꽃을 이야기하는 것, 꽃에 대한 모든 것들이 나를 살아있게 한다. 그러므로 꽃은 언제나 옳다.

2013 슬로베니아. 작은 풀꽃들의 하모니

2017 슬로베니아. 알프스자락의 아름다운 시골 풍경

2017 고성 라벤더. 라벤더의 보랏빛과 향기가 나를 매혹한다 남프랑스의 라벤더 투어를 꿈꾸며.

II

사랑을 가졌어라

'엄마의 엄마'가 되어줄게요

어느 날 딸이 깨알 같은 글씨로 쓴 긴 편지를 주었다. 편지를 읽다가 "이제부터는 제가 엄마의 엄마가 되어드릴게요."라는 대목에서 눈물이 나왔다. 내가 많이 아팠을 때였다.

세상의 모든 부모처럼 나도 아프지 않고 건강하게 살다가 가기를 바랐다. 아이들에게 줄 수 있는 최고의 선물은 내가 건강하고 행복하게 살아가는 모습이라고 믿고 있었다. 그런데 그만 나는 유방암이라는 병에 걸려버렸다. 먼저 떠난 아빠 몫까지 두 배로 사랑해 주겠다고 큰소리쳤는데, 오히려 자식들의 보호를 받아야 하는 처지가 돼버리고 말았다. 게다가 수술하려고 입원하는 날짜가 어이없게도 오래 살던 집에서 다른 곳으로 이사하기로 한 바로 그날이었다. 아들은 결혼 2년 차, 7개월 된 아기의 아빠였고, 딸은 이제 막 결혼해 신혼 3개월이었다. 30년 만에 하는 이사를 손 하나 까딱 않고 자식들 손에 맡기고 병원에 입원해야 한다니 기가 막혔다.

이사만으로도 힘이 부쳤을 아이들은 이사한 그 날부터 병실에서 나의 수술과 회복의 모든 과정을 지켜야 했다. 수술 중에 전이가 발견되어 림프절도 떼어냈다. 아무리 아파도 자기 연민에 빠지지 말라던 큰애는 병실에 있는 좁은 간이침대에서 잠들어 있었다. 두 손을 모은 채로 얼핏 기도하는 모습으로 잠든 아들을 생각하면 지금도 가슴이 먹먹해 진다. 수술 후 8차에 걸쳐 항암 치료를 받았다. 아이들 어릴 적에 내 품에 아이를 안고 있으면 마음도 안정되고, 방전된 듯 녹초가 됐던 몸 도 다시 개운해졌다. 나는 아이들을 에너지 1호, 에너지 2호라 부르곤 했는데 그때마다 그들로부터 충전되는 에너지를 경험했다. 이번에는 다 자란 자식이 엄마를 안아주며 걱정하지 말라고 다독여준다. 보호자에 서 피보호자로 자리가 바뀌었다.

'엄마의 엄마가 되어주겠다.'라던 딸은 신혼집을 뒷전으로 놔두고 아 픈 엄마에게 자주 왔다. 하지만 나는 그게 불편했다. 체온이 38도가 넘으면 무조건 응급실에 가야 하는데 열이 잘 떨어지지 않아서 잠을 거의 잘 수가 없었다. 옆에 딸아이가 누워있으니 혹시라도 잠을 깨울 까 싶어 꼼짝없이 누워있는 게 여간 고역이 아니었다. 계속 누웠다 일 어났다 하면서 신음도 마음대로 못 내고 앓는 것이 힘들었다. 딸아이 는 어떻게든 엄마를 도와주고 싶어 했지만, 나는 아이를 위해 아무것 도 해주지 못하는 내 처지가 더 안타까웠다.

지난여름, 딸에게 마음을 크게 상한 일이 있었다. 딸애는 출산을 앞 두고 예정일보다 2주 정도 일찍 출산휴가를 내기로 했다. 그동안 만삭 의 몸으로 회사 다니느라 힘들었는데 이제 휴가라니 얼마 동안이라도 집에서 편하게 쉬다가 아기를 낳겠구나 했다. 그런데 갑자기 그날 저녁 일곱 시경, 생전 연락 안 하던 사위로부터 전화를 받았다. "유진이, 방 금 출산했어요. 산모와 아기 둘 다 건강합니다." 전날 밤 열두 시에 산 기가 있어 병원에 들어가 하루 종일 진통하고 저녁때 아기를 낳았다고 한다. 아기와 산모 건강하고, 순산했다니 세상 무엇보다 기쁘고 반가웠을 소식이었지만, 기쁜 마음보다 아니 어떻게 이럴 수가 있나 싶어 딸애의 처신에 깊은 배신감을 느꼈다. 가까운 거리에 어미가 시퍼렇게 살아있는데도 부르지 않았다는 사실, 딸이 세상에 태어나 가장 힘든 시간을 보내는 동안 엄마라는 사람이 아무것도 모르고 여유롭게 차 마시고 산책을 하고 있었다는 사실에 참을 수 없이 화가 났다.

나는 두 아이를 출산할 때 먼저 친정어머니께 알렸다. 분만실 밖에서 기도해 주시던 엄마가 계셔서 든든하고 좋았는데 그런 엄마가 필요 없었다니, 그럴 수는 없는 거였다. 제 딴에는 아픈 나를 생각해서 걱정할까 봐 그랬겠지만, 상황 판단이 안 된 것도, 제 생각만 한 것도 괘씸했다. 병원에 도착해보니 아기 같기만 하던 딸애가 산고를 치르느라 머리가 온통 땀에 젖어있었다. 나는 어쩌자고 이런 엄마가 되었나 자괴감이 몰려왔다. 엄마의 엄마 노릇 하지 말고 딸 노릇이나 제대로 하라고, 엄마 마음도 헤아리지 못하는 딸은 필요 없다고 호되게 혼내주고 싶었다. 그러나 이제 막 엄마가 돼있는 딸아이를 보니 마음이 짠했다. 그 애를 낳았을 때 '딸'이라는 말을 듣자 이상하게 눈물이 났었다. 좋아서, 안쓰러워서, 같은 운명체라서.

딸은 어떤 엄마가 되어주고 싶었던 걸까? 엄마는 어떤 존재일까? 엄마는 세상에서 내가 어리광을 부릴 수 있는 유일한 사람이고, 세상에서 제일 만만한 사람이다. 언제 어디서나 엄마보다 확실한 내 편은 없었다. 사실 엄마는 맥락도 없고, 논리도 없다. 너무 뜨겁거나 유치하다. 엄마는 끊어지지 않는 뜨거운 핏줄이다. 견딜 수 없는 생명이다.

엄마는 세상의 시작이고, 존재의 씨앗이다. '엄마'라고 부르는 순간, 마음속에 착한 불빛이 켜진다. 엄마는 눈물이다.

세상의 엄마들은 자식을 사랑한다. 좋은 것 먹이고, 입히고, 공부시키고, 많은 것을 쏟아붓는다. 그러나 희생이라는 말이 엄마의 전부가 되는 것은 아무래도 아닌 것 같다. 자식에게만 너무 밀착돼 있는 엄마의 삶이 이제는 더 이상 아름답지도 건강하지도 않은 시대에 접어든 것이 아닐까. 살다 보면 사람들과의 관계가 어렵고, 삶이 생각대로 흘러가지 않아 지칠 때가 있다. 벼랑 끝에 서있는 기분이 들 때도 있다. 힘들 때만이 아니라 행복하고 모든 것이 완벽해 보일 때조차도 엄마를 생각하면 따뜻한 사랑이나 위로 말고도 또 다른 무엇이 있어야 할 것 같다. 사랑만이 아니라 용기와 영감을 줄 수 있는

1963 대전 선화동.
엄마와 나, 국화 옆에서.

엄마, 사람들을 대하는 태도나 문제를 풀어가는 방식, 삶의 자세나 방향, 태도 같은 것들이 반듯하고 아름다운 모습으로 떠오르는 그런 엄마라면 얼마나 좋을까 싶다.

자식에게만 전전긍긍하는 그런 엄마 말고, 자기의 인생을 잘 살아가는 독립적이고 건강하고 행복한 사람, 그런 사람이 '나의 엄마'였으면 좋겠다.

우리 엄마도 딸을 위해 뭐라도 해주고 싶어 하셨다. 아기도 봐주고, 하다못해 빨래라도 개켜주고, 예쁜 거 보면 사 주시고, 기운 없어 보이면 내 팔다리를 주물러 주셨다. 노량진 시장에서 장을 보고 그 무거운 보따리를 엘리베이터도 없는 아파트 4층까지 들고 오셔서 쉴새 없이 일하시는 엄마의 넘치는 수고가 정말 싫었다. 그런 고마운 엄마에게 짜증 내고 성질 부린 적도 많았는데, 그러면 엄마도 마음을 다쳐 '내가 다시 너네 집에 오나 봐라.' 그러셨던 적도 한두 번이 아니라고 하셨다.

'엄마의 엄마'가 되어주고 싶다고 해 나를 눈물 바람 나게 한 딸은 언제 그랬냐는 듯 이따금 내 맘을 서운하게 할 때가 있다. 내가 엄마에게 그랬던 것처럼. 말하자면 우리는 지극히 평범하면서 매우 건강한 모녀지간인 셈이다.

얼마전부터 딸과 사위, 손자, 세 식구와 함께 살고 있다. 혼자사는 독립세대에서 아름다운 대가족을 이루게 된 셈이다. 봄을 보내고 여름을 지나고 있다. 솔직히 걱정 반 기대 반이었는데 생각보다 행복할 때가 많다. 만 세 살짜리 꼬맹이의 입에서 나오는 모든 말과 노래들, 하루가 다르게 성장하는 아이의 모습을 보면서 엔돌핀인지 도파민인지가 막 생겨나는 느낌이다. 그렇다고 해서 설마 매일 웃음 넘치는 꽃밭이기만할까. 때로는 도망치고 싶은 전쟁터가 될 때도 있다. 혼자서 마냥 게으르게 놀던 때가 그리워질 때가 있다. 하지만 내가 어디가서 이만한 기쁨을 누릴까 싶다.

아무튼, 우리집에서는 매일 다른 드라마가 실시간으로 상영되고 있다.

웃음과 투닥거림, 적당한 갈등 속에서 우리들은 제법 잘 지내고 있다.

그래. 세상에 다 좋기만 한 것도 다 나쁘기만 한 것도 없단다.

우리 서로 노력은 하되 너무 많은 기대는 하지 말자. 엄마의 엄마가 돼주고 싶은 딸아, 괜히 애면글면하지 말고 각자의 역할에 넘치지도 모자라지도 않는 황금의 균형을 만들어가자. 엄마는 엄마의 인생을 살 테니 너는 너의 인생을 살아라. 그러니까 진정한 자기 삶의 '원더풀 라이프 뷰티풀 라이프'의 주인공으로 각자도생(各自圖生) 하는 거로!

▲ 1985 남해대교.
엄마 등뒤에서 좋아라 하는 아이,
안을 때 보다 업을 때의 느낌이 왜 더 좋을까...?

▲ 2015 예술의전당.
음악회에서 딸과 함께

사랑을 가졌어라

　　가만히 있어도 존재 자체로 빛나는 사람들이 있다. 사람들이 모여있을 때 이상하게도 눈에 확 들어오는 누군가가 있다. 그들은 예뻐서 또는 똑똑해서, 아니면 재미있어서 아무튼 자기 나름의 '포스'를 풍기며 존재감을 드러낸다. 이런 화려한 존재감은 아주 소수만이 누릴 수 있는 일종의 권력이기도 하다. 나는 어려서부터 이렇다 할 존재감 없이 그저 익명으로 있을 때의 편안함이 익숙한 사람이다. 존재감은 그다지 없는 것 같은데 의외로 자존감이 있다는 것이 내가 생각해도 좀 의아할 때가 있다. 문득 내 자존감의 뿌리가 무엇일까 궁금해졌다.

　　나는 어머니로부터 아주 흡족한 사랑을 받고 자랐다. 무슨 대단한 사랑을 받았냐고 묻는다면 특별히 얘기할 만한 추억거리는 많지 않다. 세상의 모든 딸이 그런 것처럼, 나도 우리 어머니의 눈에 넣어도 안 아픈 딸이었다. 아들 넷에 막내로 내가 태어났으니 고명딸인 셈이다. 아쉽게도 내가 어머니랑 지낸 시간은 많지 않았다. 초등학교 때까지만 함께 살고, 중·고등학교는 기숙사에서 지내느라 줄곧 집에서 떨어져 살았다. 방학 때만 잠깐씩 같이 지낼 수 있었다.

1964 대전. 초등 5학년때. 엄마가 아침마다 내 긴머리를 정성껏 빗겨 주셨다.

어머니는 내가 서른넷이고, 어머니가 일흔셋이 되던 해 서둘러 천국에 가셨다. 함께 지낸 시간이 많지 않았는데도 불구하고, 어머니의 사랑은 늘 철철 넘쳤던 것으로 기억된다. 아기가 젖을 배불리 먹고 더 이상 아무것도 필요한 것이 없는 '절대 만족'의 경험과 흡사할 것 같다.

어머니는 매일 아침, 내 머리를 빗겨주셨다. 중학교 입학으로 할 수 없이 머리를 잘라야 했던 때까지 초등학교 시절 내내 아침마다 내 머리를 양 갈래로, 그것도 귀밑머리를 해서 땋아주셨다. 결코, 만만한 수고가 아니었을 것이다. 정지용의 시 「향수」에 나오는 "검은 귀밑머리 날리는 어린 누이"의 모습이 바로 나였다. 당시 내 친구들은 단발머리를 많이 하고 다녔는데 한 번도 단발머리를 하고 싶다거나 나만 왜 촌스럽게 긴 머리로 다녀야 하는지 생각해 본 적이 없었다. 그냥 어머니가 빗겨주는 대로 다녔을 뿐, 어머니의 수고에 대해 한 번도 생각해 본 적이 없다. 지금도 어릴 적 내 머리를 빗겨주던 어머니의 부드러운 손길을 잊을 수 없다.

교사로 있던 시절, 직장이 먼 데다 수업 시간이 많아 나는 늘 피곤에 절어있었다. 하루는 퇴근 후 방문을 열어보니 내 방 책상 위에 항아리 가득 초록색 강아지풀이 꽂혀있었다. 언젠가 강아지풀이 참 예쁘다는 얘기를 한 적이 있었다. 누구라도 그냥 흘려들었을 그 말을 엄마는 놓치지 않고 마음에 담아둔 것이었다. 엄마는 강아지풀을 하나하나 뜯어 풀 꽃다발을 만들었다. 예쁜 꽃도 아닌 그냥 흔한 풀로 만든 것이었지만 나는 완전히 감동했다. 시간이 흘러 풀은 누렇게 변색됐다. 어머니는 그걸 다시 초록색으로 예쁘게 물을 들여놓으셨다. 어떻게 마른 풀을 염색할 생각을 하셨을까? 어머니는 지금으로 치면 드라이 플라워를 만드는 플로리스트였던 셈이다. 사랑하면 이렇게 소소한 것으로도 상대방을 기쁘게 할 수 있는 아이디어가 나오는가 보다.

궁핍했던 시절, 우리 집은 보리를 듬뿍 섞어 밥을 지었다. 맨 먼저 아버지 밥을 푸고, 그다음은 큰아들, 그리고 막내인 내 밥까지 쌀밥으로 푼 다음에, 남은 가족들의 밥은 보리를 왕창 섞어서 펐다고 한다. 나는 기억할 수 없는 내용인데, 막내 오빠는 어린 마음에 섭섭했는지 그 얘기를 이따금 한다. 아마도 다른 자식들보다 상대적으로 사랑받을 시간이 적을 막내딸이 안쓰러워 더 마음이 더 쓰였는지 모르겠다. 아무튼, 나는 엄마의 어여쁜 딸이었다. 어머니의 눈빛, 손길, 음성 모두에서 의심할 수 없는 확실한 사랑을 느꼈다. 친구들이나 다른 사람 앞에선

꼼짝도 못 하면서 어머니에게는 되지 않게 떼도 쓰고, 성질도 부리면서, 마음 아프게 해드린 적도 많았다. 아들만 있는 집의 외동딸이 아집이 심하고 성질도 별로더라는 얘기를 들은 적이 있었다. 듣는 순간 가슴이 뜨끔했다. 그 자리에서 실은 나도 외동딸이라는 말을 차마 할 수가 없었다. 상당 부분 일리가 있다 싶으면서 이제라도 정신 차리고 잘 살아야겠다고 생각했다. 내 주변 사람들, 어머니, 남편, 친구들, 그리고 공동체 속에서 만난 사람들이 그동안 나를 많이 봐주었겠다는 생각이 들었다. 부족한 나를 사랑하느라 항상 노력했을 그들에게 진심으로 말하고 싶다. 미안하다고, 고맙다고.

아무리 천박하고 사악하고 무가치한 것이라도 사랑은 아름답고 훌륭한 가치가 있는 것으로 바꾸어 놓는다.

셰익스피어의 「한여름 밤의 꿈」에 나오는 말이다. 가치가 있어서 사랑받는 것이 아니라 도저히 사랑받을 수 없는 조건에서도 사랑을 받으면 아름답고 가치 있어진다는 말이다. 그러니까 사랑받을 만해서 받은 게 아니라 못났어도 피붙이라는 이유 하나로 끔찍한 사랑을 받은 셈이다. 그러니까 내 자존감의 뿌리는 못 말리는 어머니의 사랑에 있었다.

워런 버핏과 빌 게이츠가 대학생과 함께 자유롭게 대담하는 TV 프로를 본 적이 있다. 두 사람은 밝은색의 셔츠 차림으로 청년들과 유쾌하고도 진지하게 대화를 나눴다. 어떤 학생이 성공이 무엇이라고 생각하는지 말해 달라고 했다. 워런 버핏은 "성공은 그가 얼마나 많은 사람의

사랑을 받았는가로 알 수 있는 것입니다."라고 대답했다. 나는 버핏의
이 짧은 대답이 마음에 든다. 성공은 흔히 생각하는 것처럼 이룩해 놓
은 업적이나 권력, 또는 재물로 말할 수 없다는 것이다. 과연 오마하의
현인(賢人)다운 답변이다. 특별한 소수의 몇몇에게만 가능한 것이 아니
라, 누구라도 성공할 수 있다는 이 소박한 정의가 옳다고 믿는다. 나는
가진 건 많지 않지만 사랑받은 경험의 총량은 절대 적지 않다.

　사는 게 힘들다, 외롭다, 아프다는 말이 튀어나오려고 할 때 두둑한
통장을 떠올리듯 내가 받은 사랑을 헤아려 본다. 사랑받은 기억만으
로도 나는 어쩌면 이미 성공했거나 충분히 행복한 사람이다.

　　아, 나는 사랑을 가졌어라 / 꾀꼬리처럼 울지도 못할
　　기찬 사랑을 혼자서 가졌어라　(서정주의 시 「신록」에서)

2021 판교.
강아지풀을 볼때마다 엄마 생각이 나서

세상에서 가장 아름다운 약속

1920년대. 외할머니와 어머니.
어린 엄마의 손에 지폐가 들려있다.
"엄마, 돈 많이 벌어서 호강시켜 드릴게요."

　　나에겐 아주 오래된 사진 한 장이 있다. 아마도
1920년대 초반 정도로 짐작된다. 거의 백 년이 지나 누렇게 변색된 흑
백사진이다. 손바닥만한 크기의 이 사진은 외할머니와 함께 찍은 어
머니의 아주 어릴 적 사진이다. 사진 속 외로운 두 모녀. 어머니는 앞

아있고, 어린 딸은 서있다. 외할머니의 얼굴엔 젊은 날에 남편을 잃고 딸 하나만 바라보고 살아야 했던 과부의 고단한 삶이 드러나 있다. 어딘가 쓸쓸하지만 단호한 듯한 모습도 보인다. 어린 딸은 엷은 미소를 띠고 있는데, 그늘 없이 밝고 천진난만해 보인다. 지금은 고인이 된 사진 속 어머니는 몇 살일까? 대략 10살 내외 초등학교 저학년 정도로 보인다. 내가 딸이라서 그럴까? 어릴 적 엄마의 모습이 어찌나 예쁘고 사랑스러운지 꼬옥 안아주고 싶다. 사진을 자세히 보면 엄마의 손에 뭔가 들려있는데, 가만 보니 고사리 같은 손안에 지폐가 화투짝처럼 쫙 들려있다. 너무 재미있어서 나중에 이게 뭐냐고 여쭤보니 어머니는 수줍게 웃으시며 '이 담에 돈 많이 벌어 어머니 호강시켜드릴게요.' 하는 뜻으로 그랬노라고 하셨다.

지금 같으면 '장난감 사주세요', '후라이드 치킨 사주세요', '유튜브 보게 해주세요.'라고 할 나이다. 그런데 사진 속 딸은 엄마를 어떻게 하면 행복하게 해줄까 생각한 끝에, '돈 많이 벌어서 엄마한테 맛있는 거 사드리고, 좋은 옷도 입혀드리고, 좋은 집에서 살게 해드리겠다'고 손가락 걸고 약속했다. 아무래도 어린 꼬마가 엄마의 외로움을 너무 일찍 알아버린 것 같다. 혹은 돈을 벌어야 행복해질 수 있다는 자본주의의 논리를 벌써 알아차린 것 같기도 하다. 그 이야기를 들을 때만 해도 재미있다, 울 엄마 무척 귀엽다고만 생각했었는데, 지금 생각해 보니 엄마는 어려서부터 기특하고, 씩씩하고, 아주 당찬 모습을 하고 있었다. 어리광도 한 번 못 부려보았을 사진 속의 엄마가 마음에 밟힌다. 꿈속에서라도 어린 엄마를 만나 엄마의 소꿉친구도 되어주고 밤새도록 이야기도 하면서 엄마를 세상 행복한 철부지로 만들어 주고 싶다. 하마

터면 그냥 지나칠 뻔한 소품이었는데 그 속에 담긴 이야기가 왜 아직까지 가슴이 저린지 모르겠다.

어린 딸이 엄마에게 한 약속은 끝내 지키지 못한 약속이 되어버렸다.

어머니는 1913년 계축년 소띠 해에 공주에서 무남독녀로 태어나셨다. 김동리 작가와는 동갑이 되고, 조선의 마지막 공주인 덕혜옹주보다 한 살이 적다. 어머니도 덕혜옹주와 같은 열아홉 살 꽃다운 나이에 혼례를 올렸다. 나는 사람들의 생몰 연대에 관심이 많다. 어머니와 비슷한 연배의 어른들께 연세를 묻기가 좀 어려워서, 무슨 띠이신지를 묻고는 '우리 어머니보다 몇 살이 적구나!' 혹은 '비슷하구나.' 하며 혼자 쓸데없는 셈을 하곤 했었다. 어머니는 아버지 얼굴도 기억할 수 없는 어린 아기였을 때 아버지를 여의고 홀어머니 밑에서 자랐다. 졸지에 청상과부가 된 외할머니는 어린 딸과 단둘이 사셨다. 얼마나 막막하고 외롭고 힘겨웠을까? 호랑이가 내려올 것 같은 산골의 무섭도록 깊고 캄캄한 밤을 어떻게 지내셨을까? 외할머니는 열녀 표창도 받으시고, 양자를 들여 제사를 지극정성으로 지내셨다. 그 부질없는 일로 얼마나 힘든 인생을 살아야 했을지 감히 짐작조차 할 수 없다.

어머니는 인천에서 부잣집 둘째 아들에게 시집을 갔다. 과수댁의 딸이 어떻게 부잣집 며느리가 되었는지는 나도 모르겠다. 어머니의 시아버지, 그러니까 나의 할아버지는 당시 인천에서 인쇄소, 양조장, 목재소와 극장도 가지고 있었다고 한다. 할아버지의 재산 대부분은 일본에서 기차 사고로 다리를 다친 큰아들에게 전해졌다. 둘째인 아버지는 목재소와 과수원을 물려받았지만 목재소는 불이 나 없어졌고, 과수원도 제대로 건사하지 못한 채 대전으로 피난을 가게 되었다. 제대로 된 직장도 없는 백수의 딱한 남편과 함께 어머니는 평생 고생하며 사셨다. 할머니의 기대와는 달리, 하나밖에 없는 딸 역시도 당신과 다를 바 없는 힘겨운 삶을 살아야 했다.

어머니는 가난한 살림 중에도 혼자 사는 친정어머니께 이것저것 보따리 싸 들고 자주 들르셨다. 보따리에 대해 내가 기억하는 것은 달콤한 연유가 들어있던 작은 깡통이 있었다는 사실 정도다. 손녀딸인 나는 방학 때마다 공주 외가로 보내졌다. 혼자 사는 어머니가 적적할까 봐 나를 시골에 보내셨던 것 같다. 지금도 공주의 종천 버스 정류장에서 내려서 엄마와 함께 만자골까지 걷던 시골길이 생각난다. 대평리의 넓은 들판과 논밭 사이로 나있는 좁은 길을 따라 몇 개의 산모롱이를 돌아가면 마을 끝에 외할머니 집이 있었다. 방학한 그 날부터 개학 전날까지 할머니 집에서 주구장창 놀다가 개학할 때쯤 허겁지겁 식물채집이나 형겊 모으기 등의 방학 숙제를 했던 것이 기억난다.

어머니가 늘 하던 기도가 있었다. 혈육이라곤 딸 하나밖에 없는 친정어머니를 위한 기도였다. 혼자서 외롭게 세상을 떠나지 않게 해달라는 기도, 임종을 꼭 지켜드릴 수 있게 해달라는 기도였다. 기도가 간절해서인지 외할머니는 사랑하는 딸이 지켜보는 가운데 숨을 거두셨다. 어머니는 할머니가 돌아가신 후에 꼬박 3년 동안 흰옷을 입으셨다. 겨울에는 흰색의 털스웨터를 짜 입으셨는데, 흰색이 그렇게 슬픈 색이었다는 것을 그때는 몰랐다. 혼자 사는 엄마의 외로움에 가슴이 저렸을 것이고, 아무것도 해드릴 수 없는 자신의 처지가 안타깝고 마음 아팠을 것이다. 그래도 어머니는 약속을 지키기 위해 나름 무던히 애쓰셨고, 당신이 할 수 있는 최선의 노력을 하신 것 같다.

돌아보면 나는 약속에 대체로 무심했거나 어쩌면 약속에 매우 인색하게 굴었던 사람이다. 지키지 못할까 봐 겁이 나서 그랬을지도 모르겠다. 지키지 못했다고 그 약속이 거짓이었다거나 의미가 없는 것은 아니다. 지키지 못한 약속도 때로는 아름답다.

'돈 많이 벌어 호강시켜 줄게요.'

어린 소녀가 엄마에게 했던 세상에서 가장 아름다운 약속이다.

'내가 끝까지 사랑할 거야', '무슨 일이 있으면 언제라도 달려갈게.' 이런 약속들이 우리를 행복하게 한다.

며칠 전 2년 8개월 된 손자 하민이가 아빠, 엄마, 할머니 모두에게 차를 사주겠단다. 이게 웬 떡인가 싶어 모두 입이 귀에 걸려 "와, 신난다. 무슨 차를 사줄 건데?" 물어보니 "아빠는 소방차, 엄마는 구급차, 할머니는 헬리콥터 사줄 거야." 그러는 게 아닌가?

내 인생에 헬리콥터라니, 이 달콤하고 황홀한 약속 때문에 할미는 행복해서 멀미가 날 지경이다.

내가 사랑한 순간

내가 사랑한 순간들을 사진에 담는 순서는 '바라본다 - 멈춘다 - 누른다'이다. 일단 바라볼 때 기분이 우울하거나 피곤하면 절대 찍을 수가 없는 게 사진이다. 사진을 찍고 싶다는 충동을 느낄 때면 사랑할 때 생길 수 있는 센서들이 작동한다. 피사체에 관한 관심이나 애정이 없다면 셔터는 작동하지 않는다.

나는 주로 풍경 사진, 꽃 사진, 인물 사진을 찍는다. 평범한 수준이다. 그렇다고 해서 시시하다거나 가치 없다고 할 수는 없다. 사진작가라도 찍을 수 없는 나만이 찍을 수 있는 포인트, 나만 보여줄 수 있는 이미지들이 있기 때문이다. 다른 사람에게는 아무 의미 없는 사진이라도, 개인의 사진에는 찍은 사람만의 특별한 경험이나 이야기가 있다. 내가 무엇을 보았고, 무엇을 좋아하는지, 무슨 얘기를 하고 싶은지 사진이 말해 준다. 봉준호 감독이 아카데미 상 수상 소감에서 인용했던 마틴 스코세이지 감독의 말 "가장 개인적인 것이 가장 크리에이티브하다."라는 말을 감히 내 사진에도 적용하고 싶다. 좀 심하다고 말할 사람도 있겠지만, 내가 찍은 사진들은 가장 개인적인 사진이며 그래서 나름 크리에이티브하다고 우기고 싶다.

요즘은 사진 찍는 방법이나 사진을 남기는 일이 예전과 많이 달라졌다. 신혼여행부터 임신, 출산 직후, 아기의 백일이나 돌 때 전문 촬영기사가 몇 회에 걸쳐 패키지 촬영을 해서 앨범으로 제작해 준다. 영화의 한 장면과 같고, 액자에 넣어야 할 명화처럼 근사하다. 프로 사진가가 찍은 사진이니 퀄리티가 높은 건 당연하다. 유감스럽게도 우리 아이는 둘 다 제대로 찍은 돌 사진이나 백일 사진이 없다. 대부분의 또래 아이들이 사진관에서 찍은 똘망똘망하고 예쁜 아가의 사진을 가지고 있겠지만, 우리 아이들은 미안하게도 그런 사진이 없다. 몹시 가난한 시절을 살았던 아빠의 돌 사진도 있는데 말이다. 그나마 다행인 것은 어설프게나마 내가 아이들의 모습을 꽤 많이 찍어뒀다는 것이다. 기념일은 물론이고, 아이들의 자라는 모습을 틈틈이 찍었다. 세상의 모든 엄마처럼 나 역시 태어나서 처음 보는 꿈틀거리는 작은 생명의 모든 것이 경이로웠다. 아기가 웃는 것, 우는 것, 하품하고 재채기하는 모습까지 놓치지 않고 담아두고 싶었다. 아이들의 노는 모습, 활짝 웃는 모습이나, 야단맞고 잔뜩 부어있는 표정들까지

1982 과천. 집앞에서 아빠와 9개월 무렵의 아들.
이보다 행복할 수 없다.

좋아서 카메라를 눌러댔다. 이제는 애들이 아주 도도해져서 사진 찍는 것도 눈치가 보여 마음대로 찍을 수 없다. 내가 언제든지 카메라를 들이댈 수 있었던 그때가 호시절이었다.

아이들이 어릴 적 꽤 여러 곳을 끌고 다녔다. 부모의 기대만큼 애들

은 그렇게까지 재미있어 하지는 않았던 것 같다. 여행지에서의 표정은 시큰둥해 보이는 사진이 많다. 그런 사진도 엄마가 아니면 찍을 수 없는 포인트가 담겨있어 내 눈에는 재미있다.

1983 과천. 아빠와 백일무렵의 딸. 아빠의 어깨에서 바라본 세상

아이들 어릴 적 사진을 보면 그날의 이야기들이 고스란히 떠오른다. 큰애가 중학교 1학년, 작은애가 초등학교 6학년일 때 남도 지방을 여행한 적이 있었다. 유홍준의 『나의 문화유산 답사기』에 나와있는 대로 일정을 짰다. 우리는 해남의 대흥사 경내에 있는 여관에서 자고, 누렁이라는 개가 안내하는 길을 따라 다산초당에 아침 일찍 올라가기로 했다. 누렁이는 하루에 딱 한 번 초당길을 안내한다는 얘기를 들었던 터라 아이들이 벌써 누렁이에게 먹다 남긴 고기를 주면서 안면을 터놓은 상태였다. 추운 겨울이었다. 장작불을 때서 방바닥이 절절 끓는 온돌방에서 자던 아이들을 꼭두새벽에 깨워 초당으로 향했다. 어스름 새벽

이라 길이 잘 분간이 안 됐지만, 신기하게도 누렁이가 그 어둑한 산길을, 나무뿌리가 드러나 울퉁불퉁한 길과 돌계단을 어찌나 잘 안내해주는지 정말 신통방통했다. 새벽의 짧은 산행 끝에 목적지에 도착했다. 다산 정약용(1762~1836)이 기거했던 초당은 좁은 마루와 세 칸짜리 방이 있는 아주 작고 소박한 집이었다. 다산초당이라는 유서 깊은 그 공간에 우리 가족만 있었다. 우리는 약간 경건한 자세로 마루에 앉아있었던 것 같다. 연못 주위를 걸어보기도 하고, 바위에 쓰인 정석이란 글자도 들여다보았다. 싸리 빗자루가 신기한지 빗자루로 초당의 마당을 쓸면서 입꼬리가 올라가던 딸애의 표정도 떠오른다. 강진의 작은 오두막은 헨리 데이비드 소로(1817~1862)가 2년 2개월을 살았다는 월든 숲속의 작은 오두막보다 소박함이나 아름다움에서 뒤지지 않을 것 같다. 신새벽의 푸르스름한 하늘과 함께 사방이 고요했던 그 시간, 작지만 특별한 기운이 서려있던 그곳, 내 사진에는 교과서의 다산초당에는 없는 우리만의 이야기가 언제라도 튀어나올 수 있다.

병산서원을 좋아해서 여러 차례 가보았다. 유네스코 세계문화유산으로 등록된 병산서원은 승효상 건축가가 극찬한 바 있다. 해가 쨍쨍했던 어느 여름의 오후, 배롱나무의 붉은 꽃이 황홀하도록 마당 가득 피어있었던 그날의 병산서원을 잊을 수 없다. 만대루의 거친 듯하면서도 반질거리는 마룻바닥에 한참 멍하니 누워있었다. 시끄러운 세상 소리가 없는 고요한 대낮이었다. 사방이 확 트인 만대루에서 보이는 적당히 높은 산들과 흘러가는 강물, 매미 소리, 하얀 모시 두루마기를 입고 만대루에 앉아있던 어른의 뒷모습. 쉽게 볼 수 없는, 그림 같은 한 장면이었다. 내 사진 속 병산서원에는 나만이 알고 있는 어느 여름날의 공기, 시간, 소리, 냄새로 기억되는 그런 것들이 있다.

1990 서산. '백제의 미소'라 일컬어지는 서산 마애 삼존불의 동그란 얼굴의 웃는 모습이 아이의 모습과 닮아서.

아이들이 엄마가 찍은 사진을 보면서 "내가 어릴 때 이렇게 생겼었구나. 정말 예쁘고 귀여웠었네."라고 말할 것 같다. 그렇지만 가끔은 이렇게 말해 주길 바란다. '엄마가 왜 그렇게 사진을 찍어대나 했더니 내 표정, 내 모습 하나하나, 모두 견딜 수 없게 예뻤나 봐. 사랑하지 않고서야 어떻게 이런 사진을 찍을 수 있겠어…'라고.

내가 사랑한 순간, 내가 사랑한 얼굴들, 사진으로 기록한 모든 이야기가 소중한 선물로 기억되면 좋겠다.

사진에는 단순한 기록이나 추억만 있는 게 아니다. 그 속에는 세월이 흘러도 끝내 남아있는 소금 같은 결정들이 있다. 어느 날 문득 만져지기도 하고 바람처럼 우리 가슴으로 파고들어 올지 모르는 그런 것들이다. 이를테면 기쁨, 그리움, 슬픔과도 비슷한, 딱히 뭐라고 이름 지을 수 없는 것들이 찰칵하는 순간, 사진과 함께 출력된다.

1983 에버랜드. 생후 8개월의 작은 애 옆에
두 돌이 지난 큰애가 얌전히 누워 있는 모습이 짠하다

▲ 1981 에버랜드.아빠와 아들. 바라만 봐도 사랑스러운 아가야...

▲ 1984 설악산.
지금보니 둘이 참 많이 닮았다.

▲ 1985 일원동. 오늘도 아빠는 퇴근 후...이래!

1. 1986 일원동. 남매 둘이 러브스토리 촬영 중.

2. 1986 용인 자연농원. '동생은 내게 맡겨주세요,' '난 오빠가 젤 좋아'

3. 1989 해인사 팔만대장경 판고.
큰애는 뭐가 불만인지 잔뜩 부어있고 작은 애는 오빠랑 상관없이 즐겁다.

4. 1995 담양 식영정. 큰 애는 중학생이 되었다고 표정이 근엄해졌다.

▲ 1994 경주. 어디 너희 둘을 한꺼번에 들어볼까!

▲ 2006 에딘버러. 다정한 남매.
사이 좋았다가 때로는 무섭게 싸우기도 했다.

▲ 2006 잘츠부르크. 마치 싸운드오브 뮤직에 나오는 애들처럼...

올케와 나

참 애매하다. 나와 올케의 사이 말이다. 누가 보더라도 우리는 사이좋은 시누이 올케지간이다. 그러나 자세히 들여다보면 꼭 그렇다고 말하기가 뭐할 때도 있다.

여름의 끝자락, 귀뚜라미가 울기 시작하는 처서를 지나 모든 곡식이 익어간다는 '백중(百中)'이었다. 오빠 내외랑 가까이 지내는 몇 사람과 1박 2일로 곰배령에 다녀오기로 했다. 아침 일찍 나를 태우러 온 오빠가 차에서 내리는데 이게 어찌 된 일인가? 오라버니 미간에 하얀 반창고가 붙여져 있다. 그것도 제법 길게 붙여져 상처가 작지 않음을 짐작할 수 있었다. 어찌 된 일이냐고 물으니, 전날 저녁에 죽은 물푸레나무 가지를 자르다가 사고를 당한 것이란다. 갑자기 떨어진 가지에 미간을 찔러 상처가 났는데 피가 많이 났었단다. 병원에 가서 몇 바늘 꿰매고 이제 좀 진정 됐다고 한다. 눈을 안 다친 것이 천만다행이다 싶었지만, 속상한 마음에 '아니, 왜 맨날 젊은 사람도 힘들다는 가지치기를 하다 그렇게 다쳐요. 혹시 언니가 시키는 거 하다가 다친 거 아니야?'라는 얄미운 시누이 잔소리가 나오려고 한다. 순간 숨을 고르고, 목까지 올라오는 말을 꿀꺽 삼켰다. 오빠가 사고의 경위를 자초지종 이야기하려고 하자 올케가 "일 절만 하세요." 하면서 옆에서 톡 쏘아붙인다. 갑자기 불편한 기운이 싸-하게 감돌았다.

곰배령 가는 길에 강원도 인제의 자작나무 숲을 둘러보기로 했던 터라 차에서 내리는데 햇살이 뜨거웠다.

"당신 선크림 좀 바르지." 오빠가 언니에게 상냥하게 말을 건넨다. 그랬더니 "아이고, 언제 그렇게 날 생각해 줬다고…." 언니가 잔뜩 부어 툴툴거린다. 간밤에 뭔 일이 있었는지는 모르겠지만, 부부 사이에 팽팽한 긴장의 냉기류가 계속 감지된다. 옆에 있는 시누이 심기 또한 편하지 않다. '어라, 시누를 완전 물로 보는가 본데, 다친 사람이 얼마나 아팠겠어. 아픈 사람한테 잘해줘도 시원찮을 텐데, 아니 대놓고 싸우시겠다는 거네. 내 앞에서 이래도 되는 거야?' 아주 따끔하고 야무지게 말하고 싶었다. 그러나 안타깝게도 교양이 너무 넘치는 나는 오빠 역성드는 시누이 노릇을 차마 할 수가 없다. 어쩔 수 없이 고래 싸움에 불쌍한 내 새우등만 터질 수밖에.

그들 부부는 자주 다투는 편이다. 옆에서 보면 마치 내일 이혼할 사람처럼 투닥투닥 하다가도 금세 언제 싸웠냐는 듯 시치미 뚝 떼고 다정하게 지내는 걸 보면 냉탕과 온탕을 번갈아 오가는 것 같다. 이러다 헤어지면 어떡하지 나 혼자 진지하게 걱정하고 있는데 난데없이 그들의 꿀 떨어지는 모습을 볼라치면 배신감에 몸을 떨기도 여러 번이다.

하루 일정을 모두 마치고 우리 일행은 곰배령 깊숙한 곳에 있는 펜션에 도착했다. 방문을 열면 아주 지척에서 소리 내며 흐르는 맑은 개울이 있고, 집 주변에는 온갖 꽃들이 피어있는 예쁜 펜션이다. 주인아저씨께 우리 일행을 소개했다. "이쪽은 올케님이시고요. 저는 시누년이에요."라고 했더니 모두들 한바탕 웃는다.

올케는 대학 시절 나의 절친이었다. 우리는 같은 과에서 4년 내내 붙어다녔다. 반듯한 모범생인 친구가 마냥 편하고 좋았다. 4학년 여름방학 때 오빠가 갑작스러운 약혼 발표를 했다. 그 상대는 다름 아닌 내 친구였다. 두 사람 다 나한테는 감쪽같이 비밀로 하고 상당 기간 연애를 했던 거다. 친구는 졸업하던 해 오빠랑 결혼했다. 한동안 언니 소리가 안 나와 친구 이름을 부르다가 어머니한테 꾸지람을 듣기도 했다. 우리는 같은 아파트, 그것도 마주 보는 동에서 살았다. 둘 다 남매를 두었는데 아이들은 같은 유치원, 같은 수영장, 같은 초등학교에 다니며 허구한 날 만나서 같이 어울려 지냈다. 그러다 오빠네가 다른 동네로 이사 가고부터는 일주일에 겨우 한 번 정도 교회에서 만날 수 있었다. 오빠 내외는 두 남매를 모두 결혼시키고 오빠가 그렇게 노래하던 시골로 이사했다. 언니도 중학교 교사를 하다가 명예퇴직을 하고 시골 아낙으로 지내고 있다. 세수하는 남편 옆에서 마른 수건을 건네주고, 애를 업고 버스 정류장에서 남편을 기다리던, 토끼처럼 순진했던 언니였다. 지금은 포스 있는 고양이의 기품을 지닌 아내로, 쥐띠 남편을 우아하게 잡고 있다. 이따금 사나운 듯 보이는 올케의 모습이 내 모습이지 하면서도 불쑥 서운하고 미워질 때도 있었다.

언니는 내게 이 말이 꼭 하고 싶을 거 같다. '니 오빠 만나서 내가 시골에서 이렇게 생고생하는 거 명심해라!' 그러나 나도 하고 싶은 말이 있다. '맞습니다. 맞고요. 그렇다고 해서 우리 오빠가 언니 고생만 시킨 거 아니잖아. 언니도 시골 생활을 은근히 좋아하는 거 아니었어? 그리고 언니만큼 여행 많이 한 사람 있으면 나와보라고 해. 나는 꿈도 못 꿔본 여러 곳을 다닐 때 내가 얼마나 샘나고 배가 아팠는지 모르지? 제발 불쌍한 우리 오빠, 삼식이라고 구박하지 말고 밥 좀 잘해줘!' 라고. 그러나 이렇게 개념 없는 말대답을 한다면 앞으로 두 번 다시 못 볼 게 뻔하다. 보나 마나 '아이쿠, 무슨 소리 하고 있어. 너나 잘하세요.' 하겠지.

다시 그날의 얘기로 돌아가서, 곰배령 갔을 때 초반에 그렇게 대놓고 우리 오빠한테 틱틱대고 구박하더니, 남편이 기운 없어 하자 이내 옆에서 약을 챙겨주고 먹을 것 챙겨주며 야단이다. 그 모습이 우습기도 하고, 그러면 그렇지 하면서 마음이 놓인다. 그들은 다시 평화롭게, 사이좋게 말랑말랑해졌다. 야생화 천국이라는 곰배령 정상에 올라가 보니 둥근이질풀, 고려엉겅퀴, 벌개미취 등이 지천으로 널려있었다. 곰배령의 효과인지 언니랑 나는 돌아오는 차 안에서 어릴 적 불렀던 동요를 부르기 시작했다. 「고향 생각」, 「따오기」, 「올해도 과꽃이 피었습니다」, 「해당화가 곱게 핀」 등등. 꼬리에 꼬리를 물고 나오는 동요를 끝도 없이 불렀다. 지금 생각해 보면 영 이상한 상황일 수도 있겠는데, 우리는 더할 수 없이 자연스러웠고 행복했다. 잠깐 품었던 미운 마음은 눈 녹듯 사라지고 그녀에게 이렇게 사랑스러운 데가 있었나, 그야말로 올케에 대한 재발견이었다.

사실 시골에서 지낸다는 것이 어디 그리 만만한 일일까. 남편 따라 내려간 시골 생활이 힘에 부치는 것 같아 안쓰럽기도 하고, 멀리 청원에서 주일마다 서울 시청 옆에 있는 서소문교회에 나오는 것도 고마웠다. 여자들이 결혼하면 '시(媤)' 자가 들어간 시금치도 안 먹고, 시청에도 안 간다는데 시누가 다니는 교회에, 그것도 시청 옆에 있는 교회에 다닌다는 사실이 보통 일은 아니다. 그러고 보니 올케에게 고마웠던 일들이 하나둘이 아니다. 우리 아이들을 늘 예뻐하고 집안 경조사에도 언제나 넉넉하게 베풀었다. 특히, 시어머니인 우리 엄마를 모시고 조카들과 함께 제주도에 다녀온 것이 두고두고 고맙다. 어머니는 그때 처음이자 마지막으로 비행기도 타보시고, 말도 타보시고, 손주들과 지내면서 매우 행복해하셨다. 특히나 고마웠던 것은 내가 교회에서 봉사부 일을 맡아 일하는 동안 힘든 일을 도맡아 도와준 일이다. 수요예배 때마다 국수 삶고 설거지하는 일부터 교회 행사나 여름 수련회 기간 내내 식사 준비를 묵묵히 도와준 걸 생각하면 얼마나 고마운지 언니를 업고 다녀도 부족할 것 같다.

　이렇게 고마운 것도 많고, 웃는 모습도 예쁜 언니랑 되도록 아름다운 대화를 나누고 싶은 게 내 희망 사항이다. '언니, 나 언니네 집에 가고 싶어.' 하면 '그래? 언제라도 와. 안 그래도 보고 싶었어.' 이런 착한 대답이 나와야 할 텐데.
　"날씨 추운데 뭐하러 와. 아직 꽃 안 폈어. 길 막히면 고생해."
　나비처럼 날아 벌처럼 쏘는 이 간결하고 시크한 멘트에 내 마음이 살짝 생채기가 난다. 반면, 오빠는

"야, 넌 동생도 아니야. 맨날 오고 싶다고 말만 하고. 어떻게 한 번도 안 오냐? 여기 장난 아니야. 깽깽이꽃, 수선화, 무스커리…. 말도 마라. 너무 예뻐서 오줌 쌀 지경이다."라고 한다.

부부의 서로 다른 대답을 듣고 잠시 고민하다 눈치 없이 그냥 쳐들어간다. 막상 내려가면 기다렸다는 듯 반갑게 맞아준다. 그리고는 새로 사 온 나무며, 꽃에 관한 이야기를 쉴 새 없이 풀어놓는다.

이따금 집 근처에 있는 운보 김기창 화백의 집, 화양동 계곡, 옥천의 뿌리 깊은 나무, 논산 윤증 고택 등 여기저기 데려가 주기도 하고, 맛있는 것도 잘 사주곤 한다.

그러고 보니 내 인생에서 힘든 일이 있을 때마다 제일 먼저 달려왔던 사람, 그리고 앞으로도 제일 먼저 달려올 사람도 올케다. 가족이라는 이름으로 울고 웃었던 시간 속에 언니가 늘 함께 있었다는 사실 하나로도 올케를 사랑할 이유는 충분하다.

대부분의 인간관계가 그렇듯이 항상 좋기만 한 경우는 드물다. 시누와 올케 사이도 그렇지만 부모와 자식, 친한 친구, 부부 사이도 다르지 않다. 좋다가도 싫어지고, 맘에 들다가도 어느 순간 서운해지기도 한다. 특별히 변덕이 있어서가 아니라 사람도 자연처럼 매 순간 변하기 때문이다. 상황에 따라, 자기의 처지에 따라 바람도 불고 서리도 내리고 눈보라가 몰아치는 때가 있다. 가끔은 좋은 관계를 위해 기다리거나 조율하는 시간이 필요하다. 엉켜있는 실타래를, 관계의 섬세한 기호들을 애정을 갖고 차근차근 풀어볼 일이다.

2003 시내산. 아침 햇살이 금빛으로 퍼지던 시내산에서 사이좋게 올케와 나.

사랑은 언제나 서툴다

　　사랑한다면 그래서는 안 되는 거였다. 마틴과 루이자는 서로 사랑하는 게 분명해 보이는데, 행복하지 않고 어딘지 불편해 보이면서 만났다 헤어지기를 반복한다. 영국 드라마 『닥터 마틴』에 대한 얘기다. 런던의 유명한 외과 의사 마틴과 초등학교 선생님 루이자의 삐걱거리는 사랑 이야기다. 드라마 내내 단 한 번도 웃지 않는 까칠한 의사 마틴은 실력 있고 나름 매력적인 인물이다. 문제는 사람들과 잘 지내지 못하고, 사랑하는 일에 매우 서툴다는 것이다. 마틴은 루이자가 따뜻하고 아름답다고 말한다. 그녀가 떠날 것을 두려워하지만 붙잡지도 못하고, 맘속으로만 그녀가 행복했으면 좋겠다고 생각한다. 마틴의 사랑이 이토록 확실한데도 루이자는 그의 사랑이 전혀 체감이 안 되고, 같이 살기는 어렵다고 생각한다. 나는 이들 부부가 너무 답답하고 안타깝다. 사실 그들의 얘기가 남의 얘기 같지 않다. 지금 생각해 보면 나도 그들처럼 사랑하는 일에 자주 실패했다. 그때는 분명 사랑이라고 믿었었는데 지나고 보니 아니었던 경우도 많았고, 입으로는 사랑을 말하면서 치명적인 상처를 주기도 했고, 쏟아버린 물처럼 주워 담을 수 없는 사랑의 시행착오를 번번이 저지르고 말았다. 나는 왜 항상 사랑에 목마른지, 왜 그렇게 사랑하는 일에 자주 넘어지고 실패하는지 진심 알고 싶다.

에리히 프롬의 『사랑의 기술』이란 책을 '맞아, 맞아.' 하면서 재미있게 읽었던 적이 있다. 프롬이 말한 대로만 하면 괜찮은 사랑을 할 수 있었을 텐데. 그가 말하는 사랑의 네 가지 덕목 knowledge, belief, respect, responsibility 모두에서 나의 성적표는 매우 초라하다. 아무에게도 보여줄 수 없는 부끄러운 성적표인데, 가족들한테는 이미 다 털어버린 것 같다

knowledge. 사랑하는 사람에 대해서 잘 알아야 한다고 말한다. 나는 부모님에 대해서도, 남편에 대해서도 아는 것이 너무 적다는 생각을 떨칠 수가 없다. 살면서 언제가 제일 기뻤는지, 힘들었는지, 어떤 것을 좋아했는지, 무엇을

1980 성산 일출봉. 신혼여행 때
이런 정장을 하다니 대단히 이상해 보인다.

꿈꾸고 살았는지 잘 모른다. 아무것도 물어볼 수 없는 지금에 와서야 그런 것들이 왜 그렇게 궁금하고 알고 싶은지 모르겠다. 내가 낳은 자식이라도 엄마니까 잘 안다고 말할 수 없다. 오래 사귄 친구라도 잘 안다고 할 수 없다. 볼수록 신비롭고 알 수 없는 존재인 '너', 열 길 물속 같은 깊은 내면을 가진 너를 쉽게 알 수 있을 거로 생각한다면 사랑에 대한 첫 번째 실수가 시작된 거다. 말 안 해도 눈빛만으로 알 수 있을

거라는 기대도, 다시 외울 필요 없는 구구단처럼 너에 대해서 더 알 필요가 없다는 생각도 위험하다. 사랑하면 알게 된다는 말이 있지만, 웬만큼 사랑하지 않으면 제대로 알기 어렵다. 서로에게 집중하면서 잘 듣고, 나를 잘 설명해 주면서, 아주 많은 대화를 해야 할 것 같다.

1990 서산AB지구 간척지. 철새를 보러 갔다.
애들은 자주 싸웠고 우리도 이따금 싸웠던 그때가 그립다.

belief. 신뢰와 믿음이다. 사춘기 아들이 한참 말 안 듣고 미운 짓을 할 때였다. 세간에 떠도는, 북한이 쳐들어오지 못하는 이유가 중2 아이들이 무서워서라는 말을 실감하고 있을 때였다. "이 아이를 어떡하면 좋아. 이럴 땐 당신이 따끔하게 혼을 내든지 어떻게든 해봐요." 아빠의 서슬 퍼런 권위로 애를 훈육해 주길 바랐건만 남편은 "우리가 사랑해 주지 않으면 누가 사랑해 주겠어. 아이의 잠재력을 믿어야지. 우리보다 훨씬 나은 사람이 될 거야."라고 말했다. 내기대에 한참 못 미치는 그 말이 서운하고 실망스러웠다. 지금 생각해 보니 썩 괜찮은 말이었던 것 같다.

형편없는 모습으로 실망을 안겨줄 때조차도 오래 참고, 기다려 주고 나를 믿어주는 사람 앞에서 우리는 좋은 사람이 되고 싶다. 조던 피터슨은 『인생의 12가지 법칙』에서 나에게 최고를 기대하는 사람만 만나라고 한다. 좋은 사람이 되리라는 기대와 믿음을 보여주는 사람을 만나라는 것이다. 사랑에 관한 불멸의 문서인 고린도전서 13장은 "사랑은 오래 참고…"로 시작한다. 믿음이 없다면 오래 참고 오래 기다릴 수 없다. 우리는 본능적으로 알 수 있다. 상대방이 날 믿는지 아닌지를.

respect. 존경, 존중을 뜻하는 이 말이 나는 참 좋다. 훌륭하다고 알려진 사람을 존경하는 것은 어렵지 않다. 그렇지만 가까운 사람들, 허물이 많고 부족한 점을 속속들이 잘 아는 부모나 배우자, 친구를 존중하는 일은 쉽지 않다. 가족이기 때문에 함부로 화내고 무례하게 대할 때가 있다. 가족이라서 상처받지 않는 것이 아니다. 오히려 가족에게 존중받지 못할 때 더 노엽고 더 아프다. 어떨 때 존중받는 느낌이 들까? 사람마다 다 다르겠지만, 요즘 같으면 부족한 글이지만 내 글에 관심을 갖고 읽어줄 때 존중받는 느낌이 든다. 내가 말하는 것을 잘 들어주고 공감해 주면 상대가 나를 소중한 존재로 대하는구나 여긴다. 누가 얘기할 때 자칫 건성으로 듣거나 듣는 척할 때가 종종 있었다. 나부터 상대를 진심으로 존중하고 있는지 매번 정직하게 물어야 한다. 어린아이가 말하는 것을 하나하나 배우는 것처럼 '존중의 언어', '존중의 태도'를 날마다 배우고 싶다.

responsibility. 책임지는 사랑이다. 존 레논의 「러브」라는 노래가 있다. "love is free, love is real, love is feeling, love is touch…." 그가 들려주는 사랑은 느낌이나 터치로 확인되며, 달콤하고 감미롭다. 잘 아는 대로 사랑은 감미롭기만 한 것이 아니다. '피와 땀과 눈물'이라는 수고 없이 저절로 얻어지는 열매가 아니다. 엄마가 아기를 사랑한다면 예뻐하기만 할 게 아니라 아이의 전부를 책임져야 한다. 아무리 졸리고 피곤해도 아이가 어디 아픈 데는 없는지, 잘 노는지, 끊임없이 살펴보고 수고해야 한다. 사랑한다면서 매일 패스트푸드만 먹이고, 학원에만 여기저기 돌린다면 건강하게 자라기 어렵다. 그냥 수고하는 것이 아니라 그야말로 눈물겨운 수고를 해야만 누구를 사랑했다고 겨우 말할 수 있다. 어떤 수고도 하지 않으면서 사랑한다고 착각하거나 사랑받는 것을 당연히 여긴다면 곤란하다. 지금 마음 같아서는 매번 김이 모락모락 나는 따뜻한 밥을 해주고 싶다. 힘들어 보이면 "걱정하지 마! 내가 있잖아."라는 멋있는 말도 해주면서 팔을 걷어붙이고 도움이 되는 수고를 하고 싶다.

살면서 사랑하는 일에 얼마나 많은 실수를 했는지, 얼마나 부족했었는지 어떻게 이루 말할 수 있을까. 생각하면 가슴이 답답해 온다. 반성은 이렇게 잘하는데, 사랑은 왜 그렇게 언제나 서툰 걸까?

2011 제주 용눈이 오름. 아들이 찍어준 아빠의 마지막 사진.
그리고 몇 시간 후에 우리 가족에게 이별이 쓰나미처럼 덮쳤다.
더 사랑할 수 있었는데…

바느질이 좋다

요즘 바느질 재미에 푹 빠져있다. 어찌나 재미있는지 시간 가는 줄 모르고 바느질하다가 밥때를 놓치거나 밤을 새우는 때도 있다. 이런 모습을 아이들에게 들킨 적도 있었는데, 게임 하다 들킨 애들 심정이 이렇지 싶다. 타이머를 맞춰놓고 시작하지만, 소용없다. 약속한 시간에 끝내는 법이 없다. 바느질을 시작하면 브레이크가 고장 난 자동차처럼 멈출 수가 없다. 중독의 수위를 보면 얼핏 바느질을 좀 하는 사람으로 오해할 수도 있겠지만, 아직은 초보 수준이다. 바느질한다고 온 집 안을 어지르는 건 일류인데, 결과물의 수준은 한참 멀었다. 내 주변에는 퀼트로 이불을 3채나 만들고 온갖 예쁜 소품들을 만들어 집 안 구석구석을 빛나게 하는 친구도 있고, 파자마, 블라우스, 원피스 같은 옷을 뚝딱 잘 만드는 친구도 있다. 나는 그들의 눈부신 실력을 질투하고 샘만 부릴 뿐, 감히 배울 엄두도 못 내고 있다. 앞으로도 그런 작품을 만들 일은 없지 싶다.

나는 아주 작고 소박한 소품들, 예를 들면 컵 받침이나 안경 지갑, 작은 주머니, 식탁 매트, 요즘은 마스크 정도를 만들 수 있다. 일단은 크기가 일정 수준을 넘지 않아야 한다. 작고 단순하지만 천이 주는 질감과 색상, 프린트를 살려 나만의 작품을 만들고 있다. 그중에서 안경 지갑은 꽤 인기 있는 아이템으로 친구나 지인들에게 선물하면 반응이 뜨겁다. 예쁘다고 말해 주고 좋아하는 모습을 보면 신나고 기분이 좋아서 자꾸 주고 싶어진다. 그러나 어떤 것은 예쁜 것 같아서 선물했는데 지나고 보니 다시 돌려달라고 말하고 싶을 정도로 부끄러운 것도 있고, 어찌 그리 예쁜 걸 만들었을까 스스로 놀랄 만큼 괜찮은 것도 있다. 딸애는 내 작품을 덜컥 그냥 주어서는 안 된다고 말한다. 상대방이 내 선물이 맘에 영 안 들 수도 있다는 걸 기억하라고, 상대의 반응을 겸손하게 살피고 선물해야 한다고 잔소리를 한다. 내 작품에 대한 평가절하의 속셈이 다분히 읽히는 대목이다.

내가 맨 처음 만들어본 것은 안경집이었다. 손으로 한 땀 한 땀 바느질하느라 온종일이 걸렸다. 아차, 재봉틀이 있지. 왜 여태 그걸 몰랐을까? 창고 깊숙이 처박혀 있던 재봉틀을 꺼내보았다. 그러나 고장이 난 건지, 녹이 슨 건지 도무지 움직이지 않았다. 하는 수 없이 출장 수리하는 이를 불렀다. 그는 단지 기름 몇 방울로 꿈쩍 앉던 재봉틀을 단박에 멀쩡한 상태로 돌려놓았다. 그때부터 내 바느질의 역사가 시작되었다. 주변에 재봉틀을 가지고 있는 사람이 많지 않다. 지금도 그렇지만, 1980년대 초 혼수로 재봉틀을 준비하는 경우는 매우 드물었다. 비싸서가 아니라 관심 밖의 물건이었기 때문이다. 형편도 팍팍한 처지에 굳이 재봉틀을 사 주셨던 어머니의 마음이 새롭게 다가온다.

우리 가족은 한동안 대전 목동의 피난민 수용소에서 살았다. 춥고 배고팠던 시절, 어머니는 일하기 위해서 미국 선교사가 운영하는 '호의 집'이라는 탁아소에 어린 나를 맡기고 공장에 일하러 다니셨다. 아마도 군복을 줄이거나 수선하는 그런 일이 아니었을까 짐작한다. 그때 미국 선교사로부터 싱거 재봉틀을 선물 받았다고 한다. 어머니가 교회에 다니기 시작한 때가 아마 탁아소에 나를 맡기던 그때, 혹은 재봉틀을 선물 받은 그때가 아닌가 싶다. 싱거 미싱은 당시 우리 집의 소중한 재산이 되었고 생계에도 상당한 도움을 주었으며, 무엇보다 하나님을 믿게 된 결정적 계기가 되었다. 어머니는 교회에 열심히 다니셨다. 나도 어머니의 치마꼬리를 붙잡고 주일예배, 수요 저녁예배, 때로는 새벽예배도, 심지어는 밤에 가정마다 돌아가며 드리는 금요 속회까지 따라다녔다. 집으로 돌아오는 캄캄한 밤길에 엄마랑 함께 불렀던 찬송가 「예수 나를 오라 하네」를 부르면 지금도 눈시울이 뜨뜻해진다.

어머니는 삯바느질을 하셨다. 집 안에 수북이 옷감을 쌓아놓고 드르륵드르륵 하루 종일 재봉틀을 돌렸다. 내가 초등학교 다니던 때였다. 주로 한복 짓는 일을 하셨는데, 대청 구석에 한복들이 예쁘게 개켜 차곡차곡 쌓이던 모습이 떠오른다. 나는 바느질하는 엄마 옆에서 엎드려 숙제도 하고, 재봉틀 소리에 까무룩 잠이 들기도 했다. 이따금 옷고름에 젓가락을 넣어서 뒤집는 일을 도와드리기도 했다. 어머니는 아버지 한복도

1963 엄마가 만들어 준 원피스를 입고. 한복 옷감으로 만들어 준 이 옷이 지금 보니 예쁘다

손수 만들고, 내 원피스나 바지를 종종 만들어 주셨다. 엄마가 만들어 준 바지는 영 내 맘에 들지 않았다. 나는 그 바지를 입을 때마다 당꼬

바지 같다고 툴툴거렸다. 어린 게 눈은 높아서 바지 핏이 직선으로 떨어지지 않아 어벙벙한 느낌이 싫었던 것 같다. 그때마다 빙그레 웃으시던 엄마 얼굴이 떠오른다. 내 유년의 풍경에는 이렇게 바느질하던 엄마와 이름도 잊을 수 없는 싱거 미싱이 있다.

어머니처럼 나 역시 바느질을 통해 많은 것을 얻게 되었다. 어머니와의 추억은 물론이고, 가난을 기억하며 감사하는 마음, 시간 가는 줄 모르는 몰입의 즐거움과 누군가에게 내가 만든 것을 선물하는 기쁨도, 심지어는 작은 자투리 천으로 새로운 것을 만들어내는 아티스트의 자부심까지 모두 바느질이 내게 준

1985 과천. 나도 엄마처럼 내가 만든 청색 점퍼 스커트를
딸에게 입혀 보았다.

것들이다. 바느질을 하면 돈으로 살 수 없는 기쁨이 연금처럼 내 마음에 차곡차곡 쌓이는 기분이다. 괜찮은 노후 연금 상품으로 이만한 것도 없지 싶다.

나는 죽을 때까지 손에서 뭔가를 놓지 않았으면 좋겠다. 바느질 소품, 수채화 카드, 예쁜 책갈피 만들기, 하다못해 콩나물을 키우더라도 뭔가를 내 손으로 만들어내는 그런 삶을 살고 싶다. 살아 있는 동안

에 소비자보다는 '생산자'로 살고 싶은 게 내 욕심이자 소박한 목표다.

언젠가 TV에서 영국 웨일스 지방의 바느질 소품 대회를 본 적이 있다. 예쁜 쿠션을 만든 사람이 대상을 탔는데 나도 조금만 더 노력하면 그 수준은 넘어설 것 같다는 생각을 해본다. 이런 근거 없는 자신감과 함께 나의 행복한 바느질은 계속될 것 같다.

이제부터 나는 아티스트가 되려고 한다. 작은 자투리 천으로 새로운 것을 만들어내는 아무도 알아주는 사람 없는 무명의 아티스트, 괜찮은 타이틀이다.

칼 라르손 바느질 그림

왜 나는 '잭'을 사랑하는가

태어난 지 한 달밖에 안 된 꼬물꼬물한 강아지 한 마리가 우리 집에 왔다. 친구가 잠깐 맡아달라고 부탁한 강아지다. 아주 새까맣고 윤기가 자르르 흐르는 슈나우저였다. '잭'이라는 이름을 지어줬다. 아이들은 좋아했지만, 나는 개와의 동거가 달갑지 않았다. 눈 딱 감고 잠시 돌봐주려고 했다. 그런데 어떻게 된 일인지 한 달이 지났는데 도저히 돌려줄 수 없게 돼버린 것이다. 겨우 한 달 만에 시커먼 강아지에게 홀딱 빠져버리다니 알 수 없는 노릇이다. 내가 개를 키울 거라는 생각은 한 번도 해본 적이 없었다. 워낙 개를 싫어했기 때문이다. 애들이 어릴 적부터 꿈틀거리는 생명을 좋아해서 병아리, 미꾸라지, 잉어, 자라, 기니피그 따위를 키웠다. 딱 거기까지만이었다. "우리도 강아지 좀 키워요."라고 애들이 줄곧 졸라댔지만 그건 어림도 없는 일이었다. 그랬던 내가 이런 말을 하게 될 줄이야…. "우리 잭으로 말할 것 같으면 정말 예쁘고 영리하고 착하고, 말도 못 하게 사랑스럽다니까요." 그야말로 'TMI'다. 상대가 굳이 듣고 싶어 하지 않는, 관심 없는 얘기를 장황하게 늘어놓는 수다스러운 사람으로 변해버렸다. 사실 처음에는 예쁜지, 어떤지도 모르겠고, 갓난아기처럼 하루 종일 여기저기 오줌 싸고 똥 싸고 하는 통에 "아이고, 내 팔자야!" 하면서 골치 아픈 날을 보냈다. 그랬던 나였는데 강아지를 좋아하게 되다니 참 별일이다. '사람은 절대 변하지 않아.'라고 누가 말하면 이제는 자신 있게 말해줄 수 있다. '내가 살아봐서 아는데, 사람은 얼마든지 변할 수 있다니까요.'라고.

우리는 각자의 방식으로 잭을 사랑했다. 아이들은 강아지를 안아주고 데리고 자거나 놀아주는 것으로 잭을 사랑했다 믿었겠지만, 나와 남편은 잭을 씻기고 산책시키는 만만치 않은 수고를 하면서 잭을 사랑하는구나 싶었다. 외국에 나갔다 올 때도 잭의 선물을 챙기고, 국제전화를 하면서도 잭의 안부를 물었다. 개한테 이렇게까지 해도 되나 싶을 때도 있었지만, 잭은 가족이나 다름없었다. 지금이야 있을 수 없는 일이지만, 잭은 목줄을 워낙 싫어해서 목줄 없이 데리고 산책하다가 몇 번 잃어버린 적이 있었다. 그때마다 하늘이 노래지고 눈앞이 캄캄했다. 잭을 잃어버린 어느 날, 식구 모두 정신없이 잭을 부르며 밤늦도록 온 동네를 사방팔방 뒤졌지만 찾을 수가 없었다. 우리는 결국 수색을 중단하고 반쯤 얼빠진 채로 눈이 벌게져서 집으로 왔다. 그런데 웬일인가! 그토록 찾던 잭이 우리 아파트 8층 현관문 앞에 떡하니 앉아 있는 게 아닌가. 너무 반갑고 고맙고 놀라워서 뛸 듯이 기뻤다. 애들은 이산가족 만난 것처럼 부둥켜안고 뽀뽀를 하고 난리도 아니었다. 이 감동적인 이야기를 가까이 지내는 지인에게 말해 주었다.

"개는 정말 후각이 발달한 동물이에요", "개는 원래 자기 집을 잘 찾아온다니까요."라고 말하는 것이 아닌가? 기대했던 반응이 아니다. '어머, 어쩌면 그런 강아지가 있어요? 그 많은 아파트 중에서 그것도 8층을 어떻게 찾아왔을까요? 정말 똑똑하고 특별한 강아지네요.' 매너 있고 아름다운 사람이라면 이 정도는 반응해 줘야 하는데 말이다.

이렇게나 똑똑하고 사랑스러운 잭에게도 공개하기 힘든 흑역사가 있었다. 느닷없이 식구들을 물었던 말도 안 되는 기막힌 사건이 몇 번 있었다. EBS 「세상에 나쁜 개는 없다」에서 자주 나오는 그런 심각한 문제견은 아니지만, 목욕탕에서 씻기다가, 너무 예쁜 나머지 꼭 안아주다가, 또 한 번은 어떻게 하나 보려고 딸애를 때리는 시늉을 했다가 우리 부부가 잭에게 물린 적이 있었다. 심지어 피가 난 적도 있었다. 물린 순간은 너무 놀라서 심장이 쿵쾅거리고 살이 마구 떨렸다.

"잭, 이제 너는 끝장이야. 너를 당장 버려야겠어. 완전 끝이라구, 절대로 못 키워!"라고 말했다. 단호하고 비장한 결심이었다. 그런데 웬걸, 몇 시간도 되지 않아 언제 그랬냐는 듯 안아주고 쓰다듬어주고 또다시 사랑할 수밖에 없다니 참 한심한 노릇이었다. 물린 손에 붕대를 감고 있으면 무슨 일이냐고 사람들이 물었다. 차마 집에서 키우는 강아지한테 물렸다고 할 수가 없어 어물쩍 넘겼다. 잭은 우리의 애정 공세를 자기를 향한 공격으로 오해했던 것 같다. 지금 생각하면 잭이 잘못했다기보다 우리가 잘못한 것도 많은데 잭을 벌주고 야단쳤던 일이 미안하다.

잭은 우리 가족에게 상상할 수 없을 만큼 많은 기쁨과 행복을 주었다. 잭이 얼마나 사랑스러운 강아지였는지 1박 2일, 침이 튀기도록 얘기해도 부족할 지경이다. 봄에 연둣빛 이파리들이 피어나는 걸 보면 우리

잭처럼 예쁘구나 싶었다. 식구들이 들어올 때마다 열렬히 기뻐하며 맞아주던 모습, 항상 졸졸 따라다니던 모습, 내 발치에서 몸을 동그랗게 말고 있거나 귀를 쫑긋하고 바라보던 눈빛, 자기 방귀에 매번 화들짝 놀라는 모습 하며, 예쁘지 않은 것이 하나도 없었다. 심지어는 풀밭에서 똥을 묻혀 냄새가 진동해도 그 더러운 애를 깨끗하게 씻겨주고 언제 더러웠냐 하면서 안아주고 예뻐해 주었다. 좀 부끄러운(?) 얘기지만 나는 잭하고 숨바꼭질하는 걸 좋아했다. 방문 뒤에 숨거나 커튼 뒤에 숨어 잭을 부르면 짧은 꼬리를 흔들면서 여기저기 쪼르르 나를 찾아다니는 모습이 그렇게 귀여울 수가 없었다. 오래 약 올리며 안 나타나면 급기야는 잭이 신음 소리를 내는데 그때 내가 나타나면 경중경중 뛰면서 좋아하는 모습이라니, 그 모습이 지금도 눈에 선하다. 그렇게 사랑스러웠던 잭이, 12년을 함께 살았던 잭이 어느 날 갑자기 우리 곁을 떠났다. 전날 밤에도 늦은 산책을 하고 씻고 잘 놀았는데 아침에 거실 카펫에 쓰러져 있었다. 그때의 충격과 슬픔, 허망함이라니….

잭이 죽은 날 하필이면 약속이 있었다. 오랜만에 제자들과 점심을 같이하기로 한 날이었다. 당연히 취소하고 싶었다. 하지만 여럿이 한 약속이라 방법이 없었다. 잭을 화장하고 한 줌도 못 되는 유골을 가지고 아이들을 만났다. 잭이 오늘 아침에 죽었다는 사실을 말할 수 없었다. 대화에 집중도 안 되고, 밥도 억지로 넘기고 있었다. 집에 가서 혼자 맘껏 울고만 싶었다. 한동네에 사는 현주가 별안간 "선생님, 저 단독주택으로 이사했어요. 잭 데리고 놀러 오세요."라고 말하는 게 아닌가. 꾹꾹 참았던 눈물이 그 말 한마디에 터지고 말았다.

잭을 기르면서 강아지가 대체 왜 이렇게 좋은가, 왜 나는 잭을 사랑하는가? 그것이 알고 싶다. 강아지는 사람처럼 복잡하지 않고 단순하다. 겉과 속이 다르지 않다. 정직하다. 변덕이 없다. 한결같다. 복선이 없어 해독하느라 머리 아플 일이 없다. 그러나 이런 것이 내가 잭을 사랑하는 이유는 아니다. 잭이 멋있어서, 영리해서, 말을 잘 들어서 좋아한 것은 더욱 아니다. 말썽부리고 귀찮은 수고를 하게 하고, 심지어는 아프게 물기도 하는 잭이었지만, 나는 잭과 함께하는 시간이 좋았고, 잭의 모든 것이 이유 없이 그냥 좋았다.

 어쩌면 그렇게 이유 없이 누군가를 사랑하고, 이유 없이 이별해야 하는 게 우리 인생이 아닐까?

 살아있는 한 생명이 내 삶에 들어오는 일은 다른 세상을 만나는 일이다. 세상에 하나밖에 없는 특별하고 고유한 스펙트럼을 경험하는 일, 말하자면 인생의 비밀 하나를 추가하는 일이다.

2005 분당. 보고싶다 잭

2018 문경. 붉은 단풍의 헛간 앞에 강아지가 앉아 있다.
주인을 기다리고 있는 거 같은데 얼마나 저러고 있었을까.

아버지의 정원

아버지에 대한 기억이 별로 많지 않다. 아버지
의 말, 아버지와 함께한 시간은 거의 휘발되어 날아가 버리고, 별 의
미 없는 무심한 일상과 작은 정원이 내 기억의 전부다. 사실 정원이
라고 부를 수는 없는 조그마한 꽃밭이었다. 그런데 꽃밭으로 부르기
엔 왠지 미안한 마음이 들어 일단은 정원이라고 해두겠다. 우리 가족
은 6·25 때 인천에서 대전으로 피난 내려와, 목동 피난민촌과 용두동
적산가옥을 거쳐 선화동에 보금자리를 마련했다. 부엌 뒤로 아주 깊
은 우물이 있었고, 대청이 넓은 집이었다. 겉으로만 보면 집은 그럭저
럭 중산층의 모양을 갖추었지만, 먹고 살기는 꽤나 힘들었다. 아무튼,
1960년대의 가난한 우리 집 처지와는 어울리지 않는 제법 예쁜 정원
이 있는 집이었다.

아버지는 꽃나무 가꾸기를 좋아하셨다. 지금 생각해 보면 꽤 다양한
꽃나무들이 있었던 것 같다. 아버지는 약주를 드셨을 때 이따금 굉장
히 기분 좋은 얼굴로 꽃나무를 사 오시고는 했다. 당시로는 제법 값이
나가는 꽃나무들이었을 것이다. 입에 풀칠하기도 힘들었던 처지라 맨
정신으로 꽃나무를 살 수 없어서 술기운을 빌려 그러셨던 것 같다. 산
당화라 불렀던 명자나무, 붉은 열매가 열리는 사철나무, 가시는 많지

만 향기가 기막힌 해당화, 요즈음은 보기 힘든 주황색의 울퉁불퉁한 열매가 달리는 여주도 있었다. 빨간 구슬 같은 열매가 가지마다 촘촘히 열리는 앵두나무와 아버지가 따먹지 말라고 했던 포도나무도 있었다. 대청마루 앞에 작은 연못이 있었다. 연못은 보통 땅을 파서 만들게 되는데 아버지는 연못을 주변보다 높게 흙을 돋아서 위아래 두 단으로 만들고, 큰 돌들로 둘레를 만들었다. 연못 주위로 흰 줄무늬의 뱀풀과 붓꽃이 있었고, 황매화, 찔레, 상사화, 국화 그리고 향기가 은은한 옥잠화가 있었다. 다홍색 꽃망울의 산당화 가지가 연못 위에 닿을락 말락 낮게 드리워져 있었다. 작지만 평범하지 않은 연못이었다. 그곳에는 금붕어도 있었고, 막내 오빠가 멀리 냇가에 가서 잡아 온 버들붕어와 메기, 그리고 다음 날 아침이 되면 영락없이 도망가고 사라지는 뱀장어도 있었다.

연못 물이 진한 초록이 되면 물을 갈아줘야 하는데, 쉽지 않은 일이었다. 우선 뜰채로 물고기들을 커다란 대야에 옮겨두고 이끼나 물고기 똥으로 탁해진 물을 모두 바가지로 퍼낸 뒤 솔로 연못을 싹싹 닦아 청소한 다음, 뒷마당에서 길어온 깨끗한 우물물을 계속 날라서 가득 채워 넣었다. 거울처럼 깨끗하고 푸르스름한 물에 물고기를 다시 넣어주면 물고기가 훨씬 팔팔하게 움직이는 것 같았다. 짙고 어두운 초록색에서, 연한 옥색의 투명한 물빛으로 바뀔 때 느꼈던 그 서늘한 느낌을 기억한다. 나는 지금도 연못 물을 갈아주던 때의 부산하면서 흥분된, 살짝 들떠 있던 그 날의 공기를 기억한다. 꽃나무들이 있었던 자리와 흙냄새, 햇살까지 소환해 낼 수 있다.

고등학교 3학년 때 아버지가 돌아가셨다. 예비고사 치루기 며칠 전, 겨울이 시작되는 때였다. 뇌졸중으로 2년가량 고생하시다가 쉰아홉 해를 사시고 돌아가셨다. 많이 울었던 것 같은데, 그것이 깊은 슬픔이나 애도였는지는 잘 모르겠다. 내 마음속 지도에 아버지의 자리는 작고 초라했다. 나는 아버지로부터 받은 것이 없다고 생각했다. 나는 아버지에 대해 별로 궁금한 것이 없었다. 그리고 놀랍게도 아버지에 대해 아는 것이 거의 없었다. 말하자면 나는 아버지를 사랑하지 못한 것 같다. 그런데 지금에 와서 왜 갑자기 아버지의 이것저것이 궁금한지 모르겠다. 아버지는 야구를 좋아하셨는데, 언제부터, 왜 야구를 좋아하게 되셨을까? 아버지는 무슨 꽃을 가장 좋아하셨으며, 어머니의 어떤 모습을 사랑하셨는지, 아버지 눈에 어릴 적 나는 어떤 아이였는지, 살면서 힘들고 외로웠을 때는 언제였는지, 어떻게 견뎌내셨는지 인제 와서 진심으로 알고 싶다. 아버지는 부잣집 아들로 교토 전문대를 나왔다는 그런대로 괜찮은 이력이 있었지만, 가장으로서의 밥벌이에는 항상 실패했다. 할 수 없이 어머니가 삯바느질도 하고, 하숙을 치기도 하면서 어려운 살림을 꾸려 나갔다. 아버지를 딱히 원망한 적은 없었지만, 애틋한 마음이나 존경도 없었다. 신문사에 다니던 아랫집 영희 아버지나 의사나 교사처럼 버젓이 직장 생활하는 친구 아버지들이 속으로 그렇게 부러웠다. 일찍 철이 나서 부모의 마음을 헤아릴 줄 아는 사람도 많던데, 나는 그때나 지금이나 왜 그렇게 늦되고 모자란지 모르겠다. 한참 늦은 요즘에서야 철없던 내가 부끄럽고, 아버지께 새삼 죄송스러워 가슴이 먹먹해진다. 세상의 어느 아버지가 처자식을 호강시키고 싶지 않을까? 아버지가 돈을 잘 벌면 좋겠지만 그럴 수 없는 경우도 있는 법이다. 우리 아버지도 돈 못 버신 것 외에는 참 좋은 분이셨는데, 나는 왜 아버지의 외로움과 좌절을 보지 못했을까? 가족들에게 평생 큰소리 한번 못해보시고 누구보다도 맘고생 하셨을 아버지에게 죄송하다고 괜찮다고, 고맙다고 말하고 싶다.

　손바닥만 한 정원에서 봄이 되면 새싹들이 뾰족뾰족 올라오고, 차례로 꽃망울이 터지고, 앵두랑 유자, 포도송이가 굵어지며 익어가는 모습을 보았다. 계절마다 달라지는 정원의 버라이어티 쇼를 기억한다. 나는 다른 사람들도 이른 봄의 연한 연두색 이파리들을 보면 행복하고, 보리밭이나 밀밭을 보면 마음이 부풀어 오르고, 길가에 핀 꽃들을 보면 차를 세우고 싶은 줄 알았다. 그러나 그렇지 않은 사람도 의외로 많다. 어떤 사람은 그저 무덤덤하거나 때로는 꽃을 좋아하는 나를 오버하는 사람으로 은근 비웃는 사람도 있었다.

　꽃에 대한 나의 다소 유별난 반응은 아버지에게서 온 것이 확실하다. 오빠들 역시 아버지처럼 꽃과 나무를 좋아한다. 마당이 있으면 연못을 만들고 꽃을 기른다. 집 안의 모든 채를 물고기 잡는다며 망가트렸던 막내 오빠는 직장 생활 틈틈이 시골에 내려가 나무와 꽃을 심었다. 그러더니 결국 시골로 이사해 정원을 가꾸며 살고 있다. 30년 넘게 공을 들이더니 손가락같이 가늘었던 묘목이 어느새 고목처럼 크게 자랐다. 봄철에 분홍색 꽃이 황홀하도록 예쁜 서부 해당화, 서울에서 보기 어렵다는 황목련, 가지마다 하얀 나비로 덮인듯한 산딸나무들, 단풍이 가장 아름답다는 복자기나무, 안개처럼 신비롭고 몽환적인 느낌의 안개목, 하트 모양의 열매가 열리는 미선나무가 볼 만하다. 내가 좋아하는 깽깽이

풀부터 수선화, 크로커스, 은방울꽃, 아이리스 같은 온갖 꽃들이 자라고 있다. 오빠의 정원을 볼 때마다 아버지의 정원이 생각난다. 내 눈에는 그곳이 '타샤의 정원'만큼이나 소중하고 아름답게 보인다.

아버지로부터 받은 게 없다고 생각했다. 그런데 돈으로 살 수 없는 DNA, 꽃을 좋아하는 유전자를 물려받은 셈이다. 별거 아닌 줄 알고 놀다가 구석에 처박아 놓은 공깃돌이 아무것도 아닌 게 아니었다. 세월이 한참 지나고 들여다보니 보석이라고 해도 좋을 그런 것이었다.

붓글씨 쓰기를 좋아하던 아버지는 여러 글씨를 써서 벽장문에 붙여 놓았다. 그때마다 그렇게 나에게 먹을 갈라고 하셨다. 진득하게 먹을 갈아야 하는 그 시간이 진정 지루했었다. 할 수만 있다면 그 시간으로 돌아가서 먹도 진하게 갈아드리고, 좋아하시는 냉면도 사드리고, 빚을 내서라도 아버지를 모시고 교토에 다녀오고 싶다. 청년 시절 외롭게 지냈던 동네도 찾아보고, 교토의 정원 구경도 실컷 시켜드리고, 료칸에서 럭셔리 가이세키 요리도 사드리고 싶다.

기쁨으로 환한 아버지의 얼굴을 보고 싶다.

2019 청원. 덩굴 장미가 예쁘게 피었다.

2019 청원. 오빠내외가 가꾼 정원

Ⅲ

어린 왕자를 좋아하세요?

고흐의 낮잠, 일상의 황홀

        파리에 갈 기회가 있다면 오르세 미술관에 가보고 싶다. 거기서 느긋하게 시간을 보내며 반 고흐(1853~1890)의 작품들 가운데 「별이 빛나는 밤에」, 「오베르 교회」, 「밤의 테라스」, 그리고 무엇보다 「낮잠」을 자세히 음미하면서 보고 싶다. 고흐 하면, 먼저 외롭고 불쌍한 영혼을 떠올리지만 그처럼 많은 사람에게 사랑받기도 쉽지 않을 것 같다.

  불쌍하기로 말하면 이중섭(1916~1956)도 고흐에게 뒤지지 않는다. 그러나 가족이 주는 행복을 거의 경험하지 못했다는 점에서 고흐가 이중섭보다 더 불쌍하게 여겨진다. 이중섭은 숨 막힐 정도의 작은 한 평 공간에서였지만, 사랑하는 아내와 아이들과 함께 뒹굴며 남편 노릇도, 아빠 노릇도 해보았다. 하지만 고흐는 그런 경험조차 해보지 못했다. 그러나 고흐가 이중섭보다 행복했다면 사랑하는 동생 테오 덕분에 마음껏 그림을 그릴 수 있었던 점이 아닐까? 고흐는 가난한 와중에도 화려한 물감과 커다란 캔버스 천에 그림을 그려, 무려 천여 점에 가까운 작품을 남길 수 있었다. 생전에 훌륭한 화가로서 인정받는 데는 실패했지만, 하고 싶은 작품 활동을 할 수 있었다는 점에서 아주 불행하기만 한 것은 아니었다.

「낮잠」은 밀레의 파스텔 작품을 그대로 모사(模寫)한 것이다. 보스턴 미술관에 있는 밀레의 「낮잠」에 있는 풍경과 내용이 같은 그림이지만 주는 느낌은 사뭇 다르다. 고흐의 들판은 왠지 더 밝고 눈부신 느낌이다. 고흐의 편지들을 묶은 책, 『영혼의 편지』를 읽으면서 참 신기했던 것은 색깔에 대한 다양한 표현들이었다. 어떻게 하면 색깔에 대해 그렇게 많은 얘기를 할 수 있는지 놀라웠다. 예를 들면, '창백한 보라색', '신선한 버터 같은 노란색', '에메랄드 그린', '라임의 밝은 녹색', '라일락색'…. 그가 색깔에 대해 얼마나 집요하면서도 세밀하게 표현하고 싶어 했는지 알 수 있다. 고흐의 초록은 그냥 초록이 아니고, 노랑도 그냥 노랑이 아니다. 고흐만의 특별한 초록이고, 특별한 노랑이다.

고흐의 「낮잠」

「낮잠」의 전체적인 톤은 노랑이다. 황금색 들판. 나는 기껏 이렇게밖에 표현할 수 없다. 고흐라면 그림 속의 노란색을 어떤 색이라고 표현했을지 궁금하다. 아무튼, 그림 속 들판에는 투명하고도 따뜻한 햇볕이 쏟아지고 있다. 어른거리기도 하고 찰랑거리기도 하고, 톡톡 튈 것도 같은 햇살의 입자들이 쏟아지는 한낮이다. 들에서 일하던 부부가 건초더미 옆에서 나란히 누워 잠들어 있다. 남편은 손에 들고 있던 낫을 옆에 놓고 신발도 벗고 맨발로 모자를 깊게 눌러쓰고 잠에 빠져있다. 아내는 남편 쪽으로 머리를 두고 비스듬히 누워 잠들어 있다. 어쩌면 두 사람 다 코를 골며 자고 있는지도 모른다. 마른 건초더미의 냄새와 땀 냄새 그리고 새벽부터 일했을지도 모를 고된 노동으로 숨 쉴 때마다 단내가 날지도 모르겠다. 내가 보기에 그들은 틀림없이 꿀잠을 자는 것 같다. 그림 속의 인물들은 멋있거나 예쁘거나 하지 않고, 그저 평범해 보인다. 나는 그들이 가난한 사람이라 좋고, 일하는 사람이어서 더욱 좋다. 「낮잠」이 보여주는 나른한 평화가 좋다. 특별할 것이 없는 일상의 평화가 눈물겹게 아름답다.

우리 부부도 대충 그런 자세로 잤던 것 같다. 우리는 혈액형도, 취향도, 잠버릇도 서로 달랐다. 그가 반듯하게 누워 곱게 잠자는 타입이라면, 나는 주로 옆으로 누워 자고 자주 뒤척이는 타입이다. 그는 베개에 머리가 닿자마자 이내 잠이 들지만, 나는 잠드는 데까지 꽤 시간이 걸리는 편이다. 그러다 보니 자연, 먼저 잠든 남편의 숨소리를 들으며 잠을 청하게 되는데 나도 모르게 그의 숨소리와 박자에 맞춰서 숨을 쉬다가 잠이 들었던 적이 많았다.

매일 반복되는 일상, 그 평범하고 지루하다 못해 초라한 것 같은 일상이 얼마나 눈부시고 소중한지는 잃어봐야 안다. 마트에서 카트를 끌고 함께 장을 보거나 가족을 위해 밥을 짓고 식탁에서 함께 식사하는일, 퇴근하면서 현관에서 가볍게 포옹하는 일, 강아지와 산책하는 일, 이런 일상들이 어느 순간 돌연히 내 앞에서 사라져 버리는 경우가 있다. 절대 일어나서는 안 되는, 상상도 할 수 없던, 나와는 아주 무관했던 그런 일이 내게도 일어났다. 어느 날 갑자기 내 곁을 떠난 남편의 부재로 그 당연했던 일상들이 두 번 다시 일어날 수 없는 불가능한 일이 되어버렸고, 결국은 그리운 것이 되고 말았다. 그리움은 마치 들키고 싶지 않은 가난과 비슷하다. 꾹꾹 눌러놓았는데 때로는 누룩처럼 피어올라 눈물로 터질 때가 있다. 어쩌면 그리움은 정서라기보다 물리적 통증의 다른 표현일지도 모른다.

어리석게도 일상이 얼마나 소중한지 나름 잘 알고 있다고 착각하고 있었다. 내가 누리고 있는 것, 가진 모든 것에 감사하고 있다고 생각했다. 내가 보내고 있는 시간의 가치와 내 옆에 가까이 있는 사람들의 소중함을 잘 알고 있다고 믿었다. 숨을 쉬는 것도, 물을 마실 수 있는 것도, 아름다운 것들을 볼 수 있는 것도 감사했다. 이쯤 되면 뭘 좀 안다고 해도 될 것 같았는데, 그게 아니었다. 심한 착각이고, 자만이었다.

매일 마주하는 얼굴들과 모든 뻔한 것들, 진부하거나 시시해 보이는 것들을 얼마나 자주 무시하고 하찮게 여기며 살아왔는지 모른다. 입으로는 감사를 말하면서 내심 당연하게 여기며 내게 없는 무엇을 갖고 싶어 속앓이하고 욕심내며 심지어 불평하는 마음을 품었던 적도 많았다.

그러니까 아는 게 아는 게 아니다. 내가 안다고 믿었던 많은 것들에 대해 얼마나 무지했는지 세월이 지나서야, 잃고 나서야 비로소 조금씩 알게 되었다. 그러니까 이제 좀 더 뼈 아프게, 좀 더 사무치게 알아야 한다. 선물처럼 주어진 오늘의 모든 일상, 만나는 사람, 주어진 시간을 더없이 소중하고 귀한 것으로 여기며 살고 싶다. 그러나 깨우치고 마음 먹는 것은 아무래도 너무 쉽다. 항상 결심만 잘하는 바보 노릇 좀 그만하고 내 삶의 자리에서 날마다 아주 작은 변화라도 구체적으로 보여 줄 수 있다면 얼마나 좋을까…?

그립고 아쉬운 게 많은 내게도 여전히 감사할 것이 많고, 행복할 때가 많다는 것은 아주 놀라운 일이다. 고흐의 「낮잠」에서 볼 수 있는 평화로운 일상, 황홀한 일상이 매일 내 것이 되기를 소망한다.

모지스. 햇빛과 바람과 빨래가 있는 풍경, 황홀한 일상을 위한 완벽한 조합

『어린 왕자』를 좋아하세요?

내 지갑에는 프랑스 옛날 화폐 50프랑짜리 한 장
이 있다. 유로화를 쓰기 전
1994년 발행된 아주 오래된
것이다. 프랑스 사람들이 무
식한 것은 용서해도 아름답
지 못한 것은 용서 못 한다
더니 어쩌면 돈도 이렇게 예
쁘게 만들었을까 하면서 찬
찬히 들여다보았다. 크기는
우리 화폐보다 작은데, 색깔
이며 화폐 속 인물이나 그림
이 무척 예쁘게 느껴졌다.
50프랑짜리 지폐에는 놀랍

1994년 유로화를 쓰기 전 50프랑짜리 프랑스지폐

게도 생텍쥐페리(1900~1944)의 초상화와 어린 왕자의 그림이 있어 어
찌나 반갑던지, 소풍 가서 보물찾기에 성공한 아이처럼 기뻤다. 우리나
라 화폐 속 인물들이 세종, 퇴계, 율곡, 신사임당 등 15~16세기의 인
물인 데 반해서 생텍쥐페리는 아주 최근인 20세기의 인물이라는 점이

신기했고, 훌륭한 영웅이나 학자가 아닌, 작가라는 점도 반가웠다. 나는 이따금 사람들에게 지갑 속에서 50프랑 지폐를 꺼내서 보여주곤 하는데, 그러면 사람들도 재미있어하며 때로는 사진을 찍기도 한다. 그럴 때면 '오호, 그러면 그렇지. 내 보물의 가치를 알아봐 주는군.' 하면서 슬그머니 기분이 좋아진다.

내 인생의 책이라면 『어린 왕자』를 빼놓을 수 없다. 작가는 어른을 위한, 위로받아야 할 어른을 위해 바치는 책이라고 서문에서 밝히고 있다. 아주 짧은 동화지만 살면서 씨름하게 되는 절대 가볍지 않은 주제들이 들어있다. 『어린 왕자』에는 사랑, 이별, 외로움, 관계 맺기 그리고 죽음에 관한 이야기가 있다. 짧고 간결한 문장마다 깊은 통찰이 있고, 인생에 대한 신선한 질문들이 있다. 어린 왕자의 말 한마디도 놓치고 싶지 않고, 할 수만 있다면 여러 구절을 외워서 머릿속에 단단히 입력해 놓고 싶은 마음이다. 1943년 발간된 책인데도 읽을 때마다 새로운 느낌과 성찰을 갖게 하는 책이다. 아, 이래서 고전이구나 싶다.

어린 왕자는 요즈음 성공하는 사람들의 캐릭터를 다 가지고 있는 것 같다. 성공이라니, 어린 왕자와 가장 어울리지 않는 말이긴 한데 어린 왕자의 캐릭터는 시대를 뛰어넘어 독보적이며 눈부시다. 21세기의 경쟁력은 3F(Feeling, Female, Fiction)에서 나온다는데, 3F의 모든 조건을 완벽히 갖추고 있는 인물이 신기하게도 바로 어린 왕자가 아닐까 생각해 본다.

어린 왕자는 Feeling이 풍부하다.

생텍쥐페리 엄마의 편지에 따르면 작가는 어려서부터 감탄을 잘하는 아이였다고 한다. 어린 왕자 역시 아름다움, 외로움, 슬픔에 대해 놀라울 정도로 섬세하게 느끼고 반응한다. 노을을 보기 위해 자기가 살던 별에서 의자를 옮겨가며 마흔네 번이나 보았다. 노을이 아름다워서가 아니라, 슬플 때 보고 싶다는 이유로 보고 또 보는 노을이라니. 사막은 어딘가에 우물이 있어 아름답고, 별들은 보이지 않는 한 송이 꽃 때문에 아름답다고 한다. 우물의 도르래 소리에서 노랫소리를 듣고 하늘을 쳐다보면 별들이 모두 웃는 것으로 보일 거라고 말해 준다. 그가 느끼는 것은 섬세함을 넘어 경이롭다.

나이가 들면서 낯선 곳을 여행하거나 좋은 것을 보아도, 혹은 무지개를 보아도 더 이상 가슴이 뛰지 않고 덤덤해진다면 그건 정말 슬플 것 같다. 사랑하려면 많이 느껴야 한다. 아무 느낌이 없고 맹숭거린다면 그곳에는 문학도, 영화도, 정치도 그리고 복지정책 같은 것도 기대하기 어렵지 않을까 싶다. 느낄 수 있다는 것은 어쩌면 굉장한 능력이기도 하다.

여성성(Female)은 따뜻함, 유연함 또는 섬세한 디테일의 상징이며, 생명을 살려내고 길러내는 무엇이다. 우리에게 여전히 절실하고 목마른 것들이다. 살아가면서 이보다 더 중요한 게 있을까 싶다. 여성을 모르고 소비 트렌드를 파악하기는 어렵다고 한다. 물건의 구매도 여성에 의해서 결정되는 경우가 많다. 가구, 옷, 자동차, 심지어 집까지도 여자 마음에 들어야 한다. 여성의 마음을 얻지 못한다면 시장에서 성공하리라는 기대를 접어야 한다. 엄마 품속처럼 따뜻하고 안전하며, 평화롭다는 느낌을 들게 하는 것. 곧 여성적인 이미지, Female은 브랜드 마케팅에서도 유효하다. 나는 『어린 왕자』를 읽을 때마다 이토록 섬세하고 아름다운 글을 어떻게 남자가 쓸 수 있는지에 대해 매번 놀란다. 어린 왕자처럼 따뜻하고 세심하게 배려할 줄 아는 여성적인 면을 지닌 남자가 마초 같은 남자보다 연애도, 사업도 잘할 것 같다.

끝으로 Fiction은 허구 또는 상상력이다. 보이지 않는 것에서 뭔가를 찾아내고, 새로운 것을 만들어내는 능력이다. 「해리포터」, 「반지의 제왕」, 「아바타」 같은 그 유명한 작품들 모두 상상력(Fiction)이 보여주는 세계다. 『어린 왕자』 역시 사막의 별을 보고 만들어낸 아름다운 상상력의 작품이다. 상상력은 스토리텔링의 강력한 능력을 보여준다. 선진국인지 아닌지는 국가나 사회의 투명도로 알 수 있다는데, 어쩌면 상상력의 크기로도 알 수 있지 않을까 싶다. 그 무거운 쇳덩어리가 하늘을 날고 있을 때, 인간이 달에 갔을 때, 과학보다 먼저 상상력에 대해 생각하게 된다. 생텍쥐페리는 어떤 사람과의 관계를 시작할지 말지를 아주 단순하게 결정해 버린다. 코끼리를 삼킨 보아 뱀 그림을 보여주고는 "모자군." 하고 대답하는 이 시대의 낡아빠진 어른들, 그러니까 상상력이라고는 전혀 없는 사람하고는 끝이다. 자기 얘기를 하지 않기로 하는 것이다. 어린 왕자는 상자 그림 하나를 보고도 그 속에 양이 있고, 풀을 먹고 잠든 양이 있다고 상상한다. 상상력에서 어린 왕자는 누구보다 뛰어나다. 50프랑 화폐 속 그림은 어린 왕자와 코끼리를 삼킨 보아 뱀이다.

여기서 잠깐, 어린 왕자를 좋아한다고 해서 혹시라도 나에게 순수하고 따뜻하고 게다가 사려 깊은 구석이 있겠거니 한다면 그건 너무 순진하거나 위험한 기대가 될 수 있겠다. 그렇다고 대놓고 실망해서도 곤란하다. 사막처럼 보이는 나에게도 혹은 그대에게도 어딘가 꼭 우물이 있을 테니까. 말하자면 우리는 사랑받아 마땅한 아름다운 존재들이고, 단 한 송이밖에 없는 각자의 장미를 사랑하다 보면 언젠가 우리에게도 누군가에게 들려줄 아름다운 러브 스토리 하나쯤 만들어질지도 모르기 때문이다. 살다 보면 보이는 것만 믿고, 보이지 않는 것의 가치를 번번이 놓치고 마는 나에게 절망할 때가 있다. 가진 것이 없어 보여줄 것도 없는 내가 초라하게 느껴질 때도 있다. 해 아래 새로운 것이 없어 세상이 갑자기 지루해질 때, 잘 산다는 게 뭘까 궁금해질 때, 갑자기 밀려드는 외로움이나 슬픔이 목까지 차오를 때, 누군가를 진지하게 사랑해 보고 싶을 때, 이럴 때 어린 왕자를 가만히 불러내 보자. 어린 왕자는 틀림없이 우리 옆에 와서 다정한 친구가 되어줄 것이다.

다시, 빨간 머리 앤

        다시, 빨간 머리 앤이다. 이번엔 책이 아니라 드라마를 통해서이다. 2018년에 제작된 캐나다 드라마인데 넷플릭스를 통해 시즌3까지 보고 시즌4를 기다리는 중이다. 섬의 아름다운 풍경과 앤을 비롯한 등장인물들의 캐릭터가 선명하고 아름다워 드라마를 보는 내내 즐거웠다. 미국 드라마 『초원의 집』을 볼 때 느꼈던 그런 감동이 있었다.

  드라마는 루시 몽고메리(1874~1942)의 원작과는 다른 내용이 많은데도 원래 이야기인 것처럼 자연스럽고 재미있다. 작가는 앤을 지금 시대에 맞는 또 다른 모습으로 섬세하고 밀도 있게 잘 그려낸 것 같다. 작가의 고향이며, 작품의 배경이 된 프린스에드워드 섬이 궁금하다. 앤이 다녔던 작은 학교와 초록 지붕 아래 앤의 방, 마릴라의 정갈한 부엌도, 부엌에 있던 신기한 펌프도 보고 싶다. 무엇보다 에이번리 마을 숲속의 부드러운 흙길을 온종일 걸어보고 싶다.

  어릴 적 보았던 「초록 지붕 집 이야기」와 두 번째 책으로 나온 매튜가 죽고 교사가 된 앤의 「에이번리 이야기」를 오디오 북으로 듣고 있다. 난생처음 오디오 북을 들으면서 행복한 시간을 보내고 있다. 100년도 전에 쓰인 이 책이, 아직도 이렇게 싱싱하고 새롭게 다가오는 이유가 뭘까 신기하다. 앤의 치명적인 사랑스러움이 도대체 어디서 나오는 걸까?

'빨간 머리 앤' 하면, 맨 먼저 떠오르는 단어가 '상상력'이다. 요즘 표현을 빌리면 그야말로 '대놓고 상상력'이다. 고아원에서 불우하게 자란 못생기고 볼품없는 빨간 머리 앤은 영락없이 열등감으로 위축되고 소심한 아이일 것 같은데, 주눅 들기는커녕 되레 밝고 당당하다. 숱한 고통이나 슬픔, 외로움 속에서도 끊임없이 상상의 나래를 편다. 상상 속에서 앤은 우아한 공주 코딜리어가 되기도 하고, 바람이 되어 들판의 나무나 잔잔한 호수의 수면을 흔들기도 하며, 실크 드레스를 입고 무도회장을 눈부시게 걸어가기도 한다. 그녀에게 상상력은 언제나 꺼내 쓸 수 있는 두툼한 통장 같은 거다. 또는 모르핀처럼 지금의 고통을 잊게 해주거나 반짝 원기를 나게 하는 링거 수액 같은 건지도 모르겠다. 아무튼, 앤은 상상력이라는 거대한 창의력 창고를 가지고 있다.

앤은 이름 짓는 일에 뛰어나다. '기쁨의 하얀 길', '반짝이는 물빛 호수'…. 나는 산책을 하다가 이따금 앤이라면 이 개울을 뭐라고 불렀을까, 진달래가 피어나는 이 동산이나 아치를 이룬 단풍나무 길을 보고 뭐라고 이름 지었을까 궁금해진다. 무엇에 이름을 짓는 것은 더욱 사랑하겠다는 약속이다. 이제부터 너를 특별한 존재로 여기겠다는 다짐이다. 섬세하고 다정한 앤은 그러니까 관계 맺기의 달인이다.

앤의 눈에 들어온 꽃, 나무, 풍경, 사물, 사람들을 놓치는 법이 없다. 이렇게 이름을 지어주며 만들어진 네트워크를 통해 앤의 삶은 풍요로울 뿐 아니라, 한층 깊어지고 넓어진다.

앤의 이야기 중에서 특히 재미있었던 것은 린드 부인에게 대들며 싸우는 대목과 길버트를 석판으로 때리는 대목이다. 싸울 줄 아는 앤의 모습이 내 맘에 쏙 든다. "아이가 못생긴 데다 비쩍 마르고, 빨간 머리네."라고 노골적으로 모욕을 주는 레이첼 린드 아주머니에게 앤은 "아줌마 싫어요. 예의도, 인정머리도 없네요. 아줌마를 절대 용서하지 않겠어요."라며 단호하게 소리친다. 내가 그런 경우를 당했다면 어땠을까. 아마 펄펄 뛰게 분해도 '뭐 이런 나쁜 사람이 있나. 진짜 개념 없는 사람이군.' 하면서 속으로만 씩씩대고 해도 어른을 상대로 따지거나 싸울 생각은 못 했을 것 같다. 온순해서가 아니라 싸워봤자 질 게 뻔하고, 겁도 많은 터에 비겁하기도 해서 지레 싸움을 포기했을 것 같다. 그런데 앤은 아니다. 속으로 싸우거나 엉뚱한 사람에게 분풀이한다든지 미운 사람을 떠올리며 두들겨 패는 게임을 한다든지 하는 진부하고 뻔한 수준을 훌쩍 넘어서 있다. 상대가 누구이든, 친구든 어른이든 남자든지를 가리지 않고 할 말을 하며, 때에 맞는 싸움을 할 줄 안다. 결과와 관계없이 싸울 줄 아는 앤의 용기가 진심으로 부럽다.

앤은 누가 뭐래도 감탄의 여왕이다. 호들갑스럽긴 해도 진실하고 유쾌하다. 착한 아이, 똑똑한 아이보다 감탄을 잘하는 아이라니, 어쩌면 우리는 감탄한 만큼 행복해질 수 있고, 감탄한 만큼 누군가를 행복하게 해줄 수 있을지도 모르겠다.

앤은 어디서든 변화를 만들어내는 에너지와 실력을 갖고 있다. 예뻐서 눈에 띄는 아이는 아니지만 그렇게 사랑스러운 데다 실력까지 갖추고 있으니, 누구라도 끌릴 수밖에 없다. 앤은 친구들과 이야기 클럽도 만들고, 외로운 바이올렛의 옛사랑을 이어주기도 한다. 에이번리 마을의 개선사업을 통해 마을을 바꿔나가고, 시력을 잃어가는 외롭고 쓸쓸한 마릴라에게 삶의 시동을 다시 걸게 한다. 아무튼, 앤이 있는 공간이라면, 앤이 만나는 사람이라면 모두 소중하고 가치 있는 어떤 것으로 변하게 되어있다. 앤의 그 특별하고도 따뜻한 에너지로 세상은 조금씩 달라져 간다.

앤이 들려주는 초록 지붕의 모든 이야기가 좋다. 마릴라의 차가운 듯하지만 한결같은 헌신과 부지런함, 매튜의 선한 눈길과 변함없는 지지, 다정한 친구 다이애나와 길버트가 사는 에이번리 마을, 그중 어느 하나도 이야기 속에 없어선 안 된다. 그들을 통해서 앤은 성장하고, 그들과 함께 행복하다. 나는 요즘 마릴라가 점점 좋아지고 있다. 나도 그녀처럼 앤을 입양하고 싶다. 마릴라보다 나이도 많고, 그녀만큼 부지런한 살림꾼은 아니지만, 앤을 위해서 밥도 짓고, 집 안 구석구석 반짝거리게 청소도 하고, 예쁜 수를 놓은 베개도 만들어 앤의 침대 머리맡에 놓아두고 싶다. 마릴라처럼 앤이 좋아할 어떤 일을 궁리하면서 초록 지붕의 평화와 함께 한결같은 내 사랑을 주고 싶다. 실수투성이 앤의 저지레를 야단도 치고, 수다쟁이 앤의 그 지칠 줄 모르는 폭풍 수다에 '이제 제발 그 입 좀 다물어라!' 같은 행복한 비명을 지르고 싶다.

개츠비는 위대한가?

영화 「위대한 개츠비」를 보았다. 영화를 보는 내내 눈이 즐거웠다. 롱아일랜드의 호화로운 저택을 배경으로, 밝고 화려한 영상과 함께 잘생긴 레오나르도 디카프리오를 보는데 어떻게 즐겁지 않을 수가 있을까? 영화의 마지막이 인상적이었다. '개츠비'라는 책 제목이 나오고 그 앞에 'The Great'를 한 자 한 자 적어넣는 장면을 화면 가득 클로즈업해서 보여준다. 그냥 개츠비가 아니라 '위대한' 개츠비라고…. 프랜시스 스콧 피츠제럴드(1896~1940)는 개츠비가 왜 위대한지, 어떻게 위대한지 설명해 주지 않는다. 작가는 아메리칸 드림이라는 이상적인 단어의 뒤에 숨어있는 미국 사회의 탐욕과 도덕적 타락을 보여주고 싶었던 것 같다. 세계 공황 발생 직전 1925년에 발표된 작품이었다. 자본주의라는 화려한 풍선이 터지기 바로 직전이었다. 개츠비를 신랄하게 비꼬는 시선으로 보면 그는 위대하기는커녕 대단히 불쌍한 캐릭터다. 개츠비가 위대할 리가 없다. 반어적으로 사용한 건지도 모르겠다. 과연 그럴까? 작가는 우리에게 '위대하다는 것이 무엇인가?' 묻고 있는 것 같다.

위대한 사람 하면 나라를 구한 이순신이나 한글을 창제한 세종처럼 위대한 업적이 있는 사람들이 자동으로 떠오른다. 하지만 개츠비에게서 그런 걸 기대한다는 것은 매우 이상하다. 그는 신분세탁과 거짓말, 부정적인 방법으로 돈을 벌었다. 허영심 많고 속물근성을 가지고 있는 그는 그야말로 물불을 가리지 않고 살았다. 어느 부분에서도 그가 위대할 만한 이유는 없어 보인다. 그가 그토록 치열하게 살면서 얻었던 부는 자신이 누리기 위해서라기보다 오직 데이지에게 보여주고 싶어서, 그녀의 마음을 얻기 위해서였을지도 모른다. 안타깝게도 개츠비는 그렇게 힘들여 얻었던 모든 것들, 심지어는 자신의 목숨마저 데이지 때문에 잃고 만다. 이렇게 말도 안 되는 바보 같은 사랑을 하다니…. 개츠비는 애당초 데이지를 만나는 게 아니었다. 사랑해서는 더더욱 안 되는 일이었다. 아무것도 내세울 게 없는 무일푼의 청년이 부유하고 아름다운 데이지를 운명처럼 사랑하고 말았다. 그녀가 그만한 사랑을 받을 가치가 있는 사람인지는 중요하지 않다. 그녀를 사랑하려면 기필코 상류사회에 속해야 했다. 드디어 부자가 된 개츠비는 데이지의 집이 보이는, 강 건너 웨스트 에그에 저택을 마련하고 의도적으로 주말마다 화려한 파티를 연다. 당시 이스트 에그에 사는 상류층, 그러니까 톰이나 데이지를 포함해 주변의 잘나가는 사람들에겐 화려함, 고매함, 세련됨이 있었다. 그러나 드러나지 않은 그들의 밑바닥에는 사악함, 교활함, 그리고 부도덕이 깊게 감추어져 있었다. 속물근성이라면 개츠비를 제외한 그들이 오히려 더 심했다. 탐욕이라는 감정을 설명하면서 개츠비를 예로 들기도 하지만, 개츠비를 탐욕으로만 설명한다면 안타깝고 미안하다. 청년 개츠비가 너무나 가난했고 초라했기 때문일까? 개츠비를 위한 변명이 꼭 있어야 할 것 같다. 이상하게도 그들이 경멸하고 수

군댔던 개츠비만이 홀로 순수하고 빛나 보였다. 내가 개츠비에게서 느꼈던 강력한 이미지는 탐욕보다는 무모함이다.

리처드 바크의 짧은 우화소설 「갈매기의 꿈」을 영화로 본 적이 있다. 오직 갈매기와 음악 그리고 자막만 나오는 영화다. 기가 막혔다. 어떻게 그걸 영화로 만들 생각을 했을까? 홀 바틀렛이라는 감독이 자기 집까지 저당잡아 만들었지만 흥행에 실패했다. 닐 다이아몬드가 작곡한 「be」를 포함한 ost 모두 지금 들어도 좋다. 그들의 무모한 도전을 아직까지 기억하고 있다.

제임스 캐머런 감독 역시 무모한 구석이 있다. 「타이타닉」과 「아바타」라는 영화로 우리를 놀라게 한 그는, 세계에서 가장 깊은 바다인 필리핀의 마리아나 해구를 탐사하는 2012년 '딥 씨 프로젝트(Deep Sea Project)'에 참여했다. 그는 왜 깊은 바닷속이 궁금할까? 제임스 캐머런은 탐험이 끝난 뒤 말했다. "그곳은 달의 표면 같았어요, 지구가 아닌 다른 행성을 여행하고 온 느낌입니다." 『아바타』 같은 영화가 만들어질 수 있었던 것도 이런 못 말리는 호기심과 실패를 두려워하지 않는 무모함 때문에 가능했던 것이 아닐까 싶다.

'무모'의 사전적 의미는 앞뒤를 잘 헤아려 깊이 생각하는 신중성이나 꾀가 없음을 뜻한다. 그러니까 따지고 손해 보기 싫어하는 신중한 어른이 절대 가질 수 없는 것이다. 나는 가진 것도 없으면서 이리 재고 저리 재고, 약은 척을 하느라 한 번도 무모해 본 적이 없다. 내 울타리 또는 나의 한계를 넘어서는 어떤 도전도 해본 적이 없다. 우리가 미지의 세계를 알아가고 좀 더 나은 세상으로 한 걸음씩 나아가고 있다면 무모하리만치 용감한 도전을 했던 그들 덕분이다.

아름답고 위대한 영혼들은 설명하기 어려운 무언가를 가지고 있다. 그들은 대개 무모하다고 말할 만한 어떤 것을 가지고 있는 듯하다. 그들의 헌신과 희생은 세상의 잣대로 보면 정말 이해할 수 없는 바보의 얼굴을 하고 있다. 너무 단순하고 순수해서 깊이를 알 수 없는 위대함을 삶으로 보여주는 사람들이다. 옳은 일, 가치 있는 일을 위해 인생을 걸고 때로는 목숨까지 내놓는 사람들이 있다. 대부분 그럴 수가 없는 게 인간이다. 설사 그것이 백번 옳은 일인 것을 안다고 해도 그렇게 살기 어렵다는 것이 우리들의 고백이다.

2012 세비야. 사이프러스가 있는 풍경. 아름다운 것들은 왜 슬픈가

「위대한 개츠비」는 어떻게 보면 주변에서 흔히 볼 수 있는 뻔하고 시시한 사랑 이야기다. 그런데도 고전으로 이토록 꾸준히 사랑받는 이유가 뭘까?

개츠비의 쓸쓸한 장례식에서 그의 아버지가 간직하고 있던 아들의 노트에는 이런 것이 쓰여있었다. "6시 기상, 아령 들기, 공부, 발명에 필요한 공부, 매주 교양 도서 한 권씩 읽기, 매주 3달러씩 저축하기, 부모님께 더 잘할 것." 나는 이상하게 이 대목이 눈물겹다. 좋은 사람을 꿈꾸었던 어린 개츠비가 불쌍하다. 그의 모든 거짓말과 잘못된 선택에도 불구하고 개츠비는 그가 보여준 세상에 없는 순수와 용기, 무모함으로 사랑받아야 한다.

그는 꿈꿀 수 없는 것을 꿈꾼 사람이다. 멀리 보이는 '초록 불빛'으로 상징되는 그것을 위해 자신의 모든 것을 걸었다. 사람들 모두가 세상을 의심하고 좌절할 때 실패를 두려워하지 않고 무턱대고 초록 불빛을 꿈꾸고 자신을 던진 그 무모함으로 개츠비는 위대하다.

2016 터키. 히에라폴리스. 2세기경 지어진 원형극장.
우리에겐 이야기가 필요하다. 그것도 아주 슬픈 이야기가.

렘브란트의 「돌아온 탕자」

　　　　러시아 페테르부르크의 에르미타주 미술관에서 렘
브란트의 작품 「돌아온 탕자」를 보았다. 250만 점에 이르는 에르미타
주 미술관의 소장품 중에서 단 한 점의 보물을 말한다면 바로 렘브란
트가 그린 「돌아온 탕자」라고 한다. 렘브란트의 걸작품을 보는 순간
'온몸으로 전해지는 감동을 느꼈다. 그리고 나도 모르게 눈물이 났다.'
라고 말할 수 있다면 얼마나 좋을까. 나는 그저 맨 먼저 들었던 생각
이, '와, 그림이 엄청 크구나. 그리느라 힘들었겠다.' 또는 '러시아는 좋
겠다. 수많은 미술 작품과 이런 걸작품을 갖고 있다니.' 하는 정도였다.
그런데 이상하게 별 감동 없이 보았던 「돌아온 탕자」의 그림이 지금도
이따금 생각난다.

　렘브란트 반 레인(1606~1669)은 네덜란드 미술의 거장이며, 자화상
을 많이 그린 화가다. 무엇보다 빛의 화가로 알려져 있다. 빛을 그리
기 위해 밤을 기다렸다가 촛불을 환하게 켜놓고 작업을 했다고도 한
다. 렘브란트는 젊은 시절 명성과 부를 누린 성공한 화가였지만, 아주
혹독한 인생의 고통을 겪어야 했던 불운한 사람이었다. 결혼 후 8년이
채 지나지 않아 첫아들과 두 딸, 어머니와 아내마저 모두 잃었다. 말년

에는 파산 선고 끝에 아내의 묘지 터까지 팔게 되는 지경에 이르렀고, 육체적 허약과 가난, 외로움 속에서 세상을 떠나야 했다. 고통을 견디며 살아낸 것만으로도 훌륭한데, 고통 속에서도 그리기를 멈추지 않은 그림에 대한 열정으로 그는 더욱 위대하다.

「돌아온 탕자」라는 그림은 성경의 누가복음 15장에 나오는 이야기를 그린 것이다. 화가 자신의 이야기도 되고, 동시에 누구의 이야기도 될 수 있다. 이야기의 주인공인 작은아들만 탕자가 아니라 큰아들 역시 탕자가 아닌가 싶다. 속 썩이지 않으면 자식이 아니라더니, 큰아들도 작은아들 못지않게 아버지의 애를 먹이고 있다. 우선 동생이 전혀 반갑지가 않다. 아버지 옆에서 죽도록 일만 한 자기에게는 염소 새끼 한 마리 잡아 준 적이 없던 아버지가 동생을 위해 송아지를 잡고 좋은 옷을 입혀주며 동네잔치를 열다니, 이건 말이 안 되는 상황이다. 야단쳐도 시원치 않을 판에 환대라니, 큰아들은 거의 지옥에 가까운 심정이 되어 괴로워하고 있다. 아버지의 눈에는 보이는 것들이 형의 눈에는 들어오지 않는다. 형의 눈에 동생이 소유한 것들만 보인다. 그러니까 동생이 걸친 좋은 옷, 먹는 음식, 그가 받는 성대한 잔칫상이 내 것이 아닌 것이 비통하고 억울할 뿐이다. 게다가 뼈 빠지게 일했던 자신에 대한 연민까지, 결국 자신에게만 집중하고 있다. 여기서 정말 불쌍한 사람은 큰아들인 셈이다.

나는 큰아들에게 감정이입이 잘 된다. 그에게 마음이 끌릴 뿐 아니라 그를 조용히 안아주고 싶다.

큰아들의 복잡한 마음 중에서 내가 주목하는 것은 질투라는 감정이다. 먼 곳이 아닌 가까운 친구나 동료, 형제에게서도 시작되는 이 불온한 정서는 강렬하고 치명적이다. 드러낼 수 없어서, 내 맘대로 어떻게 할 수 없어서 더욱 골치가 아프다. 다른 사람의 질투는 이해도 되고 공감도 되지만, 막상 내 문제가 되면 간단하지 않다.

성경의 십계명은 "나 외에는 다른 신을 섬기지 말라"는 질투하는 하나님에서 시작되어, 열번째 계명, "네 이웃의 집을 탐내지 말라"는 질투하는 인간에 대한 계명으로 끝난다. 이웃의 아내나 남종이나 여종이나, 소나 나귀, 네 이웃의 소유를 탐내지 말라고 한다. 사람들은 좋은 집, 좋은 옷, 좋은 차, 뛰어난 재능, 심지어는 훌륭한 인품까지도 소유하고 싶다. 소유에 대한 욕망에서 자유로운 사람은 없다. 나에게 없는 무엇을 네가 가졌을 때, 나는 안 되는데 너는 될 때, 나는 고통스러운데 너는 행복해 보일 때 느껴지는 불편한 정서는 다루기가 쉽지 않다.

「아마데우스」라는 영화에서 모차르트의 재능을 부러워한 살리에르의 질투와 절망에 깊게 공감했다. 「글래디에이터」에 나오는 아우렐리우스 황제의 아들 코모두스가 아버지의 총애를 받는 막시무스를 질투하고 점점 사악해지는 것 역시 너무 잘 이해가 된다. 나도 그럴 수 있기 때문이다.

"사악해지지 말자(Don't be evil)"는 구글의 사훈이다. 사훈이 좀 이상하긴 하다. '착하게 살자'라는 말보다 낯설지만, 솔직하고 분명하다. 우리는 모두 착하다는 소리도 들어보고, 진실로 착하게 살고 싶은 사람들이다. 그런데 이따금 또는 느닷없이 제동이 걸릴 때가 있다. 착하기는커녕, 불평과 분노로 사나워지고 악해지기도 한다. 생각보다 쉽게 큰아들처럼 삐딱해져서 누굴 미워하거나 질투할 수 있다. 질투는 부러움, 시기, 배 아픔, 때로는 우울이나 무력감으로 우리를 은밀하게 공격한다. 질투라는 정서를 어떻게 다루느냐에 따라 꽤 괜찮은 사람이 될 수도 있고, 여지없는 속물이나 악한 사람이 될 수도 있다. 질투 때문에 슬픈 짐승이 인간일지도 모른다.

아버지는 자식이 무얼 가졌는지 내게 무얼 줄 수 있는지 궁금한 게 아니다. 그저 아들이 밥은 먹고 다니는지, 어디 아프지는 않은지, 힘든 일이 없었는지, 무얼 주면 좋을지 궁리한다. 그저 살아있어 줘서 고맙고, 고생한 흔적이 역력해서 마음 아프다. 같은 인물, 같은 상황에 대한 형과 아버지의 반응이 어쩌면 이렇게 다를까?

탕자의 어깨 위에 놓인 아버지의 손길은 굳어진 마음을 단번에 녹이는 따뜻하고 구체적인 사랑이다. 아무리 더럽고 비참한 모습을 하고 있어도, 아무리 많은 잘못과 죄를 저질렀어도 내 존재 자체를 기뻐해 주고 조건 없이 사랑해 주는 아버지의 사랑이다.

그림 속에서 가장 빛나는 부분은 아버지의 이마다. 어떤 어둠과 불행도 다 튕겨 나갈 정도로 단단하게 빛나는 그 이마에는 '사랑을 뛰어넘는 구원'이 있다. 반드시 살려내고야 마는 '구원에 이르는 사랑'이다.

렘브란트는 슬픈 일을 많이 겪고 고통스러운 삶을 살았지만, 그의 유작으로 알려진 이 그림을 그리면서 영혼의 안식과 평화를 경험했을지도 모르겠다. 그림이 전체적으로 어두운 톤이지만, 그 속에 담겨있는 이야기나 메시지는 놀랍도록 명쾌하고 희망적이다.

아무리 찾아봐도 내 안에 선한 구석이 없다고 느껴질 때가 있다. 아무리 노력해도 인간의 연약함, 비루함을 벗어날 수가 없다고 절망하는 순간들이 있다. 탕자처럼 초라하고 왠지 실패한 기분이 들 때 렘브란트의 돌아온 탕자를 떠올린다. 그토록 따뜻하고 확실한 구원에 관한 이야기가 어디 또 있을까? 어찌할 수 없는 아버지의 사랑 말고는 나에게 다른 구원은 없다.

렘브란트의 돌아온 탕자, 에르미따쥬 미술관

헤이 주드(Hey Jude)

비틀스 노래 중에서 무슨 노래가 좋으냐고 묻는다면 망설임 없이 「헤이 주드(Hey Jude)」라고 말하고 싶다. 「예스터데이」, 「이매진」, 「렛 잇 비」도 좋지만, 「헤이 주드」가 더 좋다. 왜 좋으냐고 물으면 '그냥 좋다.'가 나의 대답이다. 「헤이 주드」에 대한 이야기는 비틀스와 폴 매카트니를 말하는 것으로 시작해야 한다.

비틀스가 활동한 시기는 1963년에서 1970년까지 고작 8년이다. 그러나 60년대는 물론 그 이후 지금까지도 비틀스는 여전히 전설이다. 내가 비틀스 음악을 듣기 시작한 것은 70년대 스무 살 무렵이었다. 전축도 없이 가난한 나는 작은 트랜지스터를 통해 FM 음악방송이나 다방에서 어쩌다 들을 수 있던 비틀스의 노래가 반가웠다. 「예스터데이」, 「이매진」, 「러브」, 「헤이 주드」 같은 노래 가사를 노트에 베껴 쓰기도 하고, 흥얼거리며 따라 불렀다. 제대로 들었다고도 할 수 없는, 막연히 좋아했던 그런 정도의 수준이었다.

한동안 잊고 지내다가 런던 올림픽 개막식의 맨 마지막 피날레 무대에서 폴 매카트니가 노래를 부르는 것을 보게 되었다. 칠십이 넘은 노장이 그냥 불러도 멋질 텐데 피아노를 치면서, 다른 노래도 아닌 내가 좋아하는 「헤이 주드」를 열창하고 있었다. 게다가 올림픽 스타디움을 가득 채운 그 많은 사람이 함께 떼창을 하는데, 괜스레 눈물이 핑 돌았다. 나만 좋아하는 줄 알았는데 그렇게 많은 사람이 좋아하는 노래라는 걸 미처 몰랐다. 친구가 갑자기 많아진 느낌이 들었다. 이제는 마음만 먹으면 언제라도 몇 번이라도 질리도록 들을 수 있다. 솔직히 그동안 「헤이 주드」를 그렇게 많이 들었어도 누가 만든 곡인지, 멤버 중 누가 불렀는지, 가사가 정확히 무슨 뜻인지 몰랐다. 「렛 잇 비」, 「헤이 주드」, 「오블라디 오블라다」를 작곡한 사람이 폴 매카트니였다는 사실도, 그가 아주 특별한 사람이라는 것도 최근에야 알게 되었다.

폴 매카트니는 싱어송라이터다. 「오페라의 유령」을 작곡한 앤드류 로이드 웨버와 함께 세계적인 음악 재벌이다. TV 광고에 비틀스 노래를 몇 초만 틀어도 지불해야 하는 비용은 상상을 초월하는 액수라고 들었다. 음원 저작권료만으로도 일주일에 13억 원 이상이 들어온다고 한다. 서울의 어느 대학은 심지어 비틀스 클래스라는 과목을 개설했다고 한다. 에릭 시걸의 소설 『러브 스토리』에는 "바흐에서 비틀스까지"라는 유명한 대사가 있다. 비틀스를 클래식의 대가, 바흐와 같은 선상에 올려놓아도 이상하지 않을 만큼 비틀스는 대단하다.

폴 매카트니가 궁금하던 차에 폴 매카트니의 부인 린다 매카트니의 사진전을 보게 되었다. 린다는 주로 남편 폴과 아이들, 가족의 모습을 많이 찍었다. 어린 아기를 외투 품속에 넣고 행복해하는 표정이나 스코틀랜드 시골 건초더미에서 흙 묻은 맨발로 아이들과 노는 모습이 담긴 사진을 보면서 그가 참 따뜻하고 다정한 사람이었겠다 생각했다.

2013 슬로베니아. 흔들리는 차 안에서 바라 본 유채꽃의 노란 들판.

 비틀스의 대표곡 가운데 하나인 「헤이 주드」는 폴 매카트니가 1968년 작곡한 곡이다. 이 노래가 장장 50여 년의 세월 동안 줄기차게 사랑받는 이유가 뭘까? 말콤 글래드웰은 『아웃라이어』에서 비틀스가 함부르크에서 가졌던 1만여 시간의 피나는 연습이 그들 성공 신화의 한 요인이라고 한다. 하지만 그것만으로는 뭔가 설명이 부족한 느낌이다.

 「헤이 주드」는 폴이 같은 멤버인 존 레논의 아들 줄리안을 위해 작곡한 노래다. 당시 줄리안은 레논의 첫 번째 부인 신시아와의 사이에서 태어난 다섯 살배기 어린아이였다. 폴은 어린 꼬마가 부모의 이혼으로 상처받지 않을까 몹시 안쓰러워했던 것 같다. 그는 실제 줄리안을 아들처럼 챙겼다고 한다. 휴가를 함께 보내고, 악기를 가르쳐줬다. 그리고 가엾은 어린 꼬마 '주드'를 위로하는 아름다운 노래를 만들었다. 자기 아들이 아니라 친구의 아들을 위해 작곡했다니, 그의 따뜻한 마음이 특별하게 느껴진다. 그가 「헤이 주드」로 사람들에게 감동을 줄 수 있었던 것은 뛰어난 예술적 재능이나 누적된 연습 시간 말고도, 아주 어린 아이 한 사람을 주목하여 지켜볼 수 있는 따뜻함 때문이 아니었을까? 딱 한 명의 어린아이를 위로한 것이 전 세계 수많은 사람을 이렇게 위로할 수도 있구나 생각하니 새삼 놀랍다. 노래 속의 꼬마 줄리안은 이제 50이 넘은 중년이 되었다. 아버지 레논이 40이라는 젊은 나이에 피살되고, 몇 해 전에는 사랑하는 어머니 신시아마저 스페인에서 병으로 세상을 떠났다. 어려서부터 겪어야 했던 외로움과 상실감을 그는 어떻게 견디며 살았을까? 폴은 주드에게 다정하게 이 노래를 들려준다.

> 헤이 주드, 너무 나쁘게 생각하지는 마. 고통스러우면 언제든지 그만둬. 슬픈 노래를 좋은 노래로 만들어보자고. 그러면 넌 더 좋아질 거야. 헤이 주드, 두려워하지 마. 그러면 넌 행복해지기 시작할 거야. 나나나나나….

줄리안은 이 노래가 "자기 인생에서 가장 큰 영감을 준 노래"라고 말했다고 한다. 「헤이 주드」는 줄리안을 포함해서 힘겨운 인생을 살아가고 있는 사람에게 들려주는 위로의 메시지다. 외로운 사람들의 어깨를 토닥이며 슬픈 노래를 좋은 노래로 만들어보자고 속삭이며 안아주는 따스한 손길이다. 힘든 누군가의 이름을 불러주고 따뜻한 눈으로 바라보아 주는 그런 사람이 있는 세상, 그런 노래가 있는 세상에서 산다는 것, 이것이 오늘 내가 행복한 이유다.

타인의 삶

　　「타인의 삶」이란 독일 영화를 보았다. 베를린 장벽이 무너지기 전 동독을 배경으로 만든 영화다. '비즐러'라는 비밀경찰이 동독 최고의 극작가 '드라이만'을 밀착 감시하면서 자기도 모르는 사이에 삶의 태도가 조금씩 변해가는 과정을 그리고 있다. 얼핏 보면 작가의 훌륭한 삶이 기계적이고 차가운 비밀경찰을 변화시킨 것 같지만, 오히려 작가가 비즐러의 삶에 더 깊은 감동을 받는다. 비즐러는 감시 대상이었던 작가를 옹호한 죄로 교도소에 다녀온 후 시골 우편국의 한직으로 쫓겨나 살고 있다. 그는 위기에 처한 작가를 구하기 위해 너무 많은 것을 포기했음에도 내색하지 않는다. 어떻게 사람이 이렇게까지 '쿨'하고 아름다울 수 있을까? 대체로 무엇인가를 많이 가졌거나 사회적으로 잘 알려진 사람의 삶이 다른 사람에게 영향을 끼치는 것 같지만, 꼭 그렇지만도 않다. 비즐러처럼 평범해 보이지만 평범하지 않은 삶을 살고 있는 위대한 타인들, 그들 덕분에 세상이 조금씩 달라지는 것 같다. 타인의 삶에 감동은 잘하면서 정작 바뀌지 않는 나에 대해서, 그리고 나를 만든 수많은 타인에 대해서 생각하게 하는 영화였다.

　　타인의 삶에 대해 이렇다 할 관심도 없고, 애써 알고 싶지도 않았다.

다른 사람에 관한 관심이나 호기심이 괜한 오지랖이 될 수도 있고, 나 혼자 사는 것만으로도 삶이 버겁다 여겨져 내 일에만 코를 빠뜨리고 살아왔다. 그런데 요즘 들어서 다른 사람의 삶이 내 마음에 훅 들어오는 때가 있다. 오래 만나왔던 친구, 때론 아주 짧게 스치듯 지나간 사람, 사랑하는 사람들의 삶의 모습이 어느 날 갑자기 입체화면으로 나타날 때가 있다. 그들이 보여주는 응축된 스토리나 에너지 혹은 빛깔에 놀라기도 하고, 감동하기도 한다. 굳이 미술관에 가지 않아도 내 주변에는 온갖 작품이라 할 수 있는 타인들로 가득하다. 그들이 미술 작품이라면 누구의 그림과 어울릴까 엉뚱한 상상을 해보기도 한다. 알타미라 동굴 벽화처럼 원시적이지만 강렬한 분위기의 사람, 모네의 그림같이 환하고 아름답다 여겨지는 사람, 혹은 절제와 고요를 보여주는 단색화처럼 조용히 마음을 끌어당기는 그런 사람도 있다.

2018 다낭. 누군가의 마음에 작은 파문을 일으키는 그런 사람들이 있다.

내가 만난 타인 중 생각나는 한 사람이 있다. 그는 청년 시절에 장애가 있는 아내를 만나 사랑하고 결혼했다. 다리가 불편한 아내를 항상 업거나 안고 다니던 모습이 생각난다. 독일에서 박사학위를 받고 지금은 대학교수로 재직하면서 30년 넘게 장애인을 위해 일하고 있다. 2018년 평창에서 열린 동계패럴림픽을 보기 위해 1박 2일을 함께한 적이 있었다. 개막식도 보고 난생처음 '아이스하키'라는 경기를 보았다. 하체가 불편한 선수들이 스케이트 대신 썰매를 타고 빙판을 격렬하게 미끄러지듯 경기하는 모습을 가슴 먹먹한 감동으로 지켜보았다. 그는 패럴림픽에 스무 명 정도의 장애인들을 인솔하고 있었다. 대부분 지적 장애가 있거나 휠체어를 탄 사람들이다. 춥고, 길도 미끄러워 일반인도 엄두 내기 어려운 곳에서 빡센(?) 일정으로 진행되는 수련회를 지켜보았다. 얼마나 오래 계획하고 치밀하게 준비했는지 놀라울 뿐이었다. 이동이 불편한 그들을 위해 가깝고 편한 곳에서 수련회를 해도 좋을 텐데 매번 일부러 힘든 곳만 골라서 가는 것 같아 안타까웠다. 강원도 오지라든지, KTX를 타고 또다시 배를 타고 가야 하는 전라도 시골 섬이라든지, 일본의 도쿄와 백두산 천지까지 휠체어를 타야 하는 장애인들과 다녀왔다니 도무지 믿기지 않는다. 장애인들 스스로 독립적이고 건강한 삶을 살도록 돕는 일, 그들에 대한 사회적 편견이라는 두꺼운 얼음을 깨는 일, 아무도 알아주지 않는 일을 어쩌면 그렇게 한결같이, 오래도록, 기쁘게 할 수 있을까? 흔히 생각하는 도와주고 도움받는 관계가 아니라 경계와 구별이 사라진, 그냥 함께 하는 관계를 떠올리게 된다. 그분의 삶은 항상 나를 부끄럽게 한다. 가짜가 진짜에게 느끼는 그런 심정이다. 나를 위해 울고 싶게 만드는 타인이다.

내 안에는 수없이 많은 타인의 모습이 있다. 그야말로 나를 만든 팔

할은 내가 아닌 타인들이라 할 수 있다. 말하는 것, 생각하는 것, 행동하는 하나하나, 내 것이라고 할 수 있는 게 과연 얼마나 될까? 나를 만든 타인들을 생각한다. 가깝게는 가족, 친구, 이웃들이 있고, 내가 보았던 책, 영화, 드라마 속의 인물들, 교실이나 전철 혹은 길에서 마주친 사람까지, 수많은 타인이 나를 만들어 가고 있다. 그들과 만나 사랑하고, 배우고, 놀라고, 존경하면서, 때로는 실망하고, 상처받으면서 살아온 결정체가 지금의 내 모습이다.

이따금 내가 만난 타인들을 세밀화로 그려보고 싶은 생각이 든다. 그리면서 그들과 속 깊은 얘기를 나누고 싶다. 나를 만들어준 타인들의 웃음, 눈물, 수고, 그들의 고통까지 놓치지 않고 오래 기억하고 싶다. 그러나 타인들의 고통을 제대로 알기란 얼마나 어려운 일인가? 더구나 그 고통을 이해한다는 것은 거의 불가능하지 싶다. 내 부모가 겪었던 고통조차 이제야 겨우 조금씩 알아가는 중이다. 사랑한다고 생각했는데, 그의 삶에 대해 대체로 무지하거나 너무도 얄팍하고 피상적으로 알고 있었던 경우가 많았다. 지내놓고 보니 그때 이해하는 척, 공감하는 척했던 것 같아 얼굴이 화끈거린다.

내 안의 타인들이 얼마나 아름다운지 잘 아는 사람, 그들을 아름답게 만들어줄 수 있는 사람, 타인의 고통을 이해하고자 노력하는 사람, 그들이 지닌 미덕을 진심으로 배우는 사람이 되고 싶다. 앞으로도 나를 둘러싼 타인의 삶이 나를 어떤 모습으로 만들어갈지 궁금하다.
나는 너에게 어떤 타인이 될 수 있을까…?

2012 스플리트. 좁은 골목과 반질거리는 바닥돌,
이 길에 얼마나 많은 탄식과 눈물과 웃음이 뿌려졌을까.

보랏빛 소가 온다

'딩동' 소리에 나가 보니 웬 꽃바구니 배달이 왔다. 우리 집에 꽃을 보낼 사람도, 받을 일도 없는데 잘못 찾아온 것이 분명하다.

"우리 집 아닐 거예요. 확인해 보세요."

"아니, 맞을 텐데요. 카드도 있어요."

알고 보니 큰애 회사의 팀장이 보낸 것이었다. 꽃바구니와 함께 두 장의 카드가 있었다. 한 장엔 아들의 승진에 대한 축하 인사가, 다른 한 장엔 '어머니보다 훌륭한 아들은 없다.'라는 글이 적혀있었다. 승진이 기쁜 소식이긴 하지만 그렇다고 본인이 아닌 부모에게 축하 인사와 꽃을 보내다니, 이 낯선 상황을 얼른 이해하기 어려웠다. 그렇지만 한겨울에 난데없이 꽃바구니를 받고 보니 행복감이 밀려왔다. 진심이 느껴지는 다정한 문구들로 기분이 좋았다. 이렇게 특별한 축하를 해줄 수 있는 사람을 만나는 일은 언제나 유쾌하다.

한참 전에 읽었던 세스 고딘의 『보랏빛 소가 온다(Purple Cow)』라는 책이 생각났다. 보랏빛 소(purple cow)는 눈에 확 띄는 리마커블(remarkable) 한 것을 의미하는데, 아주 새롭고 주목할 만한 가치가 있어야 시장에서 성공할 수 있다는 그런 내용이다. 내가 재미있게 기억하는 것은 리마커블의 반대되는 말이 '평범한' 또는 '가치 없는'이 아닌, '아주 좋은(very good)'이란 것이었다. 좋은 책, 좋은 제품, 좋은 사람은 이젠 너무 많아졌다. 흔하게 된 '베리 굿'으로는 감동을 주기 어렵다는 말이다. 보랏빛 소는 훌륭한 사람이나 스타가 된 사람들이 보여주는, 첫눈에 시선을 잡아끄는 눈부신 탁월함에만 있는 것으로 생각하기 쉽다. 그러나 의외로 우리가 살고 있는 가까운 곳이나 평범한 사람들 속에서 보랏빛을 만날 때가 있다. 차원이 다른 그들의 특별한 태도나 결과물을 대할 때 보랏빛 소를 본 듯 인생이 갑자기 산뜻해진다. 운 좋게도 보랏빛 소처럼 정신이 번쩍 들게 하는 사람이나 상황을 만날 때가 종종 있었다.

2013 블레드 호수.
고요한 호수에 갑자기 천둥과 번개, 비바람이 몰아치며
전혀 다른 세상을 보여준 보라의 순간.

언젠가 세계지리 수업에서 아이들이 그토록 싫어하는 세계지도 그려 오기를 숙제로 낸 적이 있었다. 어떤 학생의 숙제물을 아직도 기억하고 있다. 세계지도를 어쩌면 그렇게 정확하고 아름답게, 그리고 예쁘게 색칠까지 했는지 액자에 넣어 걸어두고 싶을 지경이었다. 한번은 개신교, 그리스정교, 가톨릭에 대해 알아 오라는 조별 과제를 내준 적이 있었는데, 어떻게 구했는지 역대 교황의 사진이 실려있는 『타임지』들을 보여주며 발표했던 학생과 마포에 있는 그리스정교회의 교회를 일부러 찾아가 보고 발표하던 아이를 잊을 수 없다. 짧은 시간에 해치워야 하는 숙제를 그렇게 열심히, 정성껏 하는 모습에 감동했다.

이웃에 살면서 매년 된장, 고추장은 물론 김치, 보름나물, 온갖 귀한 것들을 30년 가깝게 챙겨주시는 분이 있다. 특히, 정월 보름 때마다 손이 많이 가는 갖가지 나물과 오곡밥을 현관문 앞에 놓고 가시는데, 정성 가득한 음식을 볼 때마다 코가 찡하고 목이 메었다. 세월이 흘러 나이가 들면 나도 그분처럼 음식도 잘하고 마음도 넉넉해져서 푸짐하게 베풀고 나눌 수 있을 줄 알았다. 그런데 이웃은커녕 자식한테도 변변히 챙겨주지 못하고 있다. 직장 생활하느라 바쁜 딸애한테 반찬이라도 해줘야지 하면서도 그게 마음만큼 잘 안 된다. 어쩌다 한두 번은 노력하면 할 수도 있겠지만, 오랜 세월을 그렇게 한결같이 때마다 챙겨주기란 정말 어렵다. 도저히 흉내낼 수 없는 마음이며 손길이다.

보랏빛에 대한 아름다운 기록으로 가득 찬 것은 역시 성경이다. 아마 성경을 빛깔로 표현해야 한다면 보라색이지 싶다. 괴테는 구약의 '룻기'를 세상에서 가장 아름다운 이야기라고 했다. 룻기는 시어머니 나오미와 며느리 룻에 대한 이야기다. 룻과 보아스를 통해 예수님의 계보가 만들어지는 역사적 사건에 대한 기록이다. 남편과 아들 둘까지 모두 잃은 나오미는 혼자된 며느리 룻을 위해 섬세하고 치밀한 전략을 세우고 마침내 룻과 보아스를 부부로 맺어준다. 아름다운 이들 고부의 이야기는 보랏빛으로 눈부시다. 룻기는 세상에서 가장 불쌍하고 가난한 이름 없는 두 여인을 통해 사람이 얼마큼 아름다워질 수 있는지, 얼마나 놀라운 역사가 만들어지는지 보여준다.

한때 나는 왜 보라색이 될 수 없나, 내게는 왜 보라의 싹이 없나 우울한 질문을 하기도 했다. 평균이 되기에도 벅찬 처지에 보라를 꿈꾼다면 염치가 없다. 그렇지만 작은 꽃다발 하나, 말 한마디, 카드 한 장으로도 신비로운 보랏빛을 만들 수 있지 않을까? 보랏빛 소는 못 되더라도 내 인생에도 반딧불처럼 작지만 아주 잠깐이라도 보랏빛으로 빛나는 순간들이 있었으면 좋겠다. 보랏빛의 신비와 청량감, 정신이 확 드는 기쁨으로 누군가의 가슴을 출렁이게 할 수 있는 그런 순간들을 꿈꾼다.

보랏빛 소가 온다.

2016 가파도키아. 주변이 완전히 밝기전 어둑한 새벽에
열기구들이 부풀어 오르고 있다.
흥분과 설렘으로 내마음도 부풀어 올랐다.

내 안의 데미안

　　"새는 알을 깨고 나온다."라고 시작하는 데미안의 짧은 문장만큼 선명하게 입력된 다른 문장이 또 있는지 모르겠다. 알을 깰 수 없다면 새가 아니다. 나를 둘러싼 단단한 껍질에서 나올 수 없다면 제대로 살고 있다고 말할 수 없다. 지금 갇혀있는 세계에서 나오려면 무엇보다 싸울 줄 알아야 한다. 싱클레어가 크로머에 꼼짝 못하고 두려움에 갇혀있을 때 데미안이 말한다. 어떻게든 떨쳐버려야 한다고, 다른 방법이 통하지 않으면 때려죽여 버리라고 말한다. 매우 충격적인 표현이지만 절대 싸움을 포기해서는 안 된다는 단단한 메시지다. 바꿀 수 없는 세상을 바꿔야 할 때 혁명의 얼굴은 끔찍하다. 프랑스혁명처럼 세상과 내가 뒤집히는 일이다. 그래도 도망쳐서는 안 된다는 데미안의 말은 작가의 표현대로 상쾌한 전율로 나를 건드린다.

　　헤르만 헤세(1877~1962)의 『데미안』을 읽으면서 내가 이 책을 읽었을 리가 없다고 생각했다. 그것도 아무것도 모르는 10대에 이런 어려운 책을 읽었다는 게 믿어지지 않았다. 다시 읽은 『데미안』은 여전히 어렵고, 질문이 많은 책이었다. 나를 마주하게 한다는 점에서 조금은 무겁고 불편했다. 싱클레어가 데미안을 통해 새로운 세계를 찾아가는 과정을 담아

내 문장들이 신선했다. 싱클레어는 소심하고 보드랍고 섬세한 정서를 가진 아이다. 방황하는 영혼, 상처 입은 영혼이다. 데미안이 마지막까지 사랑한 인물이다. 데미안은 누구라도 빠져들 수밖에 없는 완벽에 가까운 매혹적인 인물이다. 사실 데미안의 캐릭터를 간단히 설명하긴 참 어렵다.

데미안이 싱클레어에게 들려준 카인의 얘기가 흥미롭다. 아벨은 착하고 카인은 나쁘다는 기존의 통념과는 전혀 다른 해석이다. 데미안에겐 자기 말과 자기 해석이 있다. 데미안이 생각한 카인은 대부분 사람과는 다른 사람으로 매우 강한 자, 힘 있는 자다. 사람들에게 두려움과 섬뜩함을 주는 사람이지만, 용기와 자기 생각이 있는 사람이라는 것이다. 말하자면 카인처럼 이마에 표를 가진 사람들은 하나님의 보호를 받아야 할 존재가 아니라 뛰어나고 멋진 사람이라고 말한다. 평화롭고 안전했던 싱클레어의 알에 균열이 생기기 시작한 것이다.

작품 속의 데미안은 카인의 표를 가지고 있다. 그가 싱클레어에게 다가간 것도 그에게 카인의 표가 있었기 때문이라고 말한다. 우리는 모두 카인의 후예이고, 이마에 죄의 흔적이 있다. 더 뚜렷하거나 흐릿한 차이만 있을 뿐 대부분 카인처럼 죄에 대한 욕구가 있고, 크고 작은 죄를 저지르며 살고 있다. 카인은 순종하는 인간이 아니다. 당연하게 여겨져 왔던 세상의 관습과 당위로부터 왜 그래야 하는지, 왜 그러지 말아야 하는지 내 머리로 의심하고 질문하는 인간이다.

책의 맨 마지막은 싱클레어가 자기 자신을 바라보았을 때 데미안과 완전히 같은 모습을 발견하는 것으로 되어있다. 싱클레어 안에는 크로머도 있고 데미안도 있는 것처럼, 내 안에도 싱클레어와 데미안과 크로머가 있다. 평범하고 착하고 온순해 보이는 사람으로 상황에 수동적으로 끌려다니는 어린 싱클레어가 있고, 어둡고 까칠해 보이지만 깨어있는 영혼으로 기존의 가치를 의심하고 싸울 줄 아는 데미안, 기어코 알을 깨고 새로운 세상에서 진정한 나로 살아갈 것을 결단하는 데미안이 있다. 대놓고 나쁜 마음을 먹거나 다른 사람에게 상처를 주기도 하는 크로머 또한 없다고 말할 수 없다. 나 자신 안으로 완전히 내려가면 잠들어 있는 나의 또 다른 모습을 만날 수 있다.

어려서부터 나는 늘 자신감이 없었다. 자존감은 있는데 주눅 들어있는 느낌이 떠나질 않았다. 한 번도 제대로 싸워본 적이 없다. 나의 한계를 뛰어넘으려는 어떤 시도도 하지 않았다. 그냥 살아야지 생각했다. 지금 이대로 어제와 똑같은 삶을 살면서 입 꼭 다물고 그저 무탈하게 살기를 바랐다. 그러나 마음 한구석에는 종자 씨앗처럼 품고 있는 것이 있었다. 하나는 책을 만들어 보고 싶다는 것이고 또 하나는 언젠가 꼭 월든의 작은 오두막을 짓고싶다는 것이다. 작고 단출한 그 집에서 마당에 과꽃과 채송화를 심고 푸성귀도 가꾸면서 빨랫줄에 널린 빨래들이 햇빛과 바람에 펄럭이며 마르는 것을 느긋하게 지켜보다가 어느날 홀연히 가고 싶다. 두번째 것은 너무 판타지라서 좀 부끄럽긴하다.

데미안이 말한다. 누구도 자신의 존엄을 의심해선 안 된다고. 어떤 꿈이든 절대 포기하지 말라고 말이다. 누구라도 자기만의 이야기가 있는 법이라고. 각자의 이야기는 소중하고 영원하며, 경이롭고 거룩하기까지 하다고 말한다. 뭐든 다르게 해석할 수 있는 눈과 내 생각이 있어야 하고, 오로지 자기 자신이 되지 않으면 사람이 아니라 개구리나 도마뱀으로 살다 죽을 수도 있다는 데미안의 말은 칼처럼 예리하고 차갑고 단호하다.

데미안을 다시 만나면서 인생에 대한 새로운 기대와 꿈꿀 수 있는 용기가 생겼다. 나이와 세월을 뛰어넘어 경이롭고 소중하며 진정한 나 자신을 만들어가는 것을 데미안에게 배우고 있다.

2012 세고비아. 어느 길을 가야할까. 아직도 가야할 길

2008 제주. 갯깍 주상절리 안에 있는 이 신비로운 동굴에 다시 한번 가 보고 싶다.
지금은 볼 수 없다니 더 보고 싶다.

IV

내 생애의 아이들, 그들이 사는 세상

열입곱, 오색찬란한

　　20대 후반의 5년을 학교에서 지냈다. 어찌 보면 아주 짧은 기간이었지만, 아이들과의 만남은 내 인생의 축복이었다. 그중에 몇 명은 지금까지도 만남을 이어오고 있다. 특별히 지난봄에는 'L'이 인천에서 가까운 섬의 별장으로 열일곱 살 때 만난 반 친구들과 나를 초대했다. 화려한 별장이 아닌 시골집처럼 편하고 소박한 분위기의 집이었다. 바쁜 가운데서도 우리 일행을 위해 얼마나 세심하게 준비했는지 그의 따뜻한 환대가 고마웠다. 우리는 싱싱한 회를 원 없이 먹은 후 바닷가를 산책했다. 수평선 위로 보라색과 자줏빛으로 물들던 노을을 오래 바라보았다. 사방이 어둑해질 무렵 갈대 숲길을 천천히 걸었다. 집으로 돌아와서는 다같이 얼굴에 팩을 붙이고 미모와 관련된 고급정보를 잠시 나눈 다음 본격적이고 맹렬한 수다로 밤을 거의 새웠다. 그들이 어찌나 열심히 떠드는지 나 역시 즐거운 불면의 밤을 보냈다. 다음 날, 잠을 거의 못 잔 부스스한 얼굴로 새벽 일찍 나가 다같이 일출을 보았다. 아침은 각자 준비한 약식, 수제 요구르트, 모둠전으로 매우 훌륭한 집밥을 먹었다. 그리고 우리 말고는 아무도 없는 호젓한 바닷가와 숲길을 걸었다. 신도라는 작은 섬, 구석구석이 아름다운 그곳에서 1박 2일을 꿈같이 보내고 왔다.

그들을 만난 지 벌써 40년이라니, 믿어지지 않는 긴 시간이 흘렀다. 그 예쁜 아이들을 만났을 때 나는 스물여덟, 아이들은 고등학교 1학년, 열일곱이었다. 「사운드 오브 뮤직」에서 나오는 「I am sixteen going on seventeen」이란 노래의 주인공들이다. 더이상 예쁠 수 없는 열일곱이라는 풋풋하고 싱그런 꽃봉오

1979 덕수궁. 고등학교 1학년, 17살 우리반 아이들과 함께

리들이었다. 모든 선생님이 그랬던 것처럼 나도 좋은 선생님이 되고 싶었다. 지금 생각하면 잘못한 것, 아쉬운 것, 후회되는 것이 많다. 특히, 심장병으로 늘 입술이 파랬던 J에게 좀 더 잘해주지 못한 점, 오랜 무단결석으로 제적의 위기에 있던 S를 어떻게든 학교에 나오게 했어야 했는데 결국 제적 처리가 되고 말았던 일이 아직도 맘에 걸린다. 홍제동 산꼭대기에 있던 S의 집을 물어물어 가정방문을 했었다. 엄마는 가출한 딸을 어쩌지 못하고 아예 포기한 듯 보였다. 남자친구가 있었던 것 같은데 지금 생각하면 어떤 이유라도 그것이 학교에 못 다닐 이유가 돼서는 안 되는 거였다. 당시의 나는 부모가 얼마나 애가 탔을지 헤아리지 못했고, 어린 학생이 감당해야 할 고통에 대해 무지했으며, 문제 해결 능력도 없었다. 담임 맡은 교사로 아무 도움을 줄 수 없었다. 아직도 마음 아프고 미안하다. 나는 아이들을 좋아했다는 것 말고는 잘한 게 아무것도 없었다. 방학 때 반 아이들을 덕수궁이나 경복궁

에서 만나서 전시회도 보고 고궁을 둘러보기도 했는데, 지금 생각하니 그때 나와준 아이들이 새삼 고맙다. 아마 요즘이라면 휴일에 담임과 어디를 간다는 건 꿈도 못 꿀 일인지도 모른다.

1980 경복궁. 일렬로 서면 재미 없어요. 자연스럽게!

　그들은 내가 하나를 주면 열을 주었다. 학년이 끝날 때 받았던 어떤 선물이 생각난다. 반 아이들이 정성껏 쓴 편지와 함께 자기 사진을 붙여 두툼한 책으로 만들어 준 선물이었는데, 밤늦도록 편지를 읽으면서 울컥했던 기억이 있다. 학교를 그만둔 다음에도 바쁜 고3 때 나의 변두리 신혼집을 찾아준 일. 기쁜 일 슬픈 일 가리지 않고 달려와 주고, 내가 아플 때 염려하며 위로해 주던 사랑을 잊을 수 없다. 딸애는 자식인 자기들을 대할 때랑 제자들을 대할 때가 너무 다르다고 한다. 때로는 거칠고 엄했던 엄마가 왜 그렇게 언니들에게는 좋은 선생님 대접을 받을까에 대해 의심하는 눈치다. 그렇지만 우리 사이에는 다른 사람들이 모르는 아주 특별한 코드가 있다. 말하자면 그들의 친구나 남편도 모를 열일곱 소녀의, 아주아주 예쁘고 순수했던 그들의 리즈 시절을 나는 알고 있다는 것이다. 학기 초에 아이들이 공들여 써 왔던 자기소개서, 교실에서 수업할 때 집중하던 눈망울, 성적이 떨어졌다고 시무룩해지던 표정, 작은 것에도 까르르 웃던 모습, 그러니까 열일곱 살만이 줄 수 있는 아주 풋풋하고 보드라운 기운이 감도는, 나만 아는 아이들의 모습이 있다. 그들 또한 내가 20대의 청춘으로 그들을 얼마나 좋아했는지를 잘 알고 있을 것 같다. 어찌 보면 따분하고 지루할 수도 있는 학교라는 공간에서 우리가 공유했던 기억의 코드는 신기하게도 만날 때마다 새로운 화음을 만들어내고 있다.

하버드대 심리학과 교수 엘랜 랭어의 『마음 시계』라는 책에는 시계 거꾸로 돌리기 실험이 나온다. 마음 시계를 20년 전으로 되돌리면 잘 걷지도 못하던 노인들이 신기하게도 집안일도

2018 신도, 제자의 별장에서 1박2일을 지내며

하게 되고, 자발적으로 운동도 하는 등, 여러 가지로 의미 있는 변화를 보여준다는 것이다. 랭어의 실험대로 그 옛날의 환경을 만들어준다면 더 좋은 변화를 끌어낼 수 있겠지만, 그때의 사람들을 만나는 것만으로도 기분 좋은 변화를 경험할 수 있다. 그들과의 만남은 리플레이

버튼을 누르면서 시작되는 새로운 시간이다. 행복했던 시간 속으로 느린 배속의 되돌리기를 보여주는 것 같다. 우리는 그렇게 타임머신을 타고 순수했던 그때를 기억하고 우리의 변화를 즐기고 있는지 모른다.

2022 남산. 17살 때 만난 40년 지기들의 아침 산책. 여전히 푸른 청춘이다.

내가 만난 열일곱 살의 아이들을 생각하면 어느새 마음속이 환해진다. 한 사람, 한 사람 정말 보석 같은 존재라는 생각이 든다. 얼마나 예쁘고 근사한지 자랑을 하고 싶어 몸살 날 지경이다.

만날때마다 그들이 점점 더 아름다워지고 넉넉해지고 깊어지고 있다는 생각이 들었다. 그들을 만나면 신기하게도 어떨 때는 연애 세포가 살아나는 느낌이 들기도 하고, 나도 모르게 좋은 사람이 되고 싶은 맘이 들기도 한다. 그들과 만나는 시간은 기쁨과 의미로 가득하다. 소중한 그들이 있어 얼마나 힘이 나는지, 내 인생이 얼마나 따뜻하고 풍요로워졌는지 모른다.

나태주 시인의 말 대로 자세히 볼수록, 오래 볼수록 예쁜 사람들이다. 「플립」이라는 영화의 대사를 빌리자면 그냥 밋밋한 사람이 아니라, 그냥 반짝이는 사람이 아니라 그야말로 '오색 찬란한 존재들'이다.

말할 수 없다면

　　　　　수필 반에는 서로의 글에 대해 합평하는 시간이
있다. 그런데 유독 사람들이 입을 꼭 다물고 아무런 평도 하지 않을
때가 있다. 하루는 선생님이 그런 우리가 답답한지 무슨 말이든 해보
라며 "할 말이 없으면 죽어버리세요."라고 했다. 다들 웃고 말았지만,
그 말에 나는 깜짝 놀랐다. 어떻게 그런 심한 표현을 할 수 있는가 해
서가 아니다. 나도 그 비슷한 말을 하고 싶을 때가 있었는데 어쩌면 저
렇게 귀에 쏙 들어오게 할 수 있을까 하고 놀란 것이다. 광고 카피 같
은 그 말이 가슴에 꽂혔다.

　나는 여행을 좋아하고, 여행에 관련된 얘기를 특히 좋아한다. 다녀온
곳은 다녀온 곳이라는 이유로, 안 가본 곳은 안 가봐서, 여행 얘기라면
언제라도 재미있게 들을 준비가 되어있다. 일정은 어떠했으며, 어디가
좋았는지, 재미있었던 일은 뭔지, 시시콜콜 자세한 얘기를 듣고 싶다.
　언젠가 경주 수학여행을 다녀온 한 초등학생에게 물었다. "어디가 제
일 좋았어?" 나는 어린아이들 눈에 어디가 좋았는지, 그들 눈에 들어
온 경주의 모습은 어떠했는지 궁금했다. '아마 석굴암 아니면 첨성대,
그것도 아니면 천마총일지 몰라.' 하면서 퀴즈 맞히는 학생처럼 아이

입에서 나오는 말에 집중했다. 그러나 뜻밖에도 내가 들은 대답은 "방이요."라는 간결한 한마디였다. 순간적으로 한 방 맞은 것 같은 기분이 들었지만 이내 웃음이 팡 터졌다. '그래, 경주의 그 수많은 유적은 안중에도 없고 다만 친구들과 놀았던 숙소, 그러니까 방이 제일 재미있었구나. 뭐, 그럴 수도 있겠네.' 싶었다. 어쩌면 질문 자체가 맘에 들지 않았을지 모른다. 우리가 어렸을 적에야 수학여행 때 본 동해나 경주의 많은 것이 새롭고 대단한 경험이었지만, 요즘에야 신기할 것도 새로울 것도 없었을지 모르겠다. 방이 제일 재미있었다는 초등학생의 정직한 대답처럼 우리 어른들의 대답도 별반 다르지 않은 때가 많다.

유럽을 여행하고 온 친구들에게 "어디가 제일 좋았어?" 물었다. "그냥 다 좋았어", "집을 떠나니 좋고, 하루 세끼 차려주는 밥을 먹으니 좋은 거지 뭐. 여러 번 다녀온 곳이라서 그런지 별 감동도 없더라."

다 좋았다는 심플한 대답이나, 별 감동도 없더라는 '쿨'한 대답이나 왠지 아쉽고, 물어본 사람이 무안해지는 느낌이다.

내가 들은 여행 이야기 중에 잊히지 않는 말이 있다. 인도에 다녀온 친구가 간디 기념관에서 "My life is my message."라는 글을 보았다는 말, 남미를 다녀온 친구가 해준 페루의 '굿바이 보이'에 대한 말이다. 그냥 지나칠 수 있는 단순한 글귀였지만, 친구에게 전해 들은 그 글귀 하나로 나는 인도에 가고 싶어졌다. 그리고 페루의 안데스 산지에서 가파른 산길을 지름길로 달음질해, 버스보다 빨리 내려와 관광객들에게 손을 흔들어 주는 '굿바이 보이' 이야기를 들었을 때 그 아이들을 만나러 페루에 꼭 가고 싶어졌다. 관광객들이 주는 몇 푼을 위해 바람처럼 빠르게 달려와서 웃으며 손을 흔들어 주는 안데스 산골의 그 아이들을 보니 괜히 눈물이 나더라는 이야기에 마음이 짠해졌다. 여행을 통해서 무슨 엄청난 감동과 스토리를 기대하는 것이 아니다. 아주 짧은 이야기 하나로도 마음이 출렁일 수가 있다는 것이 신기하다.

2013 드보르브니크 스르지산. 낯선 곳에서 고향의 가을을 만나다.

유홍준의 『나의 문화유산 답사기』를 처음 읽었을 때 충격에 가까운 놀라움을 느꼈다. 문화 해설서의 지루하고 뻔한 얘기가 아니라, 우리 문화재에 대한 설명과 느낌을 어떻게 그렇게 흥미진진하게 전할 수가 있는지 신기했다. 특히, 대흥사 현판의 원교 이광사(李匡師, 1705~1777)의 서체와 추사 김정희(金正喜, 1786~1856)의 서체를 비교하면서 재미있게 설명해 준 것과 에밀레종에 대한 생생한 얘기를 아직도 기억하고 있다. 나라면 아마 "에밀레종을 봤어. 정말 커. 비천상이 아름답더라." 정도로 말할 수 있을 것 같다. 그는 에밀레종에 대해 무려 스무 페이지를 넘게 이야기했다. 종소리를 듣고 감동을 주체할 수 없어 근처 갈대숲을 무작정 걸었다는 대목에서는 '와, 이럴 수도 있구나. 나도 한번 그 신비한 종소리를 듣고 싶다.'라고 생각했다.

'오로라를 보았다', '이탈리아에 다녀왔다.' 이렇게 한 문장으로 끝난다면 오로라를 본 게 아니며, 이탈리아를 여행한 것이 아닐지 모른다. 유홍준의 풍요로운 말에 비교하면 이런 말은 아무래도 너무 가난한 말이다.

괴테는 『이탈리아 기행』을, 연암은 『열하일기』를, 율리우스 카이사르는 『갈리아 전기』를 통해 그들의 시간과 경험, 그리고 그들이 본 공간에 대해서 세세히, 거의 지루할 정도로 길게 말하고 있다. 어떻게 우리와 똑같은 두 개의 눈으로 이토록 많은 것을 보고, 넘치게 말할 수가 있는지 기가 막혔다. 심하게는 '이거 미친 거 아니야?' 하는 느낌이다. 여행을 다녀와서 혹은 책을 읽거나 공부를 하고 나서 그것에 대해 할 말이 없다는 것은 겸손해서가 아니다. 결국은 본 것이 없고 새롭게 안 것도, 느낀 바도 없기 때문이 아닐까?

카이사르는 알렉산더 전기를 읽다 소리 내어 울었다고 한다. 시종이 놀라서 물어보니, 알렉산더는 20대에 세계를 제패했는데 나는 무엇을 하고 있는가 하면서 울었다고 한다. 알렉산더의 전기를 읽은 사람은 많겠지만, 카이사르처럼 소리 내서 울기란 쉽지 않다. 카이사르의 이야기는 이 울음의 사건에서 시작해도 좋을 것 같다. 카이사르처럼 눈물 날만큼의 감동은 아니라도, 제목 외에 책에 대해 아무것도 말할 수 없다면 엄밀한 의미에서 책을 읽은 것이 아니다. 내가 읽은 책이 뭐였더라 가물가물하고 심할 때는 제목조차 생각이 안 날 때가 많다 보니 책을 읽었다고 말하기도 뭐해서 차라리 안 읽었다고 시치미를 떼고 싶을 때가 한두 번이 아니다. 심지어는 엄청 감동을 받았는데 뭐에 감동받았는지 까맣게 잊어버리는 어이없는 경우도 있다.

내가 누구를 좋아한다면 그 사람에 대해서 할 말이 있어야 한다. 그 사람이 무엇을 좋아하는지, 어떤 아픔이 있는지, 그가 원하는 것이 무엇인지 말할 수 있어야 한다. 가장 잘 알 것 같은 가족이나 친구에 대해서도 정작 할 말이 없을 때가 있다. 혹시 그들에 대해 잘 모르거나 사랑하지 않았던 건 아닐까?

사실 말을 한다는 것은 가만히 있을 때보다 훨씬 위험하다. '에이 시시한데. 너무 뻔해. 별것도 아니네.'라는 차가운 반응을 각오해야 한다. 그래도 누군가의 말이 아니라, 나만이 전해줄 수 있는 어떤 말을 가지고 있어야 할 것 같다.

나는 가족에 대해 어떤 말을 할 수 있을까? 내가 사랑하는 사람과 친구들, 내가 만난 타인에 대해서 무슨 말을 할 수 있을까? 다녀온 여행에 대해서, 내가 읽은 책에 대해서 나는 어떤 말을 할 수 있을까?

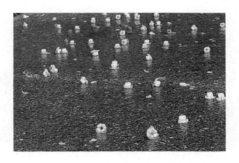

2015 왜관. 수도원 아스팔트 위에 떨어진 감꽃.
어렸을 때 이걸로 감꽃 목걸이를 만들었는데…

학교에 가야 하는 이유

2019 쿠스코 삭사이우만. 성벽 길을 따라 등교하는 아이
엄마랑 라마 세 마리도 같이 가는 이 풍경 왜 먹먹해질까.

『세상에서 가장 험한 등굣길』이라는 TV 프로가 있다. 세계의 오지에 살고 있는 아이들이 눈보라를 뚫고, 얼음 강을 건너기도 하고, 험한 산길을 넘고, 외줄로 강을 건너 학교에 가는 모습을 담은 다큐멘터리 영상이다. 아직도 때 묻지 않은 저런 오지가 있다니, 저렇게 순수한 눈망울의 아이들이 있다니, 볼 때마다 경이롭고 가슴 한쪽이 저려 오는 느낌이다. 그토록 위험하고 먼 길을, 걸어서라도 학교에 가야 하는 이유가 뭘까? 누가 우리에게 학교에 가야 하는 이유를 묻는다면 어떤 대답을 해야 할까? 공부하기 위해서, 훌륭한 사람이 되기 위해서, 상급학교 진학을 위해서라는 모범답안이 있긴 한데 너무 정답이라 식상한 느낌이다. 내가 알고 있는 참신한 대답은 '학교가 우리에게 올 수 없어서'이다.

'학교' 하면 맨 먼저 떠오르는 것은 '만남'이다. 흔히 만남을 축복이라고 하는데, 이 말에 전적으로 공감한다. 무엇을 배웠는지보다 누구를 만났느냐가 인생에서 훨씬 중요하다. 유치원부터 대학교까지 대충 따져봐도 수백 명에서 많게는 천 명, 아니 그 이상의 사람을 만날 수 있는 곳이 학교다. 학교에 가면 착한 아이부터 이상한 아이, 낯가림이 심한 아이, 재미있는 아이, 별별 아이들이 다 모여있다. 학교에는 온라인 수업이나 홈 스쿨링이 줄 수 없는 싱싱한 만남의 현장이 있다.

한때 종편 최고의 시청률을 기록했던 『응답하라 1988』에 나오는 학교에는 다채로운 아이들이 나온다. 바둑 천재 택이, 항상 주변을 즐겁게 해주는 도롱뇽 동룡이, 공부 잘하는 엄친아 선우, 겉으로는 무뚝뚝하지만 속 깊은 정환, 공부는 바닥이지만 똑똑하고 예쁜 덕선이, 모두 사랑스럽고 매력적인 캐릭터를 가지고 있다. 그중에 몇 명, 혹은 단 한 명이라도 마음을 나눌 수 있는 친구나 선생님을 만났다면 복된 인생이다.

알베르 카뮈(1913~1960)가 세계적인 작가로 성장할 수 있었던 결정적인 두 번의 계기는 모두 학교에서 이루어졌다. 문맹이었던 어머니와 알제리의 하층민으로 살던 카뮈가 '루이 제르맹'이라는 초등학교 담임선생님을 만나지 않았다면 그는 아마 중등교육도 못 받고 노동자의 삶을 살았을지도 모른다. 그리고 열일곱 살에 '장 그르니에'라는 선생님을 만나지 못했어도 그런 작가가 될 수 있었을까 싶다. 장 그르니에(1898~1968)는 그의 재능을 알아보고 어린 카뮈를 아끼고 좋아했다. 카뮈와 그르니에가 주고받았던 서한집을 보면 그들은 열다섯 살이라는 나이 차이에도 불구하고 스승과 제자라기보다는 아주 친한 친구 같다. 주고받은 편지가 무려 235통인데 카뮈가 보낸 편지가 112통, 그르니에가 보낸 편지가 123통이다.

『섬』이라는 스승의 책에 카뮈가 써준 서문은 애정이 듬뿍 담긴 아름다운 서문으로 유명하다. 카뮈는 노벨문학상으로 받은 상금으로 선생님 집 근처, 남프랑스의 작은 마을 루르마랭으로 이사한다. 그들이 주고받은 편지에는 그르니에가 돈을 빌려달라는 내용도 있고, 카뮈가 선생님에게 바로 돈을 부쳤다는 얘기도 나온다. 무슨 스승이 제자에게 돈을 꿔달라고 하는지 재미도 있으면서, 두 사람의 가족 같은 친밀감이 놀라웠다. 그들은 문학과 인생을 얘기하면서 서로를 존중하며 깊은 영향을 주고받는다. 카뮈가 학교에 가지 않았다면, 우리는 어쩌면 카뮈의 『이방인』을 만나지 못했을지도 모르겠다.

우리나라 학생들은 세계 어느 나라보다 열심히, 치열하게 공부하는 것 같다. 고등학교의 경우 이른 아침부터 야간 자율 학습을 하는 늦은 시간까지, 잠자는 시간을 빼고는 거의 학교에서 지낸다. 버락 오바마는 대통령 재임 시절 한국 교육을 본받으라고 여러 차례 말했다지만, 그걸 기분 좋은 칭찬으로 듣기는 어쩐지 조심스럽다. 그가 우리의 교육 현실을 제대로 알고 하는 말일까 싶다. 우리나라는 '고등교육 이수율 세계 1위', '교육 부담률 세계 1위'라고 한다. 우리가 계속 고민해야 하는 교육 현실이다. OECD라는 선진국 클럽에서 우리나라의 교육 경쟁력은 어느 수준일까? 자율적이고 창의적인 인재를 길러내는 학교, 즐거운 학교는 우리가 귀가 아프도록 들었던 학교의 모습이다. 그런데 그런 말이 왜 그렇게 겉도는 얘기, 허울 좋은 얘기로 들릴까?

'school(학교)'은 그리스어로 한가하다는 뜻의 'schole'에서 유래됐다고 한다. 한가하지 않으면 학교에 갈 수 없고, 한가하지 못한 사람, 이를테면 노예들은 절대로 갈 수 없는 곳이 학교이다. 한가한 사람들이 뭔가 인생을 더 재미있고 의미 있게 보내고 싶어서 학교에 가는 것이 아니었을까? 학교에서 재미나 의미가 빠지고 경쟁과 의무만 있다면 너무 안타까운 일이다.

세상의 부모는 두 부류로 나뉜다고 한다. 학교에서 돌아온 아이에게 '학교 잘 갔다 왔니?', '시험 잘 봤니?' 늘 똑같은 얘기를 단답형으로 묻는 사람과 '오늘 학교에서 있었던 재미있는 일 좀 얘기해 줄래?'라든가, 유대인 부모처럼 '수업 시간에 어떤 질문을 했니?'와 같은 열린 질문을 서술형으로 물어보는 사람이다. 돌아보니 나는 전자에 속했다. 먹을거나 챙겨 주고 시험 잘 봤니, 숙제했니 같은 진부하고 꽉 막힌 얘기만 해댔다. 후자에 속하는 엄마였다면 우리 애들이 완전 창의적인 인물이 됐을지도 모르는데 말이다.

언젠가 동료 교사로부터 교실에 들어가면서 한 번도 즐거웠던 적이 없었다는 얘기를 들은 적이 있다. 엄마가 아이에게 밥해 먹이는 일이 한 번도 즐겁지 않았다는 말과 비슷하게 들렸다. 교사는 학생들에게 어떻게 하면 지적 호기심을 불어 넣어주고 그들 가슴에 불을 지를 수 있을지 그리고 어떻게 하면 아이들이 즐겁게 공부할 수 있을지를 고민하는 사람이다. 배우는 일이 얼마나 즐거운지를 가르쳐주는 선생님이 진짜 멋진 선생님이다.

모든 공부의 기본이 철학(philosophy)이라고 한다. '지혜(sophia)를 사랑(philos)한다.'라는 말이 좋다. 입학시험에는 당장 도움이 안 될지 몰라도 고전 읽기 캠프나 철학 캠프 또는 글쓰기 캠프가 방학 때마다 열리면 어떨까. 그런 행사가 아이들이 손꼽아 기다리는 축제처럼 진행되는 일은 불가능한 걸까? 내신만을 위해서 하는 공부 말고 공부 자체가 목적이 되는 그런 쓸모없는(?) 공부가 아주 가끔은 필요하지 않을까 싶다.

너무 고전적인 답변일지 모르겠지만, 학교에 가야 하는 이유에 대해 내가 준비한 대답은 '만남과 배움의 기쁨을 위해서'이다.

學而時習之 不亦說乎(학이시습지 불역열호).
배우고 익히니 어찌 기쁘고 즐겁지 아니한가!

내 생애의 아이들, 그들이 사는 세상

　　코타키나발루의 바닷가에서 해 질 무렵이었다. 대략 열 명 정도 되는 아이들이 밀려오는 파도를 향해 뛰어가다가 도망치다가를 반복하면서 어찌나 재미있게 노는지, 그 모습을 오래도록 바라본 적이 있다. 대개는 옷이 젖을까 조심하면서 발목 정도 담그고 마는데, 얘네들은 그게 아니다. 수영복도 아니고 하나같이 그냥 옷을 입은 채로 바다에 들어가 주저앉기도 하고, 바다로 주르르 달려갔다가 되돌아 나오기를 반복하고 있다. 뭐가 그렇게도 재미있는지 지치지도 않는 것 같다. 보고 있는 나까지 덩달아 즐거워진다. 아이들의 웃음소리가 비눗방울처럼 지금도 내 주위에 날아다니는 것 같다.

　　우리 아이들 사진은 물론이고, 세상 모든 아이의 사진을 보는 것이 즐겁다. 친구들의 어릴 적 모습이나 가까이 지내는 어른들의 어릴 적 모습도 그렇게나 궁금하다. 사진 속 어린 주인공들은 너나 할 거 없이 영락없이 귀엽고 사랑스러워 와락 껴안아 주고 싶다. 어릴 적 사진을 보고 나면 그 사람과 한결 더 친밀해지는 것 같고, 세월이 지나 나이가 들었어도 사랑받아 마땅한 소중한 존재라는 생각이 든다.

　　책이나 영화도 아이들이 나오는 것이 훨씬 흥미롭다. 어린이 이야기의 고전으로 알려진 『꼬마 니콜라』는 프랑스 작가 르네 고시니의 글과 장 자크 상뻬의 재미있는 일러스트로 유명한 책이다. 지금도 많은 사람의 사랑을 받는 스테디셀러다. 이 책에는 천진한 아이들의 말썽 부리는 얘기들로 꽉 차있다. 재미있는 삽화와 함께 귀여운 아이들의 상큼 발랄하고 엉뚱한 모습에 읽다가 배를 잡고 웃게 된다. 아이들이 등장하는 영화 또한 재미있다. 「마르셀의 여름」, 「플립」, 「아홉 살 인생」, 「우리들」, 「테스와 보낸 여름」 같은 영화는 언제봐도 좋다. 거기에 나오는 아이들을 보면 얼마나 사랑스러운지 아픈 것도 잊어버릴 것 같다.

아이들을 만난다는 것은 기분 좋은 일이다. 직접 만나는 것도, 책이나 영화를 통해서 또는 오래된 사진을 통해서 만나는 것도 모두 즐겁다. 아이들의 시답지 않은 얘기들, 아이들만 할 수 있는 알록달록한 얘기들과 귀여운 거짓말까지 식물채집 하듯 모아두고 싶다.

아이들의 일기 읽는 것도 여간 재미있는 게 아니다. 나는 아이들의 초등학교 때의 일기도 버리기가 아까워 여태 가지고 있다. 애들은 정작 자기들 어릴 적 일기에 관심이 없는 것 같아서 내가 이따금 꺼내서 뒤적여 본다. 일기 속에 들어있는 아이들만의 독특한 정서나 표현들이 놀랍도록 신선하게 다가올 때가 있다. "빗방울을 가지고 놀았다", "사마귀와의 인터뷰"라는 표현이나 다리가 저리다는 말을 "엄마, 다리에 모래가 생겨."같은 표현들은 어른들은 절대로 할 수 없는 말이다. 나 혼자 먹고 싶은 초콜릿을 누가 달랄 때 "이 초콜릿 매워! 먹으면 안돼." 아이의 귀여운 거짓말에 웃지 않을 수가 없다.

1985 강릉. 파도야 놀자

그들의 세상을 들여다보고 있으면 꽁꽁 얼어있던 몸이 어느새 녹아 스르르 잠이 들 것 같다. 마음속의 어두운 그림자가 사라지고, 누군가를 못마땅해하거나 미워하는 마음도 저만치 물러갈 것 같다. 이름만 불러줘도 방긋방긋 웃는 아기, 소똥이 굴러가도 배꼽 잡으며 웃어대는 아이들, 아이들은 별일 아닌데도 뭔가 아주 작은 기미라도 보인다 싶으면 기다렸다는 듯이 웃음을 터뜨린다. 언제라도 웃을 준비가 돼있다. 아무리 간지럼을 태워도 꿈쩍 않는 어른과는 달리, 몸에 닿기도 전에 간지럼 태우는 흉내만으로도 벌써 깔깔거리며 뒹굴어버린다. 어떨 때는 아이들의 웃음이 설명할 수 없는 미스터리이기도 하다.

아이들에게는 내일이 없다. 어제도 물론 없다. 오직 '지금'만 있을 뿐이다. 고통스러웠던 어제의 기억도, 내일에 대한 과한 기대도 걱정도 없이, 황금보다 귀한 지금을 살고 있다. 세상이 온통 재미있고 신기한 것투성이라서 놀기도 바쁘다. 그러니 우울하다든지 쓸데없이 진지해지거나 걱정하면서 시간을 보내는, 그런 말도 안 되는 일은 그들에겐 있을 수 없다.

아이들은 종종 울고 떼쓰고 싸운다. 그렇지만 눈에서 눈물이 마르기도 전에 언제 그랬냐는 듯 품 안으로 파고들어 오고, 씩씩대며 싸우다가도 금세 사이좋게 놀 줄 안다. 이토록 빨리 용서하고 화해하고, 오래 섭섭해하지 않는, 보드랍고 탄력 있는 태도는 얼마나 경이로운가? 얼마나 배우고 싶은가?

아이들이 가지고 있는 에너지 또한 놀랍다. 네 살짜리 손자를 돌봐줄 때마다 조그만 몸뚱어리 어디서 그런 힘이 나오는지 내가 나가떨어질 지경이다. 반짝거리는 눈으로 잠시도 가만있지 않고 쉴새 없이 물어보고 종알거리고 만지고 쏟고 저지레를 한다. TV를 켤 필요가 없다. 내 눈앞의 라이브가 훨씬 더 흥미진진해서다. 그칠 줄 모르는 호기심으로 아이들은 이미 행복하다.

삶아도 삶아도 처음의 흰빛을 회복할 수 없는, 누렇게 빛바랜 빨래 옆에 눈부시도록 새하얀 빨래, 아이들의 그 깨끗한 흰빛이 흑백의 대비처럼 선명하게 다가올 때가 있다. 아이들 세상은 흰빛으로 펄럭이고 행복으로 출렁인다. 우리도 한때 그들처럼 못 말리게 눈부셨었는데 하는 생각에 가슴 한쪽이 따끔거릴 때도 있다. 하지만 생각보다 쉽게 우리도 그들처럼 행복해지는 비법을 찾을 수 있을지 모른다. 매일 짓는 밥처럼, 혹은 패스트푸드처럼 뚝딱 간단하게 행복을 만들 수 있을지도 모른다. 아니면 소풍날 보물찾기하듯 가까운 곳, 뻔한 곳에 감추어둔 행복들을 어렵지 않게 찾아낼 것도 같다.

그러기 위해서 무엇보다 먼저 아이들 세상, 그들이 사는 세상으로 들어가 보면 어떨까? 속이 훤히 들여다보이는 투명한 순수와 폭죽처럼 터지는 그런 웃음들, 쉽게 화해하는 모습, 넘치는 에너지와 싱싱한 탄력성, 그칠 줄 모르고 반짝이는 호기심까지 다채로운 볼거리가 많다. 허술해 보이는 아이들의 창고에 훔치고 싶은 보석들이 얼마나 많은지, 그야말로 눈이 황홀할 지경이다. 할 수만 있다면 아이들 창고에서 매일 뭐라도 조금씩 훔쳐 오고 싶다.

▲ 2016 파묵칼레. 까르르 웃는 이 아이들을 아무도 말릴 수 없다.

▲ 1990 천수만. 철새를 보러 갔지만 철새는 없고 무성한 갈대숲에 아이들 웃음만 풍년이다.

2016 코타키나발루. 해변의 아이들. 바다를 향해 뛰어들었다 나갔다 하며 즐거워하는 아이들

2015 스톤핸지. 해맑게 웃고 있는 아이
바람에 살짝 올라간 치마꼬리까지 넘 사랑스럽다.

무엇이 보이니?

"미키, 미키 마우스야!" 이제 막 말문이 터진 두 돌이 지난 아이가 차 안에서 갑자기 소리쳤다. 도대체 무슨 소린지 모르겠다. 미키 마우스 인형을 사 달라는 건지 아니면 밖에 미키 마우스 포스터라도 보고 그러는지 도통 알 수가 없다. "미키 마우스라니 무슨 말이야?" 했더니 손가락으로 창밖을 가리킨다. 아들 내외랑 나, 어른 셋이 한참을 두리번거리며 찾아봐도 보이지 않던 미키가 꽤 멀리 있는 건물 옥상에 그것도 아주 작은 모형으로 있는 것을 발견했다. 어쩌면 아이의 작은 눈으로 저게 보일까 신기했다. 같은 곳을 열 번을 지나갔다고 해도, 어른인 내 눈에는 절대 보이지 않았을 미키 마우스였다. 애나 어른이나 우리는 결국 보고 싶은 것만 보기 마련이라는 것은 명언인 게 분명하다.

이따금 내 눈에 보이는 것들이 무엇인지, 무엇을 볼 수 있는지, 아이들에게 무엇을 보여주고 싶은지 묻고 싶을 때가 있다.

"자라나는 내 아이들에게 무엇을 보여주고 싶나요?" 누군가가 묻는다면 나는 뭐라고 말할까. 언뜻 떠오르는 생각은, 막연하지만 멋지고 좋은 것들, 아름다운 풍경이나 대단한 것들을 보여주고 싶지 않을까?

뭐, 이런 비슷한 생각을 하는데 갑자기 누가 찬물을 끼얹은 듯 정신이 확 깨는 대답을 했다. 그는 자기의 어린아이들에게 아프리카와 아시아를 보여주고 싶다고 말했다. 어려운 환경 속에서 사는 사람들을 보여주고 싶다는 것이다. 빌 게이츠의 대답이었다. TV에서 우연히 보게 된 대담 방송이었는데 아, 이런 사람도 있구나 신선한 충격을 받았다. 그러나 한편 생각하면 빌 게이츠는 워낙 많은 걸 가진 사람이니까 그런 생각을 할 수 있겠지만, 가난으로 힘겹게 살고 있는 사람들이 더 어려운 삶을 보여주고 싶지는 않을 것 같다. 어찌 됐든 빌 게이츠의 선의에 찬 얘기를 들으며 워런 버핏이 자기 재산의 상당한 부분을 게이츠에게 준 것은 확실한 투자였겠다 싶었다.

매달 있는 교회의 정기 기도회에 갔다. 기도도 좋지만 조용한 계곡 물과 숲이 좋아서 갔다는 말이 더 맞다. '하나님, 제게 왜 그러셨어요?'라고 조용히 묻고 싶을 때가 있는데, 그날 새벽이 그랬다. 골 부리는 아이처럼 새벽기도에도 가지 않고 이불 속에 있던 내게 불도 켜지 않은 채로 어둠 속에서 자기 얘기를 들려준 사람이 있었다. 40년을 같은 교회를 다녔지만, 특별히 인사를 나눈 적이 없고, 이름도 몰랐던 분인데 내가 묻지도 않은 자기의 인생살이를 조곤조곤 들려주었다. 새파란 나이, 서른 초반에 남편이 세상을 떠났는데 그때 백일을 지난 갓난쟁이 딸과 위로 연년생 딸 둘까지 세 아이가 있었단다. 오랜 투병 끝에 떠난 남편의 병원비로 빚을 많이 진 터라 그때부터 식당을 비롯한 온갖 궂은일을 마다치 않고 해야 했다. 그 피눈물 나는 세월을 어찌나 담담하게 말하는지 자기 얘기가 아니라 마치 다른 사람 얘기를 하는 것이 아닌가 싶었다. 지금은 딸들이 다 결혼하고, 고생한 보람이 있어 작은 건물에서 월세도 받고 그런대로 잘살고 있다고 한다. 이렇게 몇 줄로 요약된 세월이지만, 그동안 얼마나 힘들었을까를 어떻게 말로 다 설명할 수 있을까. 얼굴도 말투도 편안해 보이는 사람에게 그렇게 혹독한 인생이 있었다는 사실이 믿어지지 않았다. 나 같으면 도저히 감당하지 못했을 것만 같다. 자기 앞에 던져진 삶을 고스란히 살아내야 했던 한 사람이 그제야 눈에 들어왔다.

2018 다낭해변. 그토록 가벼운 새들인데 발자국은 어쩜 이렇게 선명할까.

어영부영 살다 보니 어느새 나이 많은 사람이 되었지만, 그야말로 무늬만 어른이지 사람 구실 하려면 아직 멀었다는 자괴감이 들 때가 많다. 누구나 아름다운 풍경, 예쁜 사람들을 좋아하지만 나는 그게 좀 과한 거 같아 반성 중이다. 예쁘고 좋은 것만 좇다 보면 분명 놓치는 것들이 있다. 나이가 들어서도 예쁘고 반듯한 것만 밝히는 것은 영 아니다 싶은데, 아직도 『세계 테마기행』은 보면서 『그것이 알고 싶다』와 같은 사회적 이슈를 다룬 진지한 프로는 잘 안 보게 된다. 무서운 장면, 폭력적인 장면은 무조건 눈을 감아버리는 버릇이 있다. 이러다 보니 보고 싶은 것만 보고, 봐야 할 것을 못 볼까 두렵다. 이런 미성숙이 죄스럽기도 하고 슬며시 부끄러워질 때가 있다.

▲ 2022 분당. 서쪽으로 창을 내었다.
창을 통해 매일 다른 하늘과 능선을 보고있다. 15년이 넘도록 한번도 지루하지 않았다.

이글루라는 얼음집에 에스키모인들이 투명한 얼음으로 창을 냈다는 얘기를 들은 적이 있다. 나도 안방을 확장하면서 서쪽으로 작은 창을 만들었다. 앞 동의 시멘트 건물만 볼 뻔했는데 그 창으로 해가 지는 모습과 멀리 있는 몇 겹의 능선과 반짝이는 야경을 볼 수 있다. 어떤 창을 내느냐에 따라 보이는 것이 이렇게 달라지는구나 매일 신기하고 감사하다.

잘생긴 외모, 좋은 환경, 높은 연봉, 화려한 스펙으로 눈이 부신 세상이다.

"그땐 왜 그렇게 아무것도 안 보였나 몰라. 허우대만 멀쩡했지, 상대를 무시하고 함부로 대하는 나쁜 사람, 도저히 함께할 수 없는 사람이었어. 헤어지길 백번 잘했어. 글쎄 내 눈알을 빼서 시냇물에 씻어 다시 끼워넣고 싶었다니까…" 죽자사자 좋아했던, 모든 걸 두루 갖춘 남자친구와 헤어지고 나서 친구가 한 말이다.

왜 그때 그걸 못 보았을까 돌이켜보면 어이없었던 때가 많다. 보아야 할 것을 제대로 볼 수 있는 사람이 되는 것은 참 어려운 일이다. 사람을 만날 때나 어떤 상황을 만날 때 예리하고 똑똑한 시선도 있어야겠지만, 따뜻하면서도 깊이 있게 편견 없이 바라볼 수 있는 시선이 필요하다. 나도 모르게 오래 젖어온 편견이나 고정관념, 선입견에 갇혀있는 나를 만날 때가 있다. 머리로는 알지만, 막상 쉽게 고쳐지지 않는 완고함과 이기심이 있어 건강하고 올바른 시선을 갖는다는 것은 결코 쉽지 않은 일이다.

눈에 보이는 게 다가 아니라는 말, 중요한 것은 눈에 보이지 않는다는 말은 누구나 잘 아는 말이다. 그러나 보이지 않는 것을 볼 수 있고, 중요한 걸 놓치지 않는 안목을 갖는 것은 얼마나 어려운가? 세상 부러울 게 없겠다 싶은 사람에게도 죽고 싶을 만큼 외롭고 힘들어하는 모습을 볼 수 있고, 아무도 주목하지 않는 평범한 사람에게서 아름다운 모습을 발견할 수 있다.

사람들이 언제 웃고, 언제 우는지, 도시락 안 싸 온 아이가 누군지 잘 살펴보라고, 착한 사람도 공부 잘하는 사람도, 다 말고 관찰을 잘하는 사람이 되라는 어느 시인의 말이 생각난다.

'무엇이 보이니?'

2016 가파도키아. 동굴집의 창. 이 창으로 그들은 무엇을 보았을까.

수업을 시작하겠습니다

　　　　　　　재미있는 수업을 하고 싶었다. 5년이라는 짧은 기
간, 고등학교에서 지리를 가르쳤다. 어떻게든 아이들을 즐겁게 하는 수
업을 하고 싶었다. 그렇지만 내게는 그게 그렇게도 어려운 일이었다.
같은 이야기를 해도 재미있게 남을 웃기는 사람이 있는데, 난 그러지
못했다. 하지만 어떻게 하면 수업이 좀 더 재미있어질까에 대한 궁리는
늘 했던 것 같다. 공부해야 하는 일이 지겹고 따분한 일이 아니라 조
금이라도 즐거워졌으면 하는 마음에서 아이들에게 이따금 좀 엉뚱하
고 유치한 질문을 했다. "얘들아, 알고 싶니?", "느낄 수 있니?", "말할
수 있니?"라고.

　첫째, 알고 싶다. 종소리와 함께 수업이 시작되면 학생들은 보통은
책을 펴고 선생님 설명을 열심히 듣고 필기한다. 알고 싶다는 기대도
없이 그냥 습관처럼 기계적으로 수업에 임한다. 모든 수업은 좋은 점
수를 얻기 위해 이루어진다. 이들이 알고 싶은 것은 그저 시험에 나오
냐 안 나오느냐 하는 것뿐이다. 모든 공부는 '기승전 수능'이다. 대학
을 가기 위한 공부 말고는 별 의미가 없다. 서울이 평창보다 왜 더운
지, 모내기가 따뜻한 남쪽에서 왜 더 늦게 시작되는지, 갯벌이 동해안

이 아닌 서해안 지역에 발달한 이유는 뭔지, 1%의 엘리트가 한국, 중국, 일본에서 각각 어떤 수치인지, 온난화의 결과는 어떻게 전개될지, 이런 것들이 궁금해지면 좋겠다. 단순히 정보의 양을 늘리고 외우는 공부보다는 새로운 것을 알아가는 기쁨을 경험하는 공부가 좋다. 아이들이 궁금해 죽겠는 것, 알고 싶은 것이 자꾸 많아진다면 인생이 훨씬 재미있어질 텐데 말이다.

둘째, 느낄 수 있다. 한글 창제는 세종대왕의 뛰어난 모든 것들, 리더십과 지혜, 열정과 통찰의 결과라고 말할 수 있다면 그 모든 것이 어디에서 시작됐을까 하는 다소 엉뚱한

2006 쁘띠 트리아농. 야외수업이 좋아요.
굳이 뭘 배우지 않아도 좋다.

생각을 해보았다. 워낙 천재적인 인물이라서, 또는 눈이 아프도록 책 읽기를 좋아하고 공부를 좋아했기 때문에, 아니면 최고의 두뇌 집단 집현전을 잘 가동했기 때문이었을까? 세종에게 한글이 그토록 필요한 것이었을까? 모든 신하의 만류에도 불구하고 한글 창제를 밀어붙인 고집은 어디서 나온 걸까? 문맹자의 숫자를 파악하는 것은 누구든지 할 수 있는 일이다. 그렇지만 글을 모르는 백성들이 처한 문맹의 처지, 그 답답함을 헤아리고 느낄 수 있었던 군주가 세종 말고 또 누가 있었는지 모르겠다. 느낄 수 있다는 것은 정말 어마어마한 능력이다. 그냥 아

는 것과 느낄 수 있다는 것은 다르다. 위대함의 출발은 어쩌면 느낄 수 있는 능력에서 시작되는 것은 아닐까? 우리는 보다 섬세하고 진실하게 느낄 수 있는 능력이 어떻게 하면 길러질까 고민해야 할 것 같다.

가령 빙하를 공부한다면 아침에는 황금빛이었다가 노을이 질 때는 루비의 붉은빛으로, 어둑해지기 시작할 때는 사파이어의 푸른 빛으로

2008 슈농소. 선생님은 심심해 보이는데
애들은 재미있어 죽겠다는 표정이다.

변한다는 말에 "에이, 누가 그런 시시한 거짓말을…"이라고 냉소적으로 반응하지 말고, 아름다운 빙하를 한 번 상상해 보고 느낄 수 있으면 좋겠다. 그리고 점점 사라지는 빙하를, 지구 온난화를 나의 일처럼 걱정할 수 있으면 좋겠다. 밀물이 빠르게 들어올 때 수영 잘하는 사람이 바닷물의 속도를 이길 수 있을까 생각하면서 밀물의 속도를 함께 느껴보는 거다. 세상에서 가장 가난했던 우리나라가 여러 분야에서 이토록 눈부신 나라가 된 것에 대해서도 가슴으로 느껴보는 거다.

셋째, 말할 수 있다. 오늘 수업 시간에 뭘 배웠는지 물었을 때 짧게 내용을 정리해 말할 수 있다면 정말 '굿'이다. 요약은 많은 내용을 짧게 축약하는 구조화 능력이다. 내가 무엇을 배웠는지 머릿속에서 기억하고 정리하는 것보다 누군가에게 얘기해 줄 때 한층 효율적이라고 한다. 요약의 훈련은 유익하다. 이런 훈련을 잘한 경우가 『자유론』의 저

자 존 스튜어트 밀(1806~1873)이다. 자서전이 재미있는 경우는 드문 편인데 『자유에의 증언』이라는 제목이 붙었던 밀의 자서전을 재미있게 읽었다. 그는 아버지로부터 최고의 홈 스쿨링 교육을 받았다. 밀은 배운 내용을 오후 산책길에서 다시 아버지에게 얘기해야 했고, 또 그 것들을 동생들에게 가르쳐야 했다. 그는 아버지에게 한 번, 동생들에게 다시 한 번, 배운 것들을 전달해야 했다. 그가 모차르트와 함께 가장 뛰어난 두뇌를 가졌다고 하는데, 말하기의 훈련은 그의 지적능력을 키우는 데 많은 도움이 됐을 것 같다. 아무튼, 배운 것을 말로 설명할 수 있다는 것은 꽤 괜찮은 공부를 했다는 뜻이다.

수업을 시작하면서 아이들에게 전해주고 싶은 소박한 제안이면서 동시에 나에게 하고 싶은 말이기도 하다.

'알고 싶다. 느낄 수 있다. 말할 수 있다.'

2008 르와르 고성지대 앙브와즈성.
저 아래 깊은 곳에 무엇이 있을까?

아들아, 있어 보인다

　　　　사회 초년생인 아들이 어느 날 느닷없이 차를 사고 싶다고 했다. 본인이 모아놓은 돈도 별로 없을뿐더러 나 역시 보태줄 형편도 못 되고, 주말에만 겨우 몇 번 쓰자고 차를 산다는 것은 아무리 생각해도 말이 안 되는 얘기다. 단칼에 '노'라고 잘라 말했다. 분수도 모르고 겉멋만 들어, 뱁새가 황새 쫓아가는 황당한 일이 우리 집에서 일어나서는 안 된다고. 그러나 아이는 기어이 은색 제네시스 쿠페를 사고 말았다. 새 차 같은 중고차였다. 나 역시 겉으로는 반대하는 척했지만 내심 '그래, 그것도 한때지.'라며 아이의 한심한 도발을 묵인했다. 아들은 자동차를 사고는 세상을 다 얻은 듯 환한 얼굴로 입이 귀에 걸려 좋아했다. 그런 모습을 보면서 우리 부부도 언제 사지 말라고 반대했었나 싶게 덩달아 행복했다.

　　화창한 초여름, 투명한 햇살이 쏟아지는 주말, 스포츠세단의 선루프를 열고 아래위 갈색 슈트를 쫙 빼입고, 바람 잔뜩 들어간 채로 싱글벙글하는 철없는 청춘이 내 눈앞에 있었다. 잘나가는 부잣집 아들이라고 해도 믿어질 만큼 충분히 멋있고 괜찮아 보였다. 그래서 칭찬 반, 우려 반의 심정으로 말했다.

"아들아, 너 정말 있어 보인다. 사람들이 너를 있는 집 앤 줄 알겠어. 걱정돼서 하는 말인데 거품 좀 빼라."

그러자 아들이 하는 말이,

"있는 사람도 없어 보이기 쉬운데, 없는 사람이 있어 보이는 거, 이거 쉬운 거 아니에요. 돈 워리 맘!"

이 엉뚱한 말에 어이가 없어 웃고 말았다.

빌 게이츠가 유명해지기 전 우연히 그에 관한 짤막한 기사를 본 적이 있다. 우리나라에 컴퓨터가 귀하던 시절이었다. 청바지 차림의 그가 와서 소년교도소에 수감되어 있는 우리나라의 어린 재소자들에게 컴퓨터를 선물했다는 기사였다. 정확히 언제였는지, 컴퓨터가 몇 대였는지는 잘 모르겠다. 하지만 어떻게 그런 생각을 할 수 있었을까 지금도 신기하다. 빌 게이츠가 얼마나 부자인지, 그가 왜 이혼을 해야 했는지, 그의 자선사업의 규모와 기부 액수가 얼마나 대단한지는 크게 궁금하지 않다. 다만, 그가 일찍부터 얼마나 섬세하면서도 집요하고 열정적으로 다른 사람을 돕고 싶어 했는지가 그저 놀라울 뿐이다. 요즈음 그는 아프리카의 빈곤과 고통에 관심이 많다. 그곳의 질병과 가난은 오염된 식수에 원인이 있다고 보고 대규모의 화장실 개선과 보급을 위한 프로젝트를 진행하고 있다. 그는 돈이 많은 부자이지만, 마음이 부자인 사람이다.

흔히 베풀고 나누는 삶은 소위 있는 자들만 할 수 있는 것으로 생각하기 쉽다. 그렇지만 가난하다고 해서 그런 일이 꼭 어렵기만 한 것일까? 비록 물질로 베풀지는 못하더라도 말 한마디로 누군가를 살리기도 하고, 친절한 손길로 위기에 처한 사람에게 도움을 주며, 작은 선물로도 사람들을 기쁘게 하는 일이 우리 주변에 얼마든지 있다. 또는 자신이 소중하게 지키는 가치를 보여주면서 가진 자를 부끄럽게 하는 사람들도 적지 않다. 다른 사람을 돕거나 나누는 삶은 사실은 누구나 가능한 일이며, 모든 사람에게 주어진 책무일지도 모른다.

그리스 철학자 디오게네스가 소원이 무엇이냐고 묻는 알렉산더 대왕에게 아무것도 필요 없으니 햇빛을 가리지 말고 비켜달라고 했다는 유명한 일화는 언제 들어도 신선하다. 세상 사람들이 이처럼 오래 기억하고 좋아하는 말을 남기다니 그는 정말 멋지다.

디오게네스는 자기 삶을 사랑하며 자신의 존엄을 드러내는 태도만으로도 더할 수 없이 부요한 사람이다. 황금과 권력은 아무나 가질 수 없는 것이며, 동시에 누구나 갖고 싶은 것이다. 그때나 지금이나 그 중요한 것이 필요 없다는 말은 그야말로 통쾌한 반전이다. 디오게네스는 올더스 헉슬리의 『멋진 신세계』에 나오는 저항하는 주인공 '세비지'와 비슷하다. 신세계의 모든 사람은 항상 건강하고 유쾌하며 행복하다. 그러나 세비지는 이름처럼 차라리 야만인으로 살고 싶다. 자기는 문명보다 신이 필요하고 시가 필요하며, 갈등과 위험과 죄악이 필요하다고 한다. 겉으로 보면 디오게네스도, 세비지도 '없는 자' 또는 '실패한 자'로 보인다. 그렇지만 그들은 우리가 놓치지 말아야 할 것이 무엇인지 환기시켜 준다.

"있어 보인다."라는 말이 유행한 지는 꽤 된 것 같다. 있어 보인다는 것이 얼마나 눈부신 말인지 잘 알고 있다. 눈에 보이는 게 뭐가 중요하냐고 쉽게 말하지 말자. 보이는 것이 전부인 경우가 얼마나 많은가.

사람들은 어떨 때 있어 보일까? 옷을 잘 차려입고 좋은 집에 살고 좋은 차를 타고 다니면 일단은 있어 보인다. 친구들에게 흔쾌히 식대나 찻값을 낼 수 있는 정도라면 확실히 있어 보인다. 까만색 옷을 입고 입을 다물고 있으면 누구나 있어 보인다는 말도 그럴듯하다. 가격표를 의식하지 않고 사고 싶은 것을 사는 사람 또한 그렇다.

반면에 겉으로 보기에는 모든 걸 다 갖추고 있는 거 같은데 더치페이 말고는 자기 지갑을 열 줄 모르는 사람, 다른 사람에게 냉정하고 인색한 사람, 자기 얘기만 하고 다른 사람의 이야기에 전혀 관심 없는 사람, 함부로 말하고 화를 잘 내는 사람, 다른 사람의 실수나 잘못에 대해 그냥 넘어가지 못하는 사람, 이유 없이 빡빡한 사람은 아무래도 없어 보인다.

나는 옷을 살 때도, 마트에서 식품을 살 때도 필요하다고 선뜻 사지 못하고 일단 가격부터 확인하고 시작한다. 사람들 만날 때도 밥 잘 사주는 그런 사람이 되고 싶은데 지갑이 협조를 안 해주니 안타깝지만 없는 사람 축에 속한다.

있어 보이는 것은 진즉에 포기했지만, 없어 보이지 않으려고 안간힘을 쓰고 있다. 있어 보이는데 가까이 보니 아무것도 없는 사람이 있고 없는 듯 보이지만 볼수록 진국인 존경하고 싶은 사람이 있다. 이를테면 작은 것이라도 나눌 수 있는 사람, 디테일이 풍부한 사람, 어떤 처지에도 자족하는 능력을 갖춘 사람, 누군가를 웃게 할 수 있는 사람, 무엇보다 자기 삶의 이야기가 풍부한 그런 사람이 진짜 있어 보이는 것이 아닐까 싶다.

있어 보이는 아들아, 있어 보이는 게 아니라 정말로 있는 인생이 되면 좋겠다.

1987 경복궁.
"다 나와! 내가 상대해 줄게." 가슴에 나뭇잎 하나 꽂았을 뿐인데
세상을 다 가진 것 같다.

내 친구의 집은 어디인가?

　　　　『내 친구의 집은 어디인가』라는 TV 프로가 있었다.
중국, 네팔, 이탈리아, 독일, 캐나다 등 여러 나라의 청년들이 한국 친
구들을 자기 집으로 초대해서 먹고 자고 놀러 다니는 얘기들로 구성돼
있다. 그들이 우리나라도 아닌 다른 나라에서 한국말로 장난치고 떠들
고 노는 모습이 신기했다. 어쩌면 우리나라 말을 저렇게 잘할까, 남자
애들이 저렇게까지 사랑스러울 수가 있나 해서다. 각자 살아온 공간과
얘기들이 흥미롭고 싱싱하다. 특히, 「캐나다」 편을 재미있게 보았다.

　캐나다 청년 기욤이 어릴 적 살았던 퀘벡에 있는 집으로 친구들이 찾
아갔다. 기욤이라는 청년은 열여덟 살에 한국에 프로게이머로 와서 삼
십이 넘도록 우리나라에 살고 있다. 아버지는 엄마와 이혼하고 나이 차
가 많아 보이는 젊은 쿠바 여인과 살고 있었다. 다소 불편할 수도 있는
상황이지만, 기욤이 아버지나 새엄마를 대하는 태도는 뜻밖에도 의연하
고 성숙해 보였다. 기욤의 엄마는 혼자 살고 있었는데 오랜만에 만난 아
들과 헤어지면서 눈물을 터트린다. 세상 모든 엄마의 끝내 터지고야 마
는 눈물이다. 친구의 집에 가보지 않았다면 쉽게 알 수 없는 것들이 있
다. 항상 웃는 얼굴 속에 생각지도 못했던 아픔이나 고통이 있었다는
것을 알게 될 때 우리의 우정은 더 깊어진다.

나는 친구 S와 초등학교에 같이 입학하고, 중·고등학교에 같이 다녔다. 어릴 적부터 서로의 집을 드나들면서 부모님께 인사도 하고 밥도 얻어먹고, 공부를 핑계로 밤늦도록 얘기하며 같이 자고 놀았다. 여행도 같이 다니고 지금도 자주 만난다. 주로 S가 우리 집에 오는데, 아주 가끔은 내가 친구네 집으로 가기도 한다. 그 집에 가면 노래 부르기를 좋아하는 휠체어를 탄 천사가 있다. 천사는 초등학교 4학년 때 갑작스러운 교통사고로 머리를 심하게 다쳤다. 여러 차례의 뇌수술과 재활치료를 받았지만 신체장애와 지적장애라는 중증 장애를 안고 살아가고 있다. 사고 당시 초등학교 4학년이었던 딸은 이제 마흔이 되었고, 30년째 휠체어 생활을 하고 있다. 어떻게 이런 일이 벌어질 수 있는지, 마른하늘에 이런 날벼락을 칠 수 있는지 어떤 말로도 그날을 설명할 수 없다.

　그동안 가슴속의 열불을 어떻게 잠재우고 살아왔는지, 무너진 하늘을 어떻게 떠받치고 살아왔는지 모른다. 어린 나이에 이미 음반을 만들 정도로 노래에 재능이 뛰어났던 딸이었다. 지금은 정확한 의사 표현도 어려운 형편이다. 그런데도 동요, 가요, 찬송가의 가사를 어눌한 발음이지만 어쩌면 그렇게 잘 기억하고 따라 부르는지 신기할 지경이다. 내가 기타를 치면 휠체어에 있는 우리의 천사는 끝도 없이 노래를 부를 텐데 마음만큼 쉽지 않다. 친구가 아픈 딸아이를 '우리 천사'라고 부르며 번쩍 안아 휠체어에 태우는 걸 보면, 가느다란 몸 어디에서 그런 힘이 나오는지 알 수가 없다. 점점 더 사랑하고 존경하고 싶어지는 친구다.

　"사람이 온다는 것은 실로 어마어마한 일이다."라고 시작되는 정현종 시인의 시처럼 친구의 방문은 실로 어마어마한 일이다. 한 사람의 일생, 부서지기 쉬운, 부서지기도 했을 마음이 오는 것이기 때문이다. 그런 마음을 더듬어 만져볼 수 있다면 우리 집에 오는 모든 사람을 필경 환대하게 될 것 같다는 시인의 말에 깊이 공감한다.

친구라면 서로의 생육사(生育史)와 함께 그가 사는 공간도, 가족들도 자연스레 알게 된다. "알면 사랑하게 된다."라는 말은 맞는 말이다. 친구라면서 서로의 집이 어딘지 모른다면 서운할 것 같다. 친구가 어떻게 지내는지, 가족이 어떻게 되는지, 어떤 어려움이 있는지 모른다면 좀 곤란하다.

요즈음은 절친이라 해도 프라이버시 운운하며 친구네 집에 가는 일이 드문 것으로 알고 있다. 젊은 사람들이 좋아한다는 파자마 파티라는 것도 집이 아닌 다른 곳에서 하는 경우가 많다고 한다. 하지만 절친의 유대가 공고해지려면 친구네 집에서 먹고 자고 뒹구는 파자마 파티가 최고다. 친구 자체보다 아파트 평수나 동네가 중요한 사람이라면 초대도, 방문도 하지 말아야 한다.

딸애는 식탁 놓을 자리도 없는 작은 전셋집에 살면서도 주눅 들지 않고 친구들을 자주 부르는데, 그런 모습이 보기 좋다. 친구의 집은 물리적 공간 외에 그가 살아온 이야기와 정서가 담긴 소중한 공간이다. 친구네 집을 알면 가족에게 느껴지는 유대와 연민으로 한결 더 친밀해진다.

대전 변두리 시골에 살 때 그 작고 초라한 집에 열 명 가까운 친구들을 데리고 갔다. 어머니는 딸의 친구들을 위해 소박하지만 정성껏 한 끼 식사를 준비하셨다. 거창한 초대는 못 하더라도 이처럼 내 집에 찾아온 사람을 반갑게 맞아주고, 따뜻한 밥 한 그릇 대접하는 쉽고도 편안한 작은 환대가 그립다. 지금도 안 보면 보고 싶고, 살면서 힘든 얘기도 편하게 털어놓을 수 있는 '디어 마이 프렌드'는 안영리 시골집에 놀러 왔던 친구들이다. 외로운 엄마가 과꽃과 사루비아를 키우던, 감나무가 많은 나의 시골집을 기억하는 친구들, 그들이 있어 내 인생이 한결 풍요롭고 따뜻해졌다.

요즘 좀처럼 듣기 어려운 말이면서 하기 힘든 말이 있다면 아마도 우리 집에 놀러 오라는 말이 아닐까?

'내 친구의 집은 어디인가?'

1973 대전. 안영리 시골집에 친구들이 놀러왔다.
감나무 아홉그루가 자라던 가난한 집에 친구들이 자주 드나들었다.

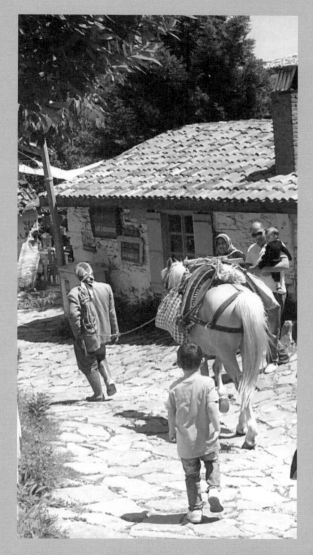

2016 터키 쉬린제. 정겨운 골목길에서 친구야 놀자 이런 소리가 들릴 것 같다.

V
산책길에서 마주친

독점 혹은 전파, 기쁨의 두 얼굴

깊은 산 속 옹달샘을 본 적이 있는가? 설마 그런 멋진 곳을 본 사람이 나 말고 누가 있을까 즐거운 착각을 해본다. 공주 외갓집을 떠올리면 마을 입구에 수백 년 됨직한 커다란 은행나무와 십여 가구 정도의 작은 마을이 그려진다. 내가 어렸을 때 빠져 죽을 뻔했던 제법 큰 샘과 봉숭아 꽃이 자라던 뒤란의 장독대와 대숲 그리고 나의 옹달샘이 있다. 이른 아침 들깨밭 사이로 난 오솔길을 따라 옹달샘에 갔다. 이슬로 발목까지 다 젖었다. 물을 길으러 간 것은 아니고, 그냥 물만 먹고 고양이 세수 정도 하고 온 것 같다. 그 작은 샘은 할머니와 우리 식구만 쓰는, 아무도 모르는 우리만의 샘이었다. 그럴 수밖에 없는 것이 '꼭대기 집'으로 불렸던 할머니 집 주변에는 더 이상 집이 없었기 때문이다. 산기슭 바위 자락 아래에 있던 옹달샘 주변에는 참나무, 싸리나무, 단풍이 고운 옻나무랑 여뀌 같은 풀들이 자라고 있었다. 퐁퐁 솟는 샘물 바닥에서 모래 알갱이들이 끊임없이 솟구쳐 올라왔다. 옹달샘에 대한 내 기억은 사실 평범하다 못해 시시하다. 그런데도 내 기억의 창고에서 여태껏 싱싱하게 살아있다. 옹달샘은 이른 아침의 서늘한 기운과 함께, 완전한 고요와 기쁨으로 기억된다. 언제라도 꺼내볼 수 있는 소중한 한 장의 스틸 사진이다.

우리나라 가곡 중 「아무도 모르라고」라는 노래가 있다.

> 떡갈나무 숲속에 졸졸졸 흐르는 / 아무도 모르는 샘물이길래/아
> 무도 모르라고 도로 덮고 내려오지요 / 나 혼자 마시곤 아무도 모
> 르라고 / 도로 덮고 내려오는 이 기쁨이여…

나 혼자만 알고 싶은 샘물이라서 아무도 모르게 도로 덮고 내려온다는
가사가 딱 내 마음이다. 나도 내 옹달샘을 비밀에 부치고 싶다. 이처럼
독점할 때 완전해지는 기쁨이 있다. 나만 알고 싶은 어떤 장소, 나만 알
고 싶은 사랑이 그렇다. 사랑하는 연인이나 부부간의 사랑은 독점에 대
한 약속으로 시작된다. 독점이 깨지는 순간 기쁨은 사라지게 된다.

'독점'만큼 강력한
기쁨의 또 다른 얼
굴은 '전파'다. 누군
가에게 얘기하고 싶
고 민들레 꽃씨처럼
마구 퍼뜨리고 싶어
몸살 날 것 같은 그
런 것들이 누구에

2020 서판교. 집 근처 개울에서 생애 처음으로
메기를 보았다. 내 팔뚝보다 큰 매기 라니.

게나 있다. 비가 많이 왔던 지난여름 동네 개울에서 팔뚝보다 큰 메기
를 보았다. 내 평생 그렇게 큰 메기는 본 적이 없어 가슴이 두근거렸다
는 얘기를 왜 그렇게 하고 싶은지 모르겠다. 상대가 듣든지 말든지 입

이 근질거려 도저히 참을 수가 없었다. 아침 산책할 때 보았던 자귀나무의 분홍 브러시 같은 꽃이 얼마나 예쁜지, 향기는 또 얼마나 좋은지 얘기하고 싶다. 개기월식 때 보았던 그 신비로운 붉은 달을, 우연히 본 바오밥 나무의 트럼펫처럼 생긴 꽃 속에 있던 긴 꽃술의 자태를, 아이의 입에서 불쑥 튀어나온 재미난 표현들을 누군가에게 들려주고 싶다. 때로는 내가 아주 힘들게 깨우친 어떤 것들과 나의 실패, 눈물과 한숨에 관해서도 이야기하고 싶다. 물론 내가 하고 싶은 얘기를 상대방도 재미있게 들어줄지는 매우 신중해야 한다. 듣는다는 것이 때로는 거의 노동에 가까울 정도로 힘든 일이 될 수도 있기 때문이다. 반복되는 신세 한탄이라든지, 자기 자랑을 심하게 하는 경우가 아니라면 사람들이 퍼뜨리는 얘기들로 세상은 즐겁다.

요즘 페이스북이나 블로그, 인스타그램, 유튜브 같은 매체들을 통해 얼마나 많은 이야기가 올라오고 있는지 그야말로 신기하고 놀라운 세상이다. 인스타그램에 자라나는 아기들의 사진이나 동영상을 올리고, 여행지의 사진이나 경험을 나눈다. 유튜브를 통해 올라오는 수많은 동영상의 조회 수는 실로 어마어마하다. BTS의 유튜브 누적 조회 수는 수십억 뷰를 넘어선다고 한다. 그들의 노래와 춤이 전 세계에 마구 퍼뜨려지고 있다. 아이들은 책보다 TV를, TV보다 유튜브를 좋아한다. 유튜버가 되고 싶다는 아이들도 많다고 한다. 자기를 과시하고 싶어서 혹은 상업적인 의도로 만들어지는 유튜브도 많겠지만, 순수하게 공유하고 싶어서 올리는 영상도 많은 것 같다. 어찌 됐든 유튜브나 온갖 매체를 통해 또 하나의 거대한 세상이 만들어지고 있다.

2021 월정사 근처 섶다리. 이 예쁜다리를 너에게 보여주고 싶다.

사람들은 무엇을 보여주고 싶고, 무엇을 말하고 싶은가. 대체 무슨 이야기들이 그렇게 많은 걸까? 영화나 음악, 그림, 소설, 시 같은 모든 장르 속에서 우리는 전파에 대한 욕구를 알아챌 수 있다. 그저 순수한 창작에의 열정 하나로 아무도 들어주거나 보아주지 않아도 괜찮은 경우는 드물다. 내 작품을 알아줄 단 한 사람만 있다면 충분히, 확실하게 기뻐할 수 있다는 말 역시 정말 그럴까 싶다. 전파에 대한 욕구는 누구나 가지고 있는 것이 아닐까? 요즈음 많이 쓰이는 공유라는 개념과는 좀 다른 것 같다. 함께 나누기 위해서라기보다, 그냥 내 기쁨을 퍼트리고 싶은 그런 것이 아닐까? 얘기할 수 없다면 어떤 의미에서 그건 기쁨이 아니다. 누군가에게 꼭 보여주고 싶고, 들려주고 싶은 것, 동의를 구하고 싶은 어떤 것들이 있다.

기쁨의 본질은 전파다. 기쁨은 전파를 통해 비로소 완성된다.

2022 비비안 마이어 사진전시회. 그라운드 시소

그런데 내가 아는 '비비안 마이어(1926-2009)'의 경우는 예외적이고 매우 특별하다. 몇 해 전에 성곡 미술관에서 비비안 마이어의 사진 전시회가 있었다. 그녀가 포착한 인물, 뉴욕 거리, 사람들의 모습, 풍경들이 모두 신선했고 좋았다. 다큐멘터리로 제작된 「비비안 마이어를 찾아서」라는 영화도 인상적이었다. 영화를 보고 나면 수수께끼 같은 그녀의 인생이 어느 정도 이해될 줄 알았는데 오히려 더 궁금해지고, 어떻게 그렇게 살 수가 있는지 여전히 이해하기 어려웠다.

마이어는 평생을 독신으로 살았다. 유모, 간병인 일을 하며 가난하게 살다 외롭게 세상을 떠났다. 가난하게 살면서도 비싼 카메라로 필름 사진을 찍고 또 찍어 댔다. 사진에 대한 교육을 전혀 받아본 적이 없는 마이어가 찍은 순간의 기록물은 무려 15만 장에 달한다. 그 엄청난 사진들을 단 한 번도 공개한 적이 없다.

그녀의 사진에서 앙리 카르티에 브레송, 로버트 프랭크에 비견되는 천재적인 면모가 보인다고도 하는데 내가 정작 궁금한 것은 사진의 내용이나 가치가 아니고, 어떻게 그 많은 사진을 찍고 나서 아무에게도 보여주지 않을 수가 있는지다. 한 번의 작품 전시회도 없었던 그녀를 실패한 사진작가라고 말할 수 없는 이유는 본인이 애초부터 전시회는 고사하고, 사람들에게 보여주려는 어떤 시도도 하지 않았기 때문이다.

나 같으면 그 멋진 사진들을 보여주며 사진 속 이야기들, 아름다운 풍경이나 인물들에 대해서 말을 하고 싶어 안달이 났을 텐데 말이다. 마이어는 하고 싶은 일을 해서 행복했다고 말할 수도 있을지 모르겠다. 그렇지만 퍼뜨리고 싶은 욕구, 소통과 전파의 강렬한 욕구가 보이지 않는 마이어의 삶은 나로서는 이해하기도 어렵고 아무래도 안타깝다.

마이어는 과연 전파하는 데 실패한 건지, 독점하는 데 성공한 것인지 여전히 미스터리다.

기쁨의 두 얼굴, '전파 혹은 독점', 어느 경우라도 눈부시다.

2016 터키.
양귀비가 피어 있는 들판. 흰색 양귀비만 몰핀재료로 쓰인다고 한다.

어쩌다 집밥

요즘 들어 '집밥'이라는 말을 자주 듣는다. '집에서 지은 밥'이라는 말인데, 외식이나 배달 음식과 구별되는 말이다. 누구나 집밥을 먹었던 그때는 집밥이라는 말조차도 없었는데 말이다. 아마 집밥이 그만큼 귀해졌다는 얘기이며, 집밥의 가치와 매력에 다시 주목한다는 말이 아닐까 싶다. 사실 집밥은 다소 거칠고 지루하고 별맛 없는 경우가 많다. '어글리 딜리셔스'라는 말에 어울린다. 그런데도 굳이 집밥, 집밥 하는 것은 무슨 이유일까? 집밥은 단순히 건강상의 이유만이 아니라 삶의 태도, 인생의 우선순위와 직결되는 중요한 주제일지 모른다. 살아가는 데 꼭 필요한 의식주 중에서 굳이 순서를 따진다면 역시 먹는 일이 우선이다. 맛있는 거 먹을 때 우리는 행복해진다. 요즈음은 '먹방'이 대세다. 방송대로라면 요리는 아주 쉽고 재미있어서, 집집마다 요리 열풍이 불고, 집밥 혁명이 일어날 것도 같은데 현실은 그렇지 못한 것 같다.

먹는 걸 이렇게나 좋아하고 관심이 많은데도, 나는 왜 그렇게 점점 밥하기가 싫은 걸까? 먹는 것은 좋은데, 만드는 것은 싫다. 한 끼 식사를 준비하려면 서서 일해야 하는 시간이 생각보다 길다. 뒷설거지까지 생각하면 수고가 만만치 않다. 힘들어도 맛있는 음식이 나온다면 수고를 무릅쓰고 어떻게 해보겠는데, 결과를 장담하기도 어렵다. 부엌에 갈라치면 어김없이 피곤하다는 몸의 신호가 오게 되어있다. 밥하느라 애쓰는 그 시간에 차라리 쉬면서 맛있는 거 시켜 먹고, 서로 대화도 하고, 각자 하고 싶은 걸 하는 게 훨씬 그럴듯하고 스마트해 보이는 그림이다.

예전에는 시부모님 생신이며, 시할머니 생신까지 여러 날을 준비해 집에서 차려드렸는데 어떻게 했는지 모르겠다. 친척들까지 오는 경우 스무 명은 족히 넘었다. 지금은 달랑 직계만 모이는 기념일이나 생일 모임조차 외식으로 간단히 해결할 때가 많다.

아무리 집밥을 잘 해 먹어야지 결심을 해도 세상이 협조를 안 해준다. 핸드폰 클릭 하나로 거의 모든 음식을 배달시켜 먹을 수 있다. 배달 음식이 진짜 싫다. 한번 먹고 나면 플라스틱이나 비닐 쓰레기가 장난이 아니다. 괜히 죄짓는 기분이 든다. 이런저런 이유로 점점 더 인스턴트식품, 배달 음식, 외식이 많아지고 있다. 그러니까 전에는 어쩌다 한 번 특별한 날이나 기분 낼 때 외식을 했다면 요즘은 어쩌다 한 번 집밥을 먹는 수상한 경우가 많아졌다. 아무튼, 부엌하고 점점 멀어지는 것이 확실해 보인다. 이러다가 우리나라도 동남아 어디처럼 아예 부엌이 없는 집이 머지않아 등장할지도 모른다. 노동의 종말이 어쩌면 부엌에서 먼저 시작되는 것은 아닐까 싶다.

「미소시루」라는 일본 영화에 엄마가 자기 죽음을 앞두고 어린 딸에게 된장국 끓이는 것을 가르쳐 주는 장면이 나온다. 엄마는 자기가 죽고 나서도 아이가 건강하고 씩씩하게 살아가려면 쉽고 편한 인스턴트 말고 집에서 미소시루를 끓일 줄 알아야 한다면서, 냉정할 정도로 단호하게 가르친다. 학교에도 아직 못 갈 정도로 어린 딸인데 결국 미소시루를 잘 끓일 줄 아이가 되는 대목에서 눈물이 났다. 사랑하는 딸에게 기를 쓰고 가르치고 싶었던 것이 '공부 잘하고, 아빠 말 잘 들어라.' 그런 게 아니라 된장국 끓이기다. 엄마는 딸아이가 먹는 일에 대해서 소홀히 하지 않기를 바란다. 대충이 아니라 까다롭게 따져보며 먹기를, 그래서 엄마처럼 아프지 말고 건강하게 살기를 바란다. 먹는다는 것은 어쩌면 거룩한 일인지도 모른다. 쉽게 사는 인생이 아니라 제대로 사는 인생을 말해주고 싶은 엄마의 마음에 깊게 공감했다.

이따금 어머니가 해주신 음식이 생각난다. 아플 때 끓여주셨던 노르스름한 녹두죽이다. 고소하고 배틀한 맛이 잃었던 입맛을 돌아오게 했다. 내 옆에서 먹는 걸 바라보던 엄마의 눈길과 치마폭에 배어있던 큼큼한 가난의 냄새도 같이 기억난다.

아이들이 어릴 때 육아도, 살림도 힘에 부쳤다. 수유하느라, 친구의 표현을 빌리면, 내가 해골같이 말랐을 때였다. 어머니께서 틈틈이 집에 오셔서 먹을 것을 만들어 주셨다. 특별히 김밥을 자주 해주셨는데 그때마다 게 눈 감추듯 먹어치웠다. 어머니가 싸주신 김밥보다 맛있는 김밥을 먹어본 적이 없다. 국화잎이나 깨 송아리를 찹쌀풀에 발라 기름에 튀긴 향긋한 튀각 또한 잊을 수 없는 별미였다. 엄마가 해준 음식은 맛으로 기억되기보다 그 속에 스며있는, 말보다 뜨거운 사랑으로 기억된다.

엄마 하면 떠오르는 이렇다 할 음식이 있어야 하는데, 나는 그러지 못한 것 같아 아이들에게 미안하다. 나는 음식을 잘하는 사람, 흔히 말하는 손맛이 좋은 사람, 집밥에 목숨 거는 사람이 늘 부럽고 존경스럽다. 누군가에게 내가 해준 음식으로 기억되는 사람이 된다면 얼마나 좋을까? 보름의 오곡밥과 나물, 동지의 팥죽, 설날의 떡만두 같은 절기 음식은 물론이고, 흔한 된장찌개나 김치도 맛있게 하는 일이 생각보다 쉽지 않다.

2021 추석. 할 수 없이(?) 집 밥을 차려야 하는 명절

「리틀 포레스트」라는 영화는 어떤 의미에서 '집밥예찬'의 영화라고 할 만하다. 집에서 떡 만들고, 곶감 만들고, 식혜를 만드는 등, 온갖 요리가 김태리의 손에서 뚝딱 하면 나온다. 게다가 예술이라고 할 만큼 정갈하고 아름다운 음식으로 나온다. 실제 그 정도 수준으로 나오려면

아주 많은 시행착오를 거쳐야 할 텐데 그런 것들은 모두 생략된 채로 음식은 누구나 잘할 수 있는 것처럼 오해하게 만든다. 살림 40년 차 정도 되면 당연히 집밥의 달인이 되어있어야 할 텐데, 흔히 하는 말로 '택도 없는 얘기'다. 늦은 감이 있지만, 이제라도 아이들이 기억할 만한 뭔가를 만들어 보려고 애쓰는 중이다. 요즘은 식혜를 자주 한다. 엿기름을 베보자기에 넣어 뽀얀 물이 나오도록 오래 주물러야 하는데, 손목도 아프고 삭히는 시간도 길 뿐 아니라 결정적 타이밍을 놓쳐 실패하기도 쉽다. 그래도 사 먹는 식혜와는 비교할 수 없는 맛이 있다. 오이지, 연근 조림, 소고기뭇국, 꼬막 비빔밥, 야채 수프, 녹두 백숙, 빈대떡도 그런대로 반응이 좋은 편이다. 맛있어서 음식점 차려도 될 것 같다는 아이들의 칭찬에 넘어가 하마터면 이렇게 말할 뻔했다.

'내 취미는 원래부터 요리였어. 글쎄, 집에서 내가 제일 좋아하는 곳이 알고 보니 부엌이더라고…'

2016 터키. 화려한 빛깔의 과일과 채소를 보면 맛있는 뭔가를 만들고 싶어진다.

천사 같은 사람

"우리 어머니는 천사 같은 분이었어요." 얼마 전 어느 장례식장에서 들은 말이다. 듣는 순간 내 귀를 의심했다. 아니 이게 무슨 말인가? 딸이 아닌 며느리의 입을 통해서 나온 말이다. 시어머니께서 천사 같은 분이시라니 솔직히 잘 믿어지지 않았다. 더욱이 그 집 며느리 세 명 모두가 어머니를 천사 같은 분으로 여기고 있다는데 거듭 놀라움을 느꼈다. 함께 살면서 피차 부대끼기도, 서운하기도 했을 텐데 대체 고인은 어떤 삶을 살았길래 어렵다는 고부 관계에서 며느리들에게 이런 기막힌 말을 들을 수 있단 말인가? 나는 돌아가신 분의 둘째 며느리와 알고 지내는 사이인데, 평소에도 시어머니 얘기를 자주 했다. 자기 휴대폰에서 시어머니 사진을 보여주며 자랑하고, 안방 스위치 옆에도 어머니 사진을 붙여놓고 있다. 아마 돌아가신 친정어머니보다도 시어머니를 더 좋아한 것 같다고도 했다.

'이상한 나라의 앨리스'를 보고 있는 느낌이랄까? 아, 이런 사람도 있구나 싶었다. 고인은 며느리가 두 아이를 출산할 때마다 산바라지는 물론이고, 아이들을 잘 봐주시고, 일이 있을 때마다 먼 거리를 마다치 않고 오셔서 집안 살림을 해주셨다. 큰소리로 야단치는 법이 없었고, 늘 따뜻하고 푸근하게 대해 주셨단다. 새벽기도도 열심히 하시고,

주변 사람들에게도 잘하셨다고 한다. 어머니가 오신다고 하면 온 가족이 기다리며 좋아했단다. 특별히 많이 배우신 것도, 많이 가지신 것도 아닌 것 같은데 어떻게 그리 넉넉하게 베풀고 가실 수가 있을까? 아무튼, 그분은 정말 행복한 삶을, 그야말로 성공한 인생을 사셨다는 생각이 들었다. 어려운 상황이었는데도 시설에 모시지 않고 큰며느리가 끝까지 집에서 돌봐드리며 임종을 지켜드렸다. 병원이 아닌 집에서 돌아가시는 일은 요즈음 정말 흔치 않은 이야기다.

빈소에서 둘째 아들이, 어머니를 위해 끝까지 수고한 큰형님과 큰형수에게 그동안 수고 많이 하셨다며 큰절을 했다고 한다. 문상 온 몇몇 지인들에게 우리 형수님 훌륭한 분이니 안아드리라고 했단다. 장례식장에 그렇게 많이 다녀봐도 자기 형수 안아주라는 사람은 처음 봤다면서 안아드리기는 뭐하고 손이라도 잡아드리겠다고 해서 한바탕 웃었다는 말을 들었다. 돌아가신 분도, 며느리와 자식들도 모두 남다르게 느껴졌다.

박완서 작가(1931~2011)가 세상을 떠난 후 작가에 대한 사진과 글들이 많이 쏟아져 나왔다. 그중에서 내가 기억하는 것은 신혼 무렵 시어머니와 둘이 찍은 사진이다. 무덤덤한 표정의 시모(媤母) 옆에서 수줍은 듯 해맑게 웃고 있는 작가의 사진 속에서 아름다운 고부의 모습을 보았다. 눈물이 날 정도로 부럽고, 솔직히 작가에게 심한 질투를 느꼈다. 내리 딸만 낳는 며느리를 구박하는 게 당연했던 시대였다. 그런데도 작가가 딸을 낳을 때마다 시어머니는 지극정성으로 며느리의 산바라지를 했던 모양이다. 『해산 바가지』라는 작품에서 시모에 대한 존경과 감사를 읽은 적이 있다. 치매를 앓는 시모를 위해 끝까지 힘든 수고를 했던 작가는 작품을 떠나서 삶으로도 존경받아 마땅하다. 시어머니도 훌륭한 인품을 지니신 것 같고, 작가 역시 존재 자체로 이미 큰 분이라고 여겨졌다.

사람은 태어나면서부터 어쩌면 그 존재의 크기나 무늬 또는 결 같은 것이 이미 정해져 있는 건 아닐까 하는 생각을 가끔 한다. 달항아리같이 크고 아름답게 태어나는 사람도 있고, 애초에 간장 종지처럼 작게 태어나는 사람도 있다. 난 아무래도 간장 종지의 크기를 넘어설 것 같지가 않고, 노력해서 그릇을 키운다는 것도 거의 불가능하지 싶다.

사람마다 건드리면 아픈 곳, 치명적 약점이 있다는데 내게는 그것이 시어머니와의 관계였다. 좋은 며느리가 되고 싶었고, 시어머니 사랑도 받고 싶었다. 그러나 나는 시어머니를 사랑하는 것에도, 사랑받는 것에도 실패했다는 느낌을 지울 수 없다. 어머니와 지내면서 힘들었던 시간이 있었다. 며느리에게 거는 시어머니의 기대는 컸고, 나는 그 기대를 감당하기 버거웠다. 마음도, 몸도, 물질도 턱없이 부족했다. 다른 사람처럼 나 역시 착하다는 소리를 듣고 자랐지만, 그 말이 얼마나 터무니없는 오해였는지 아프게 깨달아야 했다. 무던하거나 너그럽거나 지혜로웠으면 좋으련만. 그 좋은 덕목들이 내게는 하나같이 부족했다. 그러나 어머니를 위해서 노력한 나의 시간, 수고, 마음고생도 결코 작은 것은 아니었다고 변명하고 싶다. 시어머니는 오래 편찮으셨다. 거의 스무 해를 수술과 입원을 반복하며 항암 치료, 방사선 치료, 심장 수술, 무릎 인공관절 수술을 받으셨다. 얼마나 힘드셨을까? 나 역시 아픈 어머니와 함께 했던 시간들이 힘에 부칠 때가 많았다. 다시 그 처지가 된다면 그때보다 잘 해 드릴 수 있을까? 쉽지 않은 질문이다. 마음으로는 할 수 있을 것 같은데, 눈물부터 날 것 같다.

이따금 어머니가 준비해 주셨던 깨끗한 이부자리가 생각난다. 추석이나 구정 명절에 시댁에 내려가면 며칠 자고 오는데 그때마다 어머니는 아들, 며느리를 위해 정갈한 침구를 준비해 놓으셨다. 풀을 해서 빳빳하면서도 보송보송한 홑이불의 느낌이 상쾌했다. 홑이불을 생각할 때마다 어머니께 반성문을 쓰고 싶어진다. 사랑은 이렇게 수고로 기억된다.

어거스틴, 간디, 프란체스코, 모두 이름 앞에 '세인트(Saint, 聖人)'가 붙어있다. 세인트는 그들의 완전함이나 절대 선함의 결과에 붙여진 것이 아니다. 인간의 뿌리 깊은 죄의 충동과 연약한 육신의 욕구가 그들에게도 없을 리가 없다. 자신의 죄와 싸우면서 날마다 죽기를 무릅쓰고 바르게 살았던 사람, 어떤 일이 있어도 사랑하기로 작정한 사람들의 지난한 노력의 결과로 얻어진 이름이다. 세인트는 못 되더라도 그분처럼 '천사 같은 사람이었어.'라는 말을 들을 수 있다면 얼마나 근사한 인생인가!

천사 같은 사람, 누구나 한 번쯤 은밀하게 꿈꾸어 보았을 눈부신 이름이다.

2013 슬로베니아. 우리들 마음에 빛이 있다면 이렇게 파랄거예요. 파란하늘과 파란꽃

기쁨의 근육

　　　　요즘 새롭게 뜨는 '핫 플레이스'라는 용산의 아모레 퍼시픽 사옥에 놀러 갔다. 건축가 유현준 교수가 『어디서 살 것인가』라는 책에서 가장 훌륭한 사옥이라고 했다는 곳이다. 마당이 있는 한옥을 삼차원 오피스텔 공간으로 재해석하여 만들어낸, 중정 느낌이 나는 특별한 공간 구조라고 한다. 새로 지은 건물인데도 번쩍이는 느낌보다는 간결하면서 시원한 개방감이 느껴졌다. 건물 중앙의 높은 유리 천장으로 물이 흐르게 설계되어, 바닥 곳곳에 물결 그림자가 환한 햇살과 함께 일렁거렸다. 조형물이 있어야 할 것 같은 건물 중앙은 텅 빈 채로 움직이는 그림자만 있었다. 알람브라 궁전의 창틀에서 보았던 그림자가 생각났다. '아, 괜찮은데?'라고 느끼고 있을 때 갑자기 20개월 된 손녀 본희가 소리를 '꺅꺅' 지르며 어른거리는 그림자를 향해 넘어질 듯 뛰어다녔다. 뛰다가 가만히 앉아서 그림자를 만지려고 손을 대어 보기도 하며, 흥분 상태로 기쁨을 표현하고 있었다. 순간 짧은 퍼포먼스를 본 것 같았다. 그까짓 그림자가 뭐가 그리 좋아서 저렇게 오두방정, 깨방정을 떠는 걸까 하면서도, 아이의 기쁨이 내게로 고스란히 전해지는 듯했다.

　나는 무엇에 빠져 저렇게 순수하게 기뻐할 수 있을까? 좋은 차, 좋은 옷, 좋은 집이 생기면 매우 기쁘겠지. 아니면 직장에서 승진하거나 상을 받을 때, 마음에 드는 선물을 받을 때도 기쁘겠다. 만약 복권에 당첨이라도 된다면 심장이 터지도록 기쁠지도 모른다. 하지만 이런 것은 대부분 그림의 떡이다. 그렇다면 이런 거라면 어떨까? 비 온 후 힘찬 개울물 소리, 숲을 흔드는 바람이나 뻐꾸기 소리, 아침 산책에서 만나는 나팔꽃, 친구가 건네준 카드. 이런 건 비교적 쉽게 얻을 수 있는 것들이며, 충분히 기뻐할 만하다. 하지만 이 나이에 이렇게 소박하게 기뻐하기는 아무래도 좀 시시하거나 유치하겠지. 돈 말고, 물건 말고, 나를 기쁘게 하는 것은 무엇일까? 사실 웬만해서는 기뻐하기 어렵다. 너무 많은 것을 가지고 있어서 그럴까? 아니면 너무 많은 일을 겪은 터라, 더는 새로울 것도, 신기할 것도 없어서 그럴까?

여행을 아주 좋아했던 분에게서 들었던 말이 가끔 생각난다. 아이슬란드에서 남아프리카까지 아주 많은 곳을 다녀온 여행 광이었는데 어느 날부터인지 도무지 가고 싶은 곳도 없고, 좋은 것을 보아도 좋은지를 모르겠다는 것이다. 그 말이 생각날 때마다 두려운

1986 강릉으로 여름휴가.
처음 보는 아이의 바다는 어떤 느낌이었을까.

마음에 선뜩해진다. 그분의 말대로 좋은 것도, 기쁜 것도 없어지는 날이 온다면 생각만으로도 끔찍하다. 그런 날이 느닷없이 닥칠 수도 있을 텐데 나는 무얼 할 수 있을까?

나이가 들면서 무엇보다 확실해지는 것이 있다. 몸속에 지방은 늘고, 근육은 준다는 사실이다. 아마도 즐거운 일에 반응하는 기쁨의 근육 또한 줄어드는 게 당연하다. '기쁨의 근육'이란 말, 오프라 윈프리가 어느 졸업식 축사에서 했던 말로 기억한다. 노화와 함께 필연적으로 진행되는 근육 감소를 운동을 통해 늘이는 것이 가능할까? 빠지는 건 확실한데, 늘리는 건 글쎄다. 사실 어렵다 못해 거의 불가능하다. 나는 게으른 편이다. 무엇보다 운동을 절대 안 한다는 점에서 매우 게으른 사람이다. 늦게 철이 든 요즘, 하루 칠천 보를 목표로 걷기를 실천하고 있다. 목표치를 못 채울 때도 많지만, 예전보다는 자주 걷고 많이 걷다 보니 놀랍게도 몸에 긍정적인 변화가 일어나고 있다. 목표치에서 아직은 멀리 있지만, 근육이 조금씩 늘고 지방은 아주 조금이나마 줄고 있다는 사실이다. 보건소의 체성분 검사는 지방은 얼마나 줄었으며, 근육은 얼마나 늘었는지 확실한 수치로 알려준다. 거짓말같이 걷기만으로 근육이 1킬로 정도 늘고, 지방도 1킬로 이상 줄었다. 물론 이런 변화가 계속될지는 모르겠으나 우선 내 눈앞에 있는 달라진 숫자가 반가웠다. 어쩌면 기쁨의 근육도 노력하면 키울 수 있을지 모른다는 순진한 희망을 품게 됐다.

100세 시대를 살면서 건강하고 행복한 노년은 모두가 꿈꾸는 것이지만, 모두의 것은 아니다. 건강하게 양질의 삶을 살 수 있다면 좋겠지만 오래 아프고 독립적인 삶을 살지 못한다면 본인도, 가족도 얼마나 괴로울지 잘 알고 있다. 누구라도 늙고 병들어 자식이나 주변 사람을 힘들게 하지 않기를 바란다. 그러나 아무리 간절히 바라고, 백방으로 애써도, 원치 않는 안타까운 상황이 올 수 있다. 그야말로 운다고 달라질 수 없는 일, 노력해도 안 되는 일이 너무 많다. 그렇다고 '시간아, 날 잡아가라.' 하고 싸워보지도 않고 자발적 포로가 된다면 좀 비겁해지는 느낌이다. 가만 보면 노력해서 얻을 수 있는 것들도 절대 적지 않다. 기뻐하는 능력도 그중 하나일 것 같다. 이따금 내가 오늘 몇 번이나 웃었나, 얼마 동안이나 웃었나 생각해 본다. 놀랍게도 한 번도 웃지 않고 지낸 날도 많고, 웃었다고 해도 아주 짧은 시간에 불과했다는 것을 확인할 때가 있다. 큰 지병이 없고, 환란이 없다면 당연히 행복해야 한다. 아파보니까 걸을 수 있는 것, 잠을 잘 수 있는 것, 심지어 물을 먹을 수 있는 것까지, 당연하게 여겨지던 그것들이 얼마나 대단한 것인지, 얼마나 감사하고 기쁜 일인지 알게 되더라는 뻔한 얘기가 내 얘기가 될 줄 몰랐다. 그동안 행복의 기준이 대책 없이 높았던 것에 반성해야 했다.

누구를 웃게 한다는 것은 대단한 능력이다. 개그맨을 포함해서 누군가를 웃게 만드는 사람이라면 진심으로 존경하고 싶다. 웃게 하는 재주는 없어도 웃을 수는 있다. 웃는 일에 구두쇠가 되지 말고 차라리 웃음이 헤픈 사람이 되고 싶다. 나의 아이들도, 나를 아는 사람들도 나를 잘 웃는 사람으로 기억해 주면 얼마나 좋을까.

나이가 들면 근육이 굳어져 가만히 있으면 화난 얼굴처럼 보인다. 그런 억울한 오해를 받지 않으려면 부단히 노력해야 한다. 그야말로 때를 얻든지 못 얻든지 웃을 준비와 기뻐할 준비를 해야 할 것 같다. 나이가 들어 힘이 쇠하여도 기쁨으로 빛나는 얼굴, 자족하면서도 밝고 편안한 모습, 호기심을 잃지 않고 언제라도 웃을 준비가 되어있는 그런 사람이 멋지다.

어떻게 하면 잘 웃고 기뻐할 수 있을까? 쉬운 일이 아니다. 매일 아침 기뻐할 일을 도모하고 싶다. 오늘은 무엇을 하고 놀까, 어떤 일이 재미있을까, 누구를 기쁘게 할까 같은 유쾌한 궁리와 유치한 꿍꿍이 속을 가지고 하루를 시작한다.

마음먹고 작정한 사람에겐 신기하게도 즐거운 일이 생기게 되어있다. 기쁨의 근육이 조금씩 만들어지기 때문이다. 어쩌면 우리에게는 웃는 얼굴이나 기쁨으로 환한 얼굴을 보여줘야 하는 의무 같은 게 있는지도 모르겠다. 그러니 맨날 힘든 얼굴만 보여줄 게 아니라 웬만하면 겸손하게 기뻐하기로, 할 수만 있다면 아주 작은 것에도, 작은 성취에도 기뻐하기로 착하게 결심하는 게 좋다.

아무것도 할 수 없는 그 날이 오기 전에….

2018 서울 미술관.
고모랑 조카 본희, 뭐가 그렇게 좋아?

엑소더스, 위대한 출발

　　　　　　　　나에게 죽음은 '엑소더스'다. 엑소더스는 구약의 '출애굽기'를 말한다. 히브리말로 '출발', '떠나감', '탈출'을 의미하는 말이다. 출애굽기는 이스라엘이 민족을 이루기 시작하면서 벌어지는 대서사시다. 흥미진진한 이스라엘의 탈출기가 해리포터 못지않은 재미와 감동을 준다. 그 드라마틱한 이야기를 나는 성경이 아니라 「십계(1962년 제작)」라는 영화를 통해서 처음 만났다. 찰턴 헤스턴(모세 역)과 율 브린너(이집트 파라오 역)가 나오는 영화에는 지금까지도 생생하게 기억나는 장면이 많다. 히브리 노예들이 떼를 이루어 우르르 탈출하는 장면이나 홍해가 갈라지고, 이집트의 군사와 전차들이 바닷물에 수장되는 장면, 그리고 하나님의 신비로운 떨기나무와 시내 산에서 불꽃이 날아와서 돌판에 하나하나 새겨지던 십계명을 어린 시절 가슴 터질 듯한 감동으로 보았다.

　　히브리 노예들이 오래 살아온 이집트 고센 지역을 떠나 '젖과 꿀이 흐르는 약속의 땅 가나안'으로 가기 위해 광야를 거쳐야 했던 시간이 무려 사십여 년이다. 직선거리로 가면 불과 사흘 길, 길게 잡아도 몇 달밖에 안 걸리는 곳인데 돌아 돌아서 죽을 고생을 하며 가나안에 도착한다. 출애굽의 과정은 눈물겹다. 오죽 힘들면 백성들이 걸핏하면

모세를 따라 나온 걸 후회하고 원망했겠는가? 정든 고향도 아닌, 지지리 고생만 하던 노예의 땅 이집트의 고센을 그리워하는 것도 이해할 만하다. 광야의 생활이 그만큼 힘들었기 때문이다.

요즘 나는 나의 출애굽기를 위해서 어떤 시나리오를 써야 할지를 생각한다. 인생이 계획대로 되지 않는다는 진리를 숱하게 경험했다. 아무리 완벽한 시나리오에 치밀한 전략과 작전을 구상해도 예측 불가능한 그때가 거짓말처럼 반드시 오게 돼 있다. 사랑하는 사람들과 이 땅에서 계속 살고 싶다고 아무리 간절히 바라도, 정한 때가 오면 우리는 마지막을 향한 출발선에 서야 한다. 누구에게나 공평하고 확실한 죽음 앞에서 내 이야기를 써야 한다.

최근에 아툴 가완디의 『어떻게 죽을 것인가』라는 책을 재미있게 읽었다. 작가는 의사로서 본인의 아버지와 많은 환자의 죽음을 경험하면서 행복하고 의미 있는 죽음은 과연 어떤 것인지 묻고 있다. 죽음은 평소에는 나와는 상관없는 일로 아주 멀리 있거나 잘 보이지 않는다. 가까운 사람이 내 곁을 떠났을 때 비로소 마주하게 되는 구체적이고 확실한 실체가 바로 죽음이다. 유쾌한 주제가 되기는 어려운 게 사실이다. 그렇지만 죽음에 대해 생각하고 죽음을 기억하는 것, '메멘토 모리'는 죽음에 집중하는 게 아니라 지금의 삶에 더 집중하게 만든다.

『버리고 갈 것만 남아서 참 홀가분하다』라는 박경리 작가(1926~2008)의 "홀가분하다."라는 말이 좋다. 어떤 경지에 이르지 않고서는 죽음 앞에서 쉽게 할 수 없는 말이라 여겨진다. 육체를 버리고, 사랑했던 모든 것을 버리고 홀가분하게 떠날 수 있다면, 무겁고 비장하게 떠나는 것이 아니라 깃털처럼 가볍게, 바람처럼 무심하게 떠날 수 있다면, 그럴 수만 있다면 이보다 더한 축복이 없을 듯싶다.

이집트에서 노예로 살던 그들이 급하게 나오느라 맨손으로 나온 것 같지만, 뜻밖에도 그곳을 떠나면서 귀한 보석들을 챙겨 나오는 대목이 흥미로웠다. 나도 모두를 버리고 가지는 못할 것 같다. 내가 받았던 사랑과 내가 누렸던 축복의 선물들을 보물 주머니에 차곡차곡 모아 놓았다가 품에 지니고 떠날 작정이다. 내 출애굽의 마지막 순간, 어쩌면 내 눈에 눈물이 가득 고일지도 모르겠다. 그건 슬퍼서가 아니라 기쁘고 감사해서다.

2017 신두리. 어머니의 노래가 나의 노래가 되길…"하늘 가는 밝은 길이 내 앞에 있으니…."

어머니는 돌아가시기 일 년 전에 담석 수술을 받으셨다. 수술은 잘 됐다고 했지만, 회복하기도 전에 천식으로 얼마나 기침이 심했던지 봉합 부위가 터져버렸다. 다시 전신마취 후 재봉합 수술을 받아야 했고, 그때 크게 무리가 되었는지 회복을 못 하셨다. 수술받고 일 년도 못 채우고 일흔셋의 연세로 하늘나라로 가셨다. 어머니는 돌아가실 즈음 찬송가 545장을 불러달라고 하셨다. 찾아보니 「하늘 가는 밝은 길이 내 앞에 있으니」였다.

"어서 가야 해 천국에…. 일각이 여삼추야." 어머니의 마지막 이 말씀이 내 마음에 깊이 뿌리내려 잊어버리면 안 될 것 같은 유언처럼 박혀 있다. 긴 날 동안 돌아가실 준비를 하신 것 같았다. 어떻게 죽어야 하는지 어머니는 완벽한 텍스트를 남겨주셨다. 나도 어머니처럼 그렇게 가고 싶다. 죽음 앞에서 일말의 미련이나 두려움 없이, 세상의 아쉬움 홀홀 털어버리고 약속의 땅으로 가고 싶다. 고통의 시간을 어떻게 견뎌야 할지 겁도 나고 두렵기도 하겠지만, 어머니처럼 그렇게 기도하고 싶다. 마음으로 다지고 자꾸 연습하면 조금은 더 나은 출애굽을 할 수 있을 것 같아서다.

새로운 동네에 처음 이사했을 때는 낯설어서 어찌 정을 붙이고 살까 싶었다. 뜻밖에도 전에 살던 곳에 대한 그리운 마음은 잠시였고, 어느 결에 새로 이사 온 곳이 더 좋아지고 있다. 이런 변덕이 그저 고맙다. 나의 천국도 그럴 것만 같다. 그 믿기 어렵다는 천국에 대한 약속이 믿어지는 일이 참 신기하다.

죽음은 살던 곳을 바꾸는 것이다. 이 세상에서 저세상으로 가는 것이다. 그런 의미에서 죽음은 소멸이 아니라 옮김이다. 지금 내가 사는 정든 곳을 떠나 다른 곳으로 이사하기 위해 떠나는 것이다. 한 번도 경험해 본 적이 없는, 누구도 가본 적이 없는 낯선 그곳, 약속의 땅으로 출애굽 하는 것이다. 행복은 복습을 잘해야 하고, 죽음은 예습을 잘 해야 한다고 한다. 위대한 출발, 나의 엑소더스를 위한 착실한 예습을 다짐해 본다.

2017 신두리. 순례의 길 끝에 구름너머 환한 빛 속으로

산책길에서 마주친

생각만 해도 끔찍하다. 어떻게 그런 일이 일어날 수 있는지 모르겠다. 오후 늦게 산책길에 나섰다가 뱀을 만났다. 바로 내 코앞에서 아주 길고 큰 뱀이 산책로를 빠르게 가로질러 지나가고 있었다. 어찌나 놀랐는지 지금 생각해도 심장이 멎을 것 같고, 소름이 끼친다. 내가 세상에서 제일 싫어하는 동물이 뱀이다. 동네에 개울도 있고, 꽤 넓은 습지가 있어 그럴 수도 있겠다 싶지만, 그래도 아파트 단지 주변이라서 그런 게 살 거라고는 한 번도 생각해 본 적이 없었다. 같은 동네에 사는 친구에게 그 일을 얘기했더니 자기도 몇 번 맞닥뜨린 적이 있다면서 마치 강아지 만난 것처럼 대수롭지 않게 말한다. 그 기다란 물체가 동물원이 아닌 집 앞 산책로에 있었다는데 친구의 반응은 섭섭할 정도로 덤덤하다. 사실은 "이곳은 뱀 출몰지역입니다. 보행 시 주의하십시오."라는 주의 팻말이 산책 길목에 붙어있었다. 뱀의 그림까지 그려진 현수막의 경고문을 늘 보고 다녔었다. 그런데도 실제로 내 눈앞에 나타나리라고는 생각하지 못했다. 혹시 나만 유난스러운 건가 싶기도 하지만, 아무튼 그 사건 이후로 그곳을 지날 때마다 정신을 바짝 차리고 발밑을 주의하면서 걷게 되었다.

산책로 주변에는 철 따라 많은 꽃이 피고 진다. 벚나무, 조팝나무,

230

엉겅퀴, 싸리꽃, 찔레꽃을 볼 수 있고, 개울에는 오리나 자라, 팔뚝만 한 잉어와 메기, 갖가지 물고기들이 살고 있다. 그런데 알고 보니 내가 좋아하는 것만 있는 게 아니었다. 내가 싫어하는 것도 그렇게 멀쩡히 살고 있었다. 아름다운 꽃과 나무, 다람쥐랑 예쁜 토끼만 있으면 좋을 텐데 온갖 벌레와 짐승과 내가 싫어하는 뱀까지 살고 있다. 살아있는 생명의 평화와 공존만 있는 게 아니라, 어디에선가 자연의 법칙대로 피 흘리는 싸움도 벌어지고 있는 곳이다. 그만큼 오염이 덜 된 땅이라는 뜻도 되고, 자연 생태계 그대로 건강하다는 해석도 할 수 있다.

프란치스코 교황이 2020년 신년 미사에서 베드로 광장에서 벌어진 일에 대하여 사과하는 영상을 우연히 보게 되었다. 베드로 광장에서 많은 사람의 손을 잡아주며 새해 인사를 나누고 있는데 갑자기 어떤 여성이 거칠게 교황님의 손을 잡고 놓지를 않자 교황께서 화난 얼굴로 그 여성의 손등을 찰싹찰싹 두 번을 때려주는 장면이었다. 늘 보아왔던 인자한 모습과 달라서 잠깐 그분이 낯설게 느껴졌다. 교황은 다음 날 그 일에 대해 공개적으로 사과했다. "우리는 때로 인내심을 잃을 때가 있는데 내게도 그런 일이 일어났다."라면서 나쁜 일에 대해 사과한다고 말했다. 그 일로 실망하거나 놀란 사람도 더러 있겠지만, 나는 우리와 같은 성정을 지닌 그분에게 외려 친근감을 느꼈다. 교황은 앞으로도 계속 사람들의 사랑과 존경을 받을 것이고, 때마다 희망의 메시지를 보낼 것이다.

온통 선한 것으로만 충만한 무결점의 존재는 없다. 태어나면서부터 성인(聖人)으로 세팅이 된 거룩한 의인은 한 사람도 없다. 아무리 훌륭하고 아름다운 사람도 악의 유혹에서 완전히 자유롭지 못하다. 모든 사람은 흔들리고 갈등한다. 좌절하고 몸부림하면서 내 안의 악과 끝까지 처절하게 싸워야 한다. 그 힘겨운 싸움에서 마침내 이긴 자가 성인이다. 우리는 우리와 관계 맺고 있는 모든 사람에게 실망할 준비를 하는 것이 좋을 것 같다. 왜냐하면, 나부터 누군가를 늘 마음 아프게 하고, 실수하고 관용하지 못하며, 이기적인 모습을 가지고 있기 때문이다. 누구를 실망시킨다는 것은 어쩌면 건강하다는 얘기이며, 살아있다는 방증이기도 하다. 그러니 상처받고 실망해서 다시 안 볼 것처럼 판을 깨거나 화내지 말고, 가능하면 천천히, 최대한 부드럽게, 말하자면 착하게 실망하는 연습을 해야 한다. 물론 실패할 확률이 훨씬 높다. 돌이켜 보면 나야말로 사실 할 말 없는 인생이다. 부모와 배우자에게, 자식과 친구, 또 형제와 이웃들에게 잘못한 것이 정말 많았기 때문이다. 요즘 많이 얘기하는 감사일기, 칭찬일기도 좋지만, 내가 저지른 그 수많은 실수를 들춰내 '실수록'을 적어보면 어떨까 싶다. 내가 저지른 실수를 기억하면 혹시 지금보다 나은 사람이 될 수 있을까. 아마도 수많은 실수를 떠올리다가 지레 숨 막혀 죽을지도 모른다.

요즘 내 인생의 화두는 성숙이다. 유치찬란한 모습을 버리고 어떻게 하면 성숙한 사람이 될 수 있을지 고민이 깊다. 성숙한 사람이 되어야 나도, 가족도, 주위 사람도 행복해질 수 있을 것 같아서다.

사람이 얼마나 성숙한지는 어떻게 알 수 있을까? 햇빛 부서지는 바닷가 해변 파라솔 아래서, 행복으로 충만하고 여유롭고 평화로울 때는 절대 알 수 없는 것이 성숙이란 개념이다. 소나기를 쫄딱 맞던지, 물에 떠내려가다 간신히 살아났던지, 아니면 넘어지고, 깨지고, 피 흘리는 싸움을 해본 영혼이라야 성숙에 겨우 다가갈 수 있지 않을까? 다른 사람의 실수와 허물에 대해 어떤 태도를 취하는지, 어려운 일, 슬픈 일, 곤경에 처했을 때나 낯선 모습에 어떻게 반응하는지에 따라 얼마나 성숙한 사람인지 알 수 있을 것 같다.

2021 서판교 산책길

눈에 안 보이면 없다고 생각하기 쉽다. 평소에는 깊은 수면 아래 있어 잘 안 보이던 내 안에 있는 것들이 어느 날 갑자기 아주 말갛고 투명하게 잘 보일 때가 있다. 내 안에 있으리라곤 생각해 보지 않은 나로서는 절대 보고 싶지 않은 것이다. 말하자면 누굴 미워하거나 함부로 단정하는 마음, 무정함, 욕심, 차별하는 것, 다른 사람의 잘못을 오래 기억하는 그런 것들이다. 마치 산책길에서 마주친 그것처럼 내 모습이 낯설고 싫어서 도망가고 싶다. 수치심에 울고 싶고 때론 아무도 모르는 혼자만의 싸움으로 만신창이가 되기도 한다. 상태가 좋을 때는 내 안에 선한 것이 없다는 것을 알고 감사하고 조심하게 되지만, 상태가 안 좋을 때는 다른 사람의 실수나 결점, 혹은 문제들이 크게 보인다. 내가 용서받기를 먼저 생각해야 하는데 누굴 어떻게 용서할 것인지 고민하는 어리석은 사람이 되기 쉽다.

나를 알기란 얼마나 어려운 일인가? 나 자신을 조금이라도 더 잘 알기 위해서 먼저 내 안에 있는 낯선 것들과 기꺼이 만날 용기가 필요하지 않을까 싶다.

2021 서판교. 매일 다른 날씨, 다른 풍경, 산책은 나에게 주는 최고의 선물이다.

기적일까?

　　　　　　　여러 해 전에 출근하느라 운전하던 중 지하 차도에서 자동차 사고가 난 적이 있었다. 갑자기 기어가 말을 듣지 않고 지그재그로 움직이다가 시멘트로 된 중앙분리대를 박고 반대 차도로 가서 거꾸로 뒤집히고 말았다. 순간, '아. 이렇게 죽는구나!' 생각했다. 내 몸은 거꾸로 처박히고, 유리창은 박살이 났고, 차 문이 열리지 않았다. 다행히 운전석 옆좌석의 문이 열려 신발을 찾아 신고 가까스로 나올 수 있었다. 아찔한 상황이었다. 신기하게도 나는 죽지 않았고, 다친 데도 하나도 없었다. 경찰차와 견인차가 바로 출동했고, 사람들이 몰려들어 도망치듯 택시를 타고 그 자리를 빠져나왔다. 택시 기사에게 Y 중학교로 가 달라고 하니까 방금 여기 지하 차도에서 사고가 났는데 운전자가 죽었는지도 모르겠다고 말한다. 그 소리를 듣고도 '운전자 죽지 않았어요. 저 괜찮아요.'라는 말이 안 나왔다. 지금 생각하면 웃음이 나오지만, 그때는 너무 놀라 거의 혼이 빠진 상태였다. 출근은 했으나 심장이 방망이질해서 수업은 도저히 할 수가 없었다. 교무실로 경찰서 전화가 오는 바람에 이 사건은 그날의 화려한 톱뉴스가 되고 말았다. 차는 결국 폐차했고, 그렇게 나는 기적의 주인공이 되었다.

　　죽다 살아난 이런 기적 말고도 기적으로 여겨지는 일이 또 있다. 나의 어릴 적 사진, 수용소에서 찍은 사진을 떠올릴 때다. 사진 속에 엄마 품에 안겨있는 백일 정도 지난 갓난아기가 나다. 사진 속에 허름한 수용소 풍경이 보인다. 6·25 전쟁 때 우리 가족이 살았던 대전 문화촌의 피난민 수용소다. 오래된 사진 한 장 속에 피난지의 신산한 삶이 그대로 보인다. 잿빛의 절망과 가난이다. 더 설명이 필요 없는 그 사진을 보면 지금도 코끝이 매워 온다.

1953 대전. 6·25전쟁 중 목동 피난민촌. 백일 지난 나와 엄마와 오빠들. 가난이 몸에 새겨지던 시절

내 뒤통수는 약간 짱구에 속한다. 그 뒤통수의 내력을 들은 적이 있다. 어머니는 피난 시절 동지섣달 한겨울에 태어난 나를 차가운 방바닥에 그냥 뉘울 수가 없었단다. 너무 냉골이어서 한기가 올라와 병이 날까 싶어서였다. 어머니는 하는 수 없이 자신의 배 위에서 아기를 어르고 달래며 재웠다고 한다. 방 안에 떠다 놓은 물이 꽝꽝 얼 정도로 매섭게 추운 겨울밤, 잠도 제대로 못 자고 어린 나를 위해 토막잠을 잤을 어머니를 생각한다. 사진으로 확인된 가난의 수위는 상당히 높았다. 가난에 대해서 어떻게든 반응할 수밖에 없는 어떤 세포들이 아마 이때쯤 만들어진 것인지도 모르겠다.

언젠가 아프가니스탄의 소녀 사진을 본 적이 있다. 전쟁의 황폐한 곳을 배경으로 찍은 소녀의 얼굴에서 보았던 신비롭고도 쓸쓸한, 그러면서도 아름다운 눈빛을 기억한다. 『내셔널지오그래픽』 1985년 6월호 표지에 실린 스티브 매퀴리의 사진이다. 30년쯤 뒤에 그녀를 다시 찍은 사진을 보았다. 중년에 들어선 그 소녀를 어렵게 수소문해서 찍었다고 한다. 아직은 젊고 아름다워야 할 그녀는 이미 노인의 모습이었다. 그녀가 겪어내야 했던 현실이 얼마나 가혹했을지 보여주는 사진이었다. 내 어릴 적 가난하고 남루한 처지가 아프가니스탄의 그 소녀와 크게 다르지 않았건만, 지금 나는 그 소녀가 꿈꾸지도 못하는 풍요와 안정을 누리고 있다. 가난을 기억할 때마다 그저 고맙고 왠지 미안한 마음이 들면서 지금의 삶이 기적으로 여겨질 때가 있다.

어떤 일이 기적일까? 죽다 살아난 것도, 지금 이렇게 살고 있는 것도 기적이지만, 요즈음 들어 기적에 대한 생각이 조금씩 바뀌고 있다. '아, 바로 저런 게 기적이지.'라는 생각을 했던 것은. 『동백꽃 필 무렵』이라는 TV 드라마를 보면서였다. 고통에 관한 이야기를 이토록 유쾌하게, 그러면서도 아프게 한다는 점에서 이 드라마는 치

2013 크로아티아.
성모 발현지로 알려진 메주고리에,
기적이 필요한 사람들에게 간절한 그곳이다.

명적이다. 미혼모 동백은 힘겹게 아이를 키우면서 그야말로 벌서는 것 같은 삶을 살아간다. 사랑받지 못했을 뿐만 아니라 무시당하고, 왕따 당하고, 게다가 가난한 그녀는 생명의 위협을 받아가면서도 열심히 자

기 삶을 살아낸다. 그쯤 되면 무기력이나 분노에 찬 삶을 살던지 도망가거나 포기하는 것이 맞다. 그런데 동백은 자기 자리에서 세상의 편견이나 두려움과 끝까지 싸운다. 자존감을 지켜낼 뿐 아니라, 하루하루 단단하고 특별한 자기 역사를 만들어낸다. 놀랍게도 사랑받아 본 적이 없는데 사랑하는 일에 뛰어나다. 자기를 버린 치매 엄마를 데려와 같이 사는 것이나 근근이 모아놓은 피 같은 돈을 보육원 친구가 들고 튀었음에도 다시 친구를 거두고 걱정하는 것만 봐도 그녀가 보통 사람이 아니라는 걸 알 수 있다. 그녀가 남자친구에게 끔찍한 사랑을 받는 데는 이렇게 다 이유가 있다.

고통은 대체로 사람을 사납고 거칠게 만든다. 고통 속에서도 뒤틀어지지 않고 아름다움을 잃지 않았다면, 한 사람이라도 살려내고 사랑할 수 있었다면 그런 것이 곧 기적이 아닐까 싶다.

가난하고 거친 삶을 사셨지만, 따뜻함과 웃음을 잃지 않았던 내 어머니의 삶도 내게는 기적으로 여겨진다.

사랑받은 경험이 없는 사람이 사랑을 베푸는 일, 생전 사과할 줄 모르던 사람이 사과를 하는 일, 원망과 불평만 하던 사람이 감사를 알게 되고, 자신을 모르던 사람이 어느 날 자신을 객관적으로 볼 수 있게 되는 일 역시 거의 불가능에 가깝다.

기적이란 어쩌면 각자의 자리에서 기대하기 어려운 어떤 변화를 만들어내는 것인지도 모른다. 그런 의미라면 기적은 하늘이 주는 선물이 아니라 내가 노력해서 만들어야 하는 어떤 것이 아닐까?

노력한다는 것은 내가 알고 있는 가장 아름다운 말 중 하나다.

거품을 부탁해

       거품경제로 나라 전체가 흔들렸던 IMF의 충격 때문에 우리는 거품에 대해 공포 비슷한 트라우마가 있다. 집집마다 힘들었던 스토리가 하나쯤은 있기 마련이다. 우리 집도 남편이 잘 다니던 회사의 임원에서 하루아침에 백수가 되는 일이 벌어지고 말았다. 엎친 데 덮친 격으로 시동생이 친구 보증을 잘못 서는 바람에 신용불량자가 돼서 도움을 주지 않을 수 없었다. 지금 생각해도 우리 수준을 훨씬 넘어서는 상당히 큰 액수였다. 나도 앞이 캄캄해 울고 싶은 심정이었지만, 더 절박한 형편을 나 몰라라 할 수가 없었다. 집에만 있던 나는 집 근처 중학교에서 기간제 교사를 했다. 남편도 재취업을 했지만, 몇 달의 공백 기간 느꼈던 막막함과 두려움은 예상보다 훨씬 컸다.

경제에만 거품이 있는 것이 아니다. 우리 주변에도 거품은 도처에 널려있다. 실제보다 부풀려진 것, 과장된 것을 거품이라고 하면 예쁜 선물 포장도 일종의 거품이고, 화장하는 것, 기업이나 상품 광고도 거품을 빼고 말하기는 어렵다. 페이스북, 인스타그램도 실제보다 예쁘고 멋진 영상들과 과잉된 이미지가 많이 올라와 그걸 다 믿기는 어려운 경우도 있다. 그러니 거품은 빼야 할 것, 꺼져야 할 것, 말하자면 거품은 나쁜 것이라는 말에 토를 달기 어렵다.

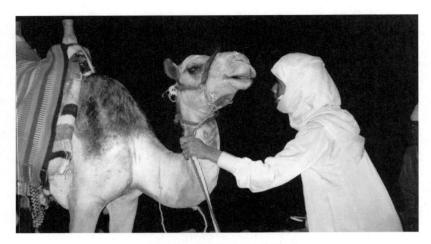

2003 시내산. 캄캄한 새벽에 이 낙타가
나를 태우고 시내산 가파른 절벽길을 올라갔다.
이 소년은 낙타에게 손님을 부탁하고는 어디로 가버렸다.
낙타등에서 두시간 가까이 내 평생 가장 아름다운 별들을 보았다.

　누가 나에게 훌륭한 사람은 어떤 사람일까 묻는다면 나는 거품 없
는 사람, 즉 자기 자랑이 없는 사람이라고 말하고 싶다. 아주 드물게
거품이 없는 사람을 만나게 되면 진심으로 존경하고 싶어진다. 나는
거품이 많다고까지는 아니라도 거품이 제법 있는 사람이다. 나의 약함
과 미성숙, 부족을 드러낼까 조심하며 살고 있는데, 대개는 실제의 나
보다 과한 점수를 받고 있는 것 같아 거품 관리가 그런대로 잘되고 있
는 것 같다. 선물도 되도록 예쁘게 포장하고 싶은 것처럼 누굴 만날 때
도 옷차림이나 얼굴에 신경을 쓰는 편이다. 맨 얼굴보다는 뭐라도 좀
바르고, 옷도 되도록 갖추어 입고 싶다. 이 나이에 그냥 자연주의로 편
하게 지내자 싶은 마음도 있지만 젊었을 때처럼 잘 보이고 싶어서가 아
니다. 이제는 부득불 서비스 차원에서라도 그렇게 해야 한다. 집에 있

던 대로 편하게 나가면 분명 어디 아프냐, 무슨 힘든 일이 있냐는 말을 듣게 되어있다. 특별히 아프거나 우울한 게 아닌데도 그런 반응을 대하면 그야말로 '대략 난감'이다. 내 눈에도 그래 보이는데 다른 사람의 눈에는 오죽하랴 싶다. 세월이 나이를 너무 정직하게 드러내기 때문이다. 상대를 기분 좋게 만들 자신은 없지만, 적어도 걱정하게 하지는 말아야지 하는 마음이다. 젊었을 때부터 지금까지 화장을 전혀 안 하는 친구가 있다. 물론 예쁜 친구. 화장 따위 필요 없고 요즘 말로 '생얼'만으로도 충분하다는 그녀의 자신감이 부럽기도 하지만, 살짝 무섭다는 생각을 한 적도 있다.

글을 쓸 때도 될 수 있으면 단문으로, 부사 빼고 형용사 빼서 명료하게 써야 한다는데 당최 그게 쉽지 않다. 글을 잘 써보고 싶어 애쓰지만, 힘만 잔뜩 들어가 유연하고 자연스러운 글이 아니라 형용사와 부사의 거품이 들어있는 글을 쓰게 된다. 그렇지만 '아프다'와 '끔찍하게 아프다'가 어떻게 격이 다른 문장이라고 말할 수 있는지 잘 모르겠다. 부사와 형용사라는 거품을 빼느니 차라리 안 쓰고 만다는 어깃장을 부리고 싶을 때도 있다. 수영 배울 때도 "힘 빼!"라는 말을 수없이 듣지만, 어느 단계가 되기 전에는 절대 안 되는 법이다. 나는 아직도 힘을 잔뜩 주고 살아 어느 때는 아주 근육이 아플 지경이다.

생긴 대로 자연스럽게 살면 좋겠지만, 안타깝게도 그럴 수가 없다. 진실의 실체가 너무 볼품없어서, 가진 게 너무 없어서 할 수 없이 거품을 만들어야 한다. 공작새가 날개를 부풀리듯이 과장하고, 때로는 아이들처럼 자랑하고, 심지어 거짓말을 해야 할 때도 있다. 내 수준이 이렇다 보니, 훌륭한 사람도 좋지만 털어서 먼지도 나고, 거품도 좀 있는 사람이 편하다. 명품 비누의 특징은 거품이 없다고 한다. 거품 없는 명품 비누가 항상 좋은 것 같지만, 꼭 그렇지도 않다. 거품이 너무 없어 잘 씻긴 것인지 몰라서 피곤할 때는 거품 없는 순도 높은 치약이나 비누가 자칫 짜증이 날 수도 있다. 거품이 너무 많아 입만 열면 자기 자랑하느라 다른 사람이 말할 여지조차 주지 않는 사람 또한 확실히 피곤한 캐릭터다. 그런 사람을 만나고 나면 얘기에 시달린 느낌도 들고, 뒷맛이 개운하지 않다. 반면에 자기 얘기는 절대 안 하고, 말끝마다 반듯하고 옳은 얘기, 좋은 말만 하는 경우 역시 기분이 별로다. 불편하고 거리감이 느껴져 오히려 도망가고 싶어진다.

나도 한때는 거품 없는 명품이 되고 싶다는 불가능한 꿈을 꾸기도 했던 것 같다. 나는 왜 이 수준밖에 안 되나, 나는 왜 맨날 똑같은가, 나는 왜 맨날 제자리인가. 나로부터 매일 도망치고 싶은 사람이다. 그런데도 막상 다른 사람이 나에게 실망하면 왜 또 그렇게 참을 수 없는 기분이 드는지 알다가도 모르겠다. 누구도 우리에게 거품 없는 명품 인생을 기대하거나 요구하지 않는다. 그런데도 거품은 꼭 빼야 할 것 같은 분위기다. 그렇지 않으면 정직하지 못한 사람이 되는 걸까? 너무 엄격한 잣대를 들이대면 누구를 좋아할 수도, 나를 사랑할 수도 없다.

너무 많은 걸 기대하거나 주문하는 것도 '피로 사회'의 한 단면이라고 한다. 과도한 거품은 경계해야 하겠지만, 일상에서의 소소한 거품들은 그렇게 나쁘기만 한 것이 아니다.

'우리 반에서 내가 게임 제일 잘해', '내가 무슨 말만 하면 애들이 그냥 넘어가', '내가 좀 잘생겼잖아', '외롭다니 천만에. 너무 재미나게 잘 살고 있어.' 주머니 사정을 걱정하면서도 '오늘 밥은 내가 낸다.' 거품이 들어있는 이런 말들이 얼마나 가볍고 유쾌하고 다정한가?

우리는 서로의 거품에 대해서 좀 너그러워질 필요가 있다. 거품으로 인생이 유쾌해진다는데, '거품 오케이. 거품 필수'다.

현재의 나보다 좀 더 나은 사람이 되고 싶은 간절한 몸짓, 허황한 날 갯짓, 그 안간힘이 거품이다. 그러니까 거품을 가볍게만 볼 게 아니다. 거품의 바닥을 가만히 들여다보면 지금 이대로는 부족하다는 존재에 대한 목마름이나 허기를 만나게 된다. 맥주의 거품처럼 거품은 언젠가는 꺼지게 마련이고, 어차피 잔의 수위는 내려가게 되어있다. 거품의 허세가 눈물겨운 이유다.

2004 폴리트비체. 바닥까지 다 보이는 끝없이 투명한 블루

2018 종묘. 죽은자들을 위한 공간. 이생의 자랑,
안목의 정욕, 육신의 무거움 다 내려 놓은 가장 가벼운 영혼의 집.
거품 없이 정제된 장엄한 공간.

더 리더(The Reader), 읽히지 않는 책

　　　　　　　그녀가 저지른 죄를 위해 나도 같이 울고 싶었다. 「더 리더」라는 영화 속에 나오는 한나의 이야기다. 영화 속에서 가장 마음 아팠던 장면은 한나가 시골 작은 교회에서 합창하는 아이들의 모습을 보면서 자기감정을 주체하지 못하고 오열하는 장면과 미하엘 (랄프 파인즈)을 만나는 마지막 장면이었다. 교회에서 한나(케이트 윈슬렛)가 눈물 흘리는 장면은 원작에는 없는 내용이고, 이십 년 만에 만난 그들이 나눈 짧은 얘기들은 영화가 베른하르트 슐링크의 원작소설보다 훨씬 극적으로 아프게 그려졌다.

　　열다섯 살 어린 소년 미하엘이 한나라는 여인을 만나 사랑을 하게 된다. 연인이 아니라 모자(母子) 관계라고 해야 어울리는 그들이다. 스물한 살이라는 나이 차이도, 미성년이라는 점도 그때나 지금이나 쉽게 이해하기 힘든 설정이다. 미하엘은 한나를 만날 때마다 그녀가 좋아하는 책을 읽어주고 사랑을 나누고 여행을 다녀오기도 하며 여름 한때를 보낸다. 그러다 어느 날 갑자기 한나가 떠나가 버린다. 몇 년 후에 우연히 법정에서 만나게 된 한나는 재판을 받고 있다. 그녀는 나치 전범으로 무기징역을 받게 된다. 책임자가 아니었음에도 다른 동료들의 파렴치한 위증으로 가장 무거운 형을 받는다. 글을 쓸 줄 모른다는 애기만 했어도 동료들의 위증을 밝히고 본인도 가벼운 형을 살 수 있었을 텐데 한나는 문맹에 대한 수치심 때문에 그럴 수가 없다. 미하엘은 그녀를 위한 어떤 행동도 할 수 없다.

이십 년의 긴 수감생활 마치고 출옥을 앞둔 한나에게 미하엘이 묻는다. 예전 일에 대해 생각하며 지냈느냐고, 뭘 깨달았냐고 마치 야단치는 선생님처럼 묻는다. 한나는 글을 깨우쳤다고 대답한다. 문맹이라는 이유로 그녀가 치러야 했던 고통은 상상을 초월한다. 그녀의 인생에서 가장 어렵고 용기 있는 도전이었는데 미하엘의 차가운 반응은 한나를 절망하게 한다. 어찌 보면 매일 죽어야 했던 한나에게 또다시 참회를 말하는 미하엘은 잔인하기까지 하다. 그녀를 위해 '오디세이'를 비롯한 수많은 고전들을 녹음한 카세트테이프를 보내주고 출소 후에 살 집도, 일자리도 준비해 주었지만 한 번도 답장하지 않았던 미하엘의 태도는 냉혹할 정도로 사무적이다. 한나는 미하엘이 보내준 수많은 녹음 테이프를 들으면서 자기를 잊지 않고 기억해 준 단 한 사람 때문에 절망의 시간을 견딜 수 있었을 것이다. 하지만, 출옥하는 날 아침 한나가 자살을 선택한 것은 속죄의 의미라기 보다는, 더는 절망을 견뎌낼 힘이 없어진 것 때문이 아닐까 싶다.

그는 과연 한나를 사랑한 걸까 의구심이 들기도 하지만, 사랑하지 않고서야 어떻게 그렇게 오랜 시간 그녀를 생각하고 그녀에게 책을 읽어줄 수 있을까 모르겠다. 동시에 사랑하는 사람의 가슴에 어쩌자고 그런 대못을 박아 절망하게 할 수 있는지 도저히 이해할 수 없었다. 어떻게 한 손에는 꽃, 다른 한 손에는 칼을 쥐고 있을 수 있을까? 훌쩍 떠나버린 그녀가 여전히 밉고, 역사 앞에 저지른 그녀의 죄를 용서하기 어려웠는지도 모르겠다. 미하엘이 한나의 문맹을 말하지 않고 그녀를 돕지 않았던 것은 한나의 자존심을 지켜주기 위해서였을까? 한나가 자기를 지키기 위해 자기 자신을 버렸다면 미하엘은 자기를 지키기 위해 한나를 버렸다고도 할 수 있다.

두 사람 모두 성실하고 꽤 괜찮은 사람이지만, 우리처럼 죄 많은 인간이다. 한나의 죄는 좋은 교육을 못 받아서라거나 문맹이어서라기보다는 그저 평범한 사람의 범주를 못 벗어났기 때문이 아닐까? 미하엘이 그녀의 자살을 막을 수 없었던 것 역시 불완전한 인간, 평범한 인간이기 때문이다. 우리의 사랑은 늘 인색하고 온전하지 못하며 자기중심적이다. 사랑하면서도 무례하고, 존중하지 않으며 상처를 주기도 한다. 특별히 나빠서가 아니라 한나와 미하엘처럼 평범한 우리의 모습이 그런 것 같다.

그렇게나 책을 좋아하고 많이(?) 읽은 두 사람에게 책은 과연 무슨 의미가 있는지 의문이 든다. 한때 책을 읽거나 좋아하는 것만으로도 좀 더 괜찮은 사람, 좀 더 아름다운 사

2021 서판교. 책 읽는 아이들을 보면 그렇게 반갑다.
비 내린 어스름한 저녁 책을 보며 걸어가다니.

람, 혹은 지혜로운 사람이 될 것 같다는 생각을 한 적이 있었다. 그러나 아닌 것 같다. 용기 있는 이야기를 읽어서 용기 있는 사람이 되는 것이 아니고, 지혜롭고 아름다운 이야기를 읽어서 그런 사람이 되는 것도 아니다. 많이 알아서 옳은 선택을 할 수 있는 것도 아니다. 책은 나 자신을 돌아보게 만든다는 점에서 사람들을 단순하게 행복할 수 없게 만든다. 그런 의미에서 책이 늘 고맙기만 한 것은 아니다. 책에는 구원이 없다. 책에는 차라리 자신을 마주할 때 만나는 절망이 있다. 한나를 살게 하는 것이 책이면서 한나를 죽게 하는 것도 책이었다. 그녀가 책을 딛고 올라가 죽음을 선택하는 것은 책에 대한 또 다른 은유가 아닐까.

미하엘의 아버지는 칸트와 헤겔에 관한 책을 쓰고 인품도 훌륭하지만, 정작 아들에 대해서는 잘 모른다. 어머니도 아들을 사랑하지만, 성홍열보다 무서운 마음의 열병을 앓고 있는 아들에 대해 잘 모른다. 아버지의 장례식에도 오지 않고, 어린 딸을 데리고 와서 이혼했다고 말하는 아들을 보는 엄마의 젖은 눈빛이 가슴 저리다.

아무리 아끼고 사랑해도 정작 그 사람을 제대로 읽어본 적이 없다는 가슴 아픈 고백이 나의 고백이기도 하다. 한나처럼 나도 문맹이었던 건 아닐까 돌아보게 된다. 내 인생에서 만난 소중한 한 사람, 한 사람이라는 책을 제대로 읽고 이해하는 날이 과연 올까? 우리는 어쩌면 서로에게 영원히 읽히지 않는 책인지도 모른다.

2013 스플리트, 돔 천정으로 보이는 원형 하늘.
"외롭고 높고 쓸쓸한...."

VI

파리로 가는 길, 에피소드 인 유럽

기어코 남미

　　　　　　　오래전부터 꿈꾸던 남미였다. 왜 그렇게 남미를 보고 싶었나 모르겠다. 아프고 나니 남미가 더 절박해졌다. 나처럼 남미를 노래하던 친구들과 함께 기어코 남미에 다녀왔다.

　'실버'라는 빛나는 훈장을 달고 있는 친구들과 만날 때마다 틀림없이 나오는 얘기가 있다. 어디가 아프다거나 노화에 관련된 얘기다. 그런데 아직까지 머리도 새까맣고 주름도 없고, 속 썩이는 일이 뭔지도 모르고 심지어 아픈 데도 하나도 없다면 십중팔구 왕따를 각오해야 한다. '여기도 아프고, 저기도 아프다. 다리에 기운도 없다. 그러니까 우리는 이제 집에서 조용히 지내자.' 이런 말이 나올 거라 생각하면 천만의 말씀이다. '더 아프기 전에, 더 나이 들기 전에, 그래도 기운이 남아있을 때 부지런히 다니자' '우리에게 내일은 없다' '더 멀리, 더 재미있게, 아자 파이팅!' 이런 것이 우리가 공유하는 여행의 이유다. 아이들이 들으면 이게 다 무슨 소린가 이해가 안 될지도 모르겠다.

　그곳에서 꼭 보고 싶은 곳이 있었다. 마추픽추와 우유니 소금사막, 그리고 이구아수 폭포였다.

　안데스 산지는 평균 해발고도가 4,000m로 고산증과 싸워야 하는 곳이다. 게다가 말라리아와 황열병 예방주사를 맞았다는 접종증명서가 필요하다. 9박 13일 동안 비행기를 12번 탔다. 비행기 탑승 시간만 무려 60시간이다. 비용도 만만치 않다. 게다가 나는 항암 치료를 마치고 일 년 정도 지난 터라 좋은 컨디션이라 할 수도 없었다. 설상가상으로 여행 출발 한 달 전에 넘어져 발등뼈가 금이 가서 깁스를 하고 있었다. 이 정도면 누가 봐도 안 가는 것이 맞다. 여행사에 전화해 취소하겠다고 했더니 위약금과 함께 나 때문에 발생되는 싱글차지를 물어줘야 하는데, 여행 경비의 반 이상을 부담하란다. 여행도 못 하고 거금의 생돈을 물어내려니 속이 쓰리고 잠도 안 왔다. 급기야 내 인생에서 가장 어렵고 위험한 여행을 결정하고 말았다. 다행히 출발 전에 깁스는 풀었지만, 내 처지가 여행 운운하기에는 참으로 민망해서 비밀리에 다녀올 수밖에 없었다. 우여곡절 끝에 잘 다녀왔지만 생각하면 아직도 진땀이 난다. 매일 기도했고, 하나님께서 내 기도를 들어주셨다. 언제나 살뜰하게 나를 챙겨주던 친구가 있어 얼마나 든든하고 고마웠는지 모른다. 모든 여행 일정을 무사히 마칠 수 있었다는 것과 코로나 사태 직전 2019년에 다녀왔다는 것이 아직도 꿈만 같다.

남미의 첫 번째 일정은 페루에 있는 잉카의 수도 쿠스코에서 시작한다. 페루의 수도 리마에서 쿠스코로 가는 비행기를 타기 위해 아침잠도 설치고 나왔는데 탑승 절차를 기다리다 비행기를 놓쳐버리는 황당한 일이 벌어졌다. 쿠스코 공항은 말이 국제공항이지, 우리나라 시골의 시외버스터미널 수준의 작은 공항이다. 앉을 의자도 없는 열악한 터미널에서 맥도널드 햄버거로 점심을 때우고 장장 여섯 시간을 꼼짝

없이 기다려야 했다. 피 같은 하루 일정을 그렇게 날렸는데 어떻게 속이 부글거리지 않을 수가 있을까. 가이드가 얼굴이 노래져서 이리 뛰고 저리 뛰는 모습이 딱하긴 해도 너무 속상했다. 하지만 이미 엎질러진 물이었다. 다음 비행기를 타고 늦은 저녁에 도착해 시내 아르마스 광장을 둘러보고 다음 날 이른 새벽에 쿠스코를 보기로 했다.

2019 페루 쿠스코의 저녁. 비에 젖은 길이 예쁘다.

쿠스코는 고도가 3,400m가 넘는 곳이다. 고산 약을 먹었어도 전기 오른 듯 손끝 발끝이 찌릿찌릿해 온다. 손발이 저리는 것과 달리 야릇한 느낌이다. 푸르스름한 아침 시간, 그 고요한 시간에 잉카인의 목욕탕이라 불리는 탐보마차이와 그들이 쌓은 삭사이우만 성벽을 둘러 보았다. 처음 보는 잉카 유적지의 깨끗하고 낯선 풍경에 기쁨으로 몸이 떨렸다. 멀리서도 가까이에서도 어디를 보아도 그냥 아름다운 작품이다. 돌의 크기가 어마어마하다. 수십 톤에 이르는 그 돌을 도대체 어떻

게 움직였을지 상상이 안 간다. 얼마나 정교하게 짜 맞추었는지 나무를
깎아 만들어도 그렇게는 못 만들 것 같다. 그 엄청난 석벽에도 지킬 수 없었던 잉카의 슬픈 역사를 생각했다. 학교에 가는 아이들도 보고, 그들의 순박

2019 탐보마차이. 잉카의 고요한 아침, 깨끗한 기운이 가득했다.

한 어머니들도 보면서 그들의 평화를 위해 기도하고 싶었다.

마추픽추를 빼고 남미를 얘기하기는 어렵다. 마추픽추는 남미의 얼굴이며, 남미의 상징이라고 할 수 있다. 공중도시, 태양의 도시, 잉카 최후의 요새 마추픽추는 불가사의라는 단어가 아니면 설명할 수 없는 곳이다. 세차게 흐르는 우르밤바강을 따라 잉카 레일을 타고 2시간, 다시 현지 버스로 삼십여 분을 달리고 가파른 산길을 오르면 구름이 걸쳐진 마추픽추가 나타난다. 비행기로, 기차로, 다시 버스로 그리고 다시 산행으로 겨우 만난 그곳을 체 게바라(1928~1967)는 1952년 스물네 살의 청년으로 다녀갔다. 모터사이클 다이어리는 체와 친구가 부에노스아이레스를 떠나 남미대륙을 여행한 기록이다. 그 여행이 없었어도 체의 새로운 세상을 꿈꾸는 혁명이 가능했을까? 그들의 도전과 삶에 대한 새로운 시선 그리고 여행 후의 삶의 변화는 여전히 눈부시다.

마추픽추를 본 순간, 이런 풍경이라면 누구라도 호락호락 보여줄 수 없겠다 싶었다. 그래서 이렇게 깊숙한 곳에 찾아오기 어렵게 숨겨 놓았나 보다. 600년 전이라는 까마득한 옛날, 평지도 아닌 한라산(1,950m)보다 높은, 무려 2,430m 고도의 깊은 산속에 그런 도시를 만들었다는 사실이 놀랍다. 가파른 비탈을 깎아 경작지를 만들고, 신을 위한 제단을 만들고, 수로와 성벽을 돌 한 가지 재료로 만들었다는 것이 믿기지 않는다. 하늘 가까이 이토록 신비하고 눈물 나는 그림을 돌로 그린 잉카 사람들, 그들의 순한 눈길, 새까만 머리, 두툼한 허리 모두 견딜 수 없이 슬프다. 그렇게나 출중하고 탁월했던 잉카인들이 스페인의 피사로가 이끄는 180명밖에 안 되는 작은 군대와 총으로 하루아침에 멸망할 것을 누가 알 수 있었을까? 잉카의 거대한 돌 하나하나마다 그곳에 살았던 개인과 부족 그들의 속수무책의 역사, 그들의 눈물이 만져진다.

　세상의 모든 슬픈 사람, 슬픈 풍경은 반드시 사랑해야 한다.

2019 마추픽추. 체 게바라가 다녀간 그곳

오래전부터 볼리비아의 '우유니 사막'엘 가고 싶어 안달을 했다. 우유니는 건기에는 끝도 없는 하얀 사막인데, 우기에는 물로 덮인 호수가 거대한 거울이 된다. 구름도, 사람도, 지프차도 발아래 호수 수면의 거울에 똑같은 모습으로 비친다. 한 번도 본 적 없는 비현실적인 그림이다. 하얀 소금이 끝도 없이 깔린 사막에 옥빛 물이 유리 같은 수면을 만들고 정오의 햇빛이 하루 종일 소나기 쏟아지듯 내리는 곳이다. 너무 낯설어 딴 세상에 와있는 느낌이다.

2019 우유니. 소금호수의 거대한 거울에 비친 석양.

나는 한낮의 우유니보다 캄캄한 밤의 우유니가 보고 싶었다. 사막의 총총한 별과 은하수가 호수 수면에 비친다고 상상해 보라. 아마 가슴이 터져버릴지도 모를 거야. 그러면서 내 멋대로 우유니의 밤하늘과 발밑에 별들이 쫙 깔린 거울 같은 호수를 상상했었다. 우유니의 완벽한 그림이 되려면 우기여야 할 것과 캄캄한 그믐이라는 조건이 필요했다. 다행히

우기였지만, 그날은 애석하게도 보름이었다. 왜 하필 그때 보름달이 떴는지 지금도 생각하면 가슴이 쓰리다. 보름달이 휘영청 밝아 별들은 보석이 아니라 그저 하얀 떡가루를 뿌려놓은 듯 하늘 가득했을 뿐이었다. 그렇게 오래도록 밤하늘을 쳐다봤던 때가 언제였을까? 내 인생 최고의 별을 볼 뻔했는데 안타깝게도 그런 일은 일어나지 않았다.

그래도 내가 서있는 곳이 온통 하늘 하나로 꽉 채워진 우유니의 밤하늘을 잊을 수 없다. 괜스레 죄 없는 보름달을 원망하면서, 벌벌 떨면서, 그렇게 한참을 달밤에 체조를 했다. 두툼한 양말을 신고 장화를 신었는데도 새벽이라 그런지 몸이 막 떨렸다. 무엇보다 발이 너무 시려서 곧 있을 일출을 도저히 기다릴 수가 없었다. 이름도 멋진 스타라이트 투어니, 선 라이즈 투어니 다 관두고 그저 따뜻한 이불 속으로 얼른 들어가고 싶었다. 소금 호텔의 전기장판 이불 속이 어찌나 따뜻하던지, 천국이 따로 없구나 싶었다.

나에게 이구아수 폭포는 롤랑 조페 감독의 「미션」이라는 영화의 첫 장면으로 시작한다. 「미션」은 18세기 남미의 선교 현장, 아마존의 오지, 과라니 부족이 사는 마을에서 일어난 실화를 기반으로 만든 영화다. 예수회 신부가 선교사로 부임하자마자 십자가 나무틀에 묶인 채 천 길 폭포로 떨어지는 장면을 잊을 수 없다. 이렇게 충격적으로 시작하는 영화는 「미션」 말고 본 적이 없다. 바로 그곳이 이구아수다. 이구아수는 아르헨티나와 브라질의 국경 지대에 있다. 과라니족의 언어로 '큰 물' 혹은 '위대한 물'이라는 뜻인데 크다는 말도, 위대하다는 말도 이구아수를 설명하는 말이 아니다. 폭포 기차를 타고 붉은 흙길과 열대우림 속을 가로질러 가면 강줄기 위로 구멍이 뽕뽕 뚫린 철판으로 연결된, 꽤 긴 산책로가 나온다. 나무 한 그루 없고, 그늘 한점 없는 뜨거운 땡볕이 쏟아지는 강물을 따라 걷다 보면 갑자기 예측 불가능한 장면과 마주하게 된다. 그곳이 이구아수 폭포의 하이라이트라는 '악마의 목구멍'이다. 우기에는 초당 6만 톤의 물이 떨어진다는 이구아수는 나이아가라와 빅토리아 폭포를 합친 것보다도 크다고 한다. 호수처럼 잔잔한 물 위를 걷고 있다가 불현듯 마주친 이 낯선 풍경을 과연 어떤 말로 설명할 수 있을까? 세상의 물이란 물은 다 그곳에 모여있는 듯했다. 누구의 울음이라도 대신 울어줄 것 같은 이구아수에서는 아무것도 필요 없다. 세상의 어떤 한숨도, 어떤 울음도 어떤 고통에 찬 절규도 영혼을 삼켜버릴 것 같은 폭포 소리에 압도되어 그저 가만히 있을 수밖에 없다. 인간의 모든 언어와 노래가 순간 증발해 버리는 것 같다. 1초의 망설임도 없이 온몸을 던지는 장엄한 결단, 끝도 없는 떨어지는 이구아수는 무지개가 떠있어도 두렵고, 슬프면서도 가차 없이 아름답다.

2019 이과수. 살다보면 예상치 못한 일을 만날 때가 있다
호수 같이 잔잔한 물위를 걷다 만나는 이과수폭포…

여행에서 만난 낯선 풍경은 답답한 실내 공기를 환기할 때처럼 내가
숨 쉬는 공간에 새로운 활력을 준다. 나도 누군가에게 그렇게 문득 낯
선 풍경이 되고 싶다.

2019 이구아수 폭포.
어떤 말로도 설명할 수 없다.

▲ 2019 페루 살리나스. 3000미터가 넘는 높은 산골짜기에
잉카의 후손들이 소금밭을 일구고 있다.

▲ 2019 아르헨티나 보카지구. 이민자들이 살았던 소박하면서 독특한 탱고의 마을

파리로 가는 길, 에피소드 인 유럽

　　　　　　단 한 번의 통화로 조합이 결성됐다. 2주 정도 유럽을 다녀오지 않겠냐는 나의 제안에 그 자리에서 오케이를 해준 친구들과 4인 1조의 여행단이 꾸려졌다. 파리에서 시작해서 다시 파리로 돌아오는 일정이었다. 2008년 라벤더가 피기 시작하는 6월의 이른 여름이었다. 낯선 곳을 여행하는 모험을 하기에는 다소 무리가 있어 보이는 50대 중반에 들어선 아주머니들로 구성된 어벤저스들이었다. 지금 생각하면 청춘이라고 해도 좋았을 그때였다. 여행의 콘셉트는 '발길 닿는 대로, 마음 가는 대로'였다. 매우 무모하기 짝이 없는 여행이었다.

　허츠에서 렌트한, 꿈의 자동차 BMW를 타고 우리는 무려 4,500여 킬로를 돌아다녔다. 우리나라 사람이 렌트한 차는 열에 아홉은 주행거리가 엄청나더라는 말을 들었는데 딱 우리 얘기였다. 프랑스에서는 북부 노르망디 지방으로 시작해서 중부의 고성 지대와 리용, 남부의 엑상프로방스, 향수의 고장 그라스와 라벤더의 본고장 니온, 중세의 도시 아비뇽과 로마 유적이 많은 님, 아름다운 해변의 니스를 둘러보고 이탈리아 토스카나 지방으로 넘어갔다. 피사, 아레초, 시에나, 피렌체, 그리고 다시 프랑스의 앙시와 베즐레를 거쳐 파리에서 마지막 일정을 보내는 그야말로 숨 가쁜 여행이었다.

2008 앙시. 투명한 물빛이 예뻐서

한 곳에서 여유 있게 즐기는 여행을 하기에는 우리는 가난했고, 너무 배가 고팠다. 그래서 되도록 많은 곳을 눈에 담고, 발로 찍기로 했다. 먼저 파리 근교의 까르푸 매장에 들러 과일, 달걀, 소시지, 물 같은 전투용 식량과 차 안에서 쓸 수 있는 작은 포트를 샀다. 우연히 눈에 띄어 샀던 그 포트를 얼마나 유용하게 잘 썼나 모른다. 달리는 차 안에서 포트에다 달걀도 삶고 물을 끓여 커피도 마시고, 컵라면도 끓여 먹었는데 맛은 둘째치고, 차 안에서 그런 게 가능하다는 게 그렇게 재미있고 신기했다. 아침은 빵이나 누룽지, 과일로 간단히 먹고 점심이나 저녁 한 끼 정도는 현지식으로, 가능하면 식탁보 깔린 레스토랑에서 제대로 먹자고 했으나 쉽지 않았다. 니스 해변의 베트남 식당에서 먹었던 국수 말고는 대체로 평이했다. 숙소에서 햇반과 볶음고추장, 소시지, 장아찌 같은 밑반찬들과 먹는 저녁 식사가 언제나 꿀맛이었다. 이렇게 해 먹는 일은 여행 경비를 줄이는 데 도움이 되지만 하나라도 더 보고 싶었던 우리는 식사하느라 두 시간 가까이 식당에 있어야 하는 시간을 아낄 수 있어서 좋았다. 그러다 보니 저녁 식사는 늦어지는 경우가 많았다.

2008 앙시. 베네치아와는 다른 호수마을 앙시

이번 여행은 숙소를 미리 정하지 않고 현지에서 바로 구하는 것으로 했다. 예약한 숙소를 찾느라 고생하느니 그때그때 여행 일정에 맞게 현지에서 정하기로 했다. 매번 침구나 시설을 확인해야 하는 일이 번거롭기는 했지만, 오늘은 어떤 집에서 잠을 잘까 궁금해하면서 밤마다 마음에 드는 숙소를 선택하는 재미도 제법 쏠쏠했다. 에탑과 이비스에서 잔 적이 많았는데, 가격 대비 깨끗하고 만족스러웠다. 리옹의 이비스는 깔끔해서 좋았고, 앙부아즈성 근처의 에탑은 가정집 같은 분위기와 르와르 강변의 풍경이 퍽 인상적이었다. 아레초에서 묵었던 호텔은 창밖으로 반딧불이 날아다니던 아주 쾌적하고 아름다운 호텔이었다. 게다가 숙박료가 너무 착해 감동했다.

숙소 때문에 고생했던 적이 딱 두 번 있었다. 한 번은 니스, 한 번은 파리였다. 니스는 주말이라 빈 숙소가 없어 여러 곳을 전전하다가 별 네 개에 이름도 멋있는 메디치라는 호텔 방을 구했지만, 비싼 숙박료치고는 별로였다. 마지막 날 파리에서 숙소를 구하느라 정말 고생했다. 평

2008 베즐리. 파스텔톤의 진열장이 예뻐서

일이고 아직 본격적인 시즌이 아니라 쉽게 구할 수 있을 것이라고 생각했는데 오산이었다. 가는 데마다 다 찼다는 말에 우리는 점점 지쳐갔다. 게다가 파리 시내 어떤 건물을 빠져나오다 차의 옆구리를 드르륵 긁은 터라 거의 울고 싶은 심정이었다. 얼마나 고생했는지 말이 헛나왔다. '파리에서 호텔 잡기가 너무 힘들다'라는 말이 "호텔에서 파리 잡기 진짜 힘들다."라고. 파리만큼은 예약을 했어야 했는데 하는 후회와 함께, 차에서 잘 수도 있겠다는 낭패감이 밀려왔다. 다행히도 파리 외곽의 '포뮬'이라는 숙소에 들어갈 수 있어서 안도의 숨을 쉬었다. 포뮬은 겉으로 보면 꽤 큰 호텔이지만 얼마나 열악한지 복도에서는 아이들 울음소리와 함께 지린내 비슷한 냄새가 코에 훅 끼쳤다. 아마 먼 곳에서 온 이주 노동자들이 장기 체류하는 것이 아닐까 하는 추측을 해보았다. 우리가 묵었던 작은 방에는 2층짜리 침대만 있고 화장실도 없어서 공중 화장실을 써야 했다. 「기생충」 속편을 촬영해도 좋을, 어둡고 우울한 포뮬에서의 마지막 밤을 잊을 수 없다.

2008 아비뇽. 이 예쁜 돌길에 갇혀서 차 빼느라 고생 꽤나 했다

포뮬의 특별한 밤을 보내고, 부지런한 우리는 아침 일찍 일어났다. 짐은 어제 잘 싸놓았지만 다시 한 번 빠뜨린 게 없는지 꼼꼼하게 체크한 후 마지막 피날레를 향하여 출발했다. 그날 아침 우리의 각본에는 파리의 몽마르트르 언덕을 둘러보고 카페에서 우아하게 차를 마시고, 공항에 여유 있게 도착해 출국하기로 되어있었다. 그런데 맙소사, 예기치 못한 사고가 터지고 말았다. 주차한 차를 빼야 하는데 주차 티켓이 없는 거다. 호텔도 특별하더니 주차장까지 특별하다. 무슨 주차장에 철창문이 있어서 티켓이 없으면 문이 열리질 않아 차를 가져올 수가 없다. 그때부터 몽마르트르고, 카페고 뭐고, 다 필요 없고 오직 주차 티켓 찾기에 혈안이 되어 각자의 주머니부터 가방을 샅샅이 뒤지기 시작했다. 분명 버리진 않았을 텐데 도대체 어디에 둔 걸까? 여기서 잠깐, 아주머니들의 당황한 모습을 떠올려보자. 얼굴이 노랗게 되어, 가방부

터 옷의 주머니란 주머니 다 뒤지고, 로비에서 캐리어를 펼쳐놓고 찾는 모습, 지금 생각해도 웃음이 터져 나온다. 다시 숙소에 올라가 방에 있는 쓰레기통까지 뒤졌으나 확실히 없다. 결국, 직원에게 사정해서 주차 티켓을 다시 뽑아 차를 뺄 수 있었다. 집에 도착해서야 누구의 가방에서 얌전하게 발견된 티켓으로 우리는 에피소드 하나를 추가했다.

이젠 서둘러 공항에 가야 한다. 렌트한 차를 반납하고 출국 수속을 하려면 시간이 빠듯하다. 숙소에서 샤를 드골 공항까지는 30km 정도로 한 시간 정도면 도착할 수 있다. 이제 차만 반납하고 비행기만 타면 된다. 그런데 암만 찾아도 허츠 렌트카 반납 장소가 보이질 않는 것이다. 여러 사람에게 물어보았으나 잘 알아들을 수도 없고, 도무지 찾을 수가 없다. 공항 내의 도로가 꽤 길었던데다 일방통행으로 되어있어 같은 길을 수차례 빙글빙글 돌았다. 잘 모르긴 해도 도로가 평면이 아니라 입체적인 구조 때문에 안내문이 잘 보이지 않았던 게 아닌가 싶다. 요즘 같으면 친절한 구글맵이나 네이버 검색으로 그렇게 골탕 먹는 일은 없었을지도 모르겠다. 아무튼, 같은 자리의 통행권을 거듭거듭 세 번이나 뽑았던 것 같다. 드골공항이 진짜 싫다. 시계를 보니 비행기 탑승 시간을 지나 곧 이륙할 시간이 가까워져 오고 있었다. 차를 버리고 갈 수도 없고 이 난감한 사태를 어찌해야 좋단 말인가? 우리는 그야말로 완전 멘붕 상태였다. 그동안 통역을 담당했던 우리의 지니어스 K는 무슨 말이라도 해서 이 상황을 해결해야 할 텐데 웬일인지 그저 입을 꾹 다문 채로 정지화면처럼 앉아있었다. 우리 모두 회생 불가능해 보이는 절망 상태, 블랙아웃이었다. 까딱하다가는 비행기를 놓칠지도 모를 절체절명의 그때, 허츠 직원을 차로 데려온 해결사가 있었는데 믿어지지 않겠지만, 우리 중에서 실력이 한참 딸려 보이는 사람, 바로 나였다. 하늘이 무너져도 솟아날 구멍은 있다는 말이 괜히 있는 게 아니었다. 내가 데려온 그 사람은 나에게 연신 "Calm down."을 말하면서 우리 차를 자기가 직접 운전해 반납해 주었다. 정말 멋지고 스마트하고 친절한 사람이었다. 파리공항에서 영화 속의 스파이더맨을 만날 줄이야. 아, 인생은 이래서 즐겁고, 드라마는 이래서 재미있는 거구나 생각했다. 운전하느라 수고했던 두 친구, 아침마다 우리들의 머리를 손질해 주며 파리 미용실을 열었던 친구, 나만 아무것도 하는 게 없어 미안했었는데 나도 급기야 조직을 위한 결정적 한 방을 날릴 수 있어 뿌듯했다.

차를 성공적으로 반납하자마자, 그때부터 숨이 턱에 차도록 전력 질주를 했다. 모두 탑승하고 우리만 남겨놓고 있었다. 우리가 탑승하고 얼마 안 있어 비행기가 드디어 이륙했다. 007 영화를 이렇게도 찍을 수 있구나 하면서 우리 모두 가슴을 쓸어내렸다.

나중에 친구가 의아한 얼굴로 물었다.

"아니, 어떻게 데려온 거야?"

"그냥 숨넘어가는 표정으로 손짓 발짓으로 도와달라고 했지. 절박함 앞에 다른 설명이 필요 없다니까."

말보다 표정으로 소통하는 글로벌 시대다. 그때도 그랬었다.

여행하는 동안 내동 잘했던 셀프 주유가 갑자기 말썽을 부렸던 적이 있었다. 주유구에 넣은 노즐이 도대체 빠지지를 않는 거다. 네 명이 돌아가며 해봐도 역시 안 된다. 하는 수 없이 옆에서 주유하던 신사에게 도움을 청하러 갔다. 정중하게 '도와주세요.' 하면 되겠지 하고 입을 뗐는데 난데없이 "May I help you?"라는 어디서 많이 듣던 문장이 튀어나오는 게 아닌가? 연식이 오래된 건 맞는데 이쯤 되면 아이큐도 의심하지 않을 수 없었다. 고마웠던 것은 이 말도 안 되는 부탁을 직감으로 알아차린 신사가 복잡한 상황을 해결해 주었다는 것이다. 그는 노즐을 빼다가 급기야는 엉덩방아를 찧었다. 너무 미안한 우리는 "스미마셍~."이라고 말해 버렸다.

잘못할 때마다, 실수할 때마다 이상하게 우리의 유대가 더 단단해지는 느낌이 들었다. 이렇게 무모하고 실수투성이였던 우리 덤 앤 더머들의 유럽 여행은 한 편의 드라마였다.

내가 했던 여행 중 가장 많이 웃었던, 스릴과 서스펜스로 가득 찬, 에피소드가 가장 많았던 여행이었다. 여행에 대한 평점을 묻는다면 당근, 별 다섯 개다.

여행의 백미는 어쩌면 이런 뜻밖의 에피소드에 있는지도 모른다.

2008 베즐리. '성령이 머무는 언덕'이라는 베즐리의 밀밭 위로 노을이 지고있다.

2008 프랑스, 이탈리아 (5/26 월~6/6 목) 유럽여행 일정표

날짜	경로 (숙소)	여행 일정	비고
5/26 월 (제 1일) ☀ ☂	서울 → 파리 → 몽셀미셸 (Vert.)	2:40 파리 샤를드골 공항도착 4:00 Hertz Pick up 5:00 공항 출발(40,227km) 10:00 몽셀미셸 도착	네비 입력방법 빠르게 익혀 출발. 출발 직후 오도가도 못하는 상황에서 침착하게 잘 빠져나옴. 까르푸 매장(계란 소시지 치즈 과일 물...) 몽셀미셸 숙소 구하느라 고생.
5/27 화 (제 2일) ☀ ☁ ☂	몽셀미셸 → 르아브르 → 에트르타 → 지베르니 → 오베르슈르와즈 → 파리 (Mr. Bed City)	8:50 몽셀미셸 수도원 도착 10:30 몽셀미셸 출발 2:20 에트르타 3:30 지베르니로 출발(145km) 5:00 지베르니 도착 6:30지베르니 출발(오베르 97km) 8:05 오베르 도착/ 11:00 파리도착	한적한 수도원에 예상보다 일찍 도착 에트르타 코끼리 해변/마르게리타 피자 노르망디 넓은 평야, 끝없는 밀밭... 르아브르 주유 비오는 모네 정원, 수련 연못 오베르에서 고흐가 그린 시청사 잠깐 지나쳐 봄. 슈퍼 문닫는 시간에 간신히 쇼핑. 오베르 숙소 못 구해 파리로.
5/28 수 (제 3일) ☁ ☂	파리 → 샤르트르 → 앙부아즈 (Etap)	8:35 숙소 출발 41,200km 9:50 샤르트르 도착 2:00 샤르트르 출발 4:20 앙부아즈 도착 199km	샤르트르 성당. 아름다운 스테인드글라스, 조각작품 레스토랑에서 여유있는 식사. 주차카드 깜박해서 고생. 앙부아즈 산책, 노을 감상 /숙소에서 햇반과 밀반찬
5/29 목 (제 4일) ☁ ☂	앙부아즈 → 슈농소성 → 리용(IBIS)	9:14 출발 41,510km 12:30 슈농소도착. 차 안에서 점심 5:30 리용 도착 42,031km	르와르 강변의 평화로운 풍경. 슈농소(물위의 성) 부엌과 주방도구가 예쁘고 특별. 리용 트래픽, 길 몰라서 터미널에 올라감.
5/30 금 (제 5일) ☀ ☂	리용 → 생장성당 → 니옹 → 아비뇽 (구시가지 숙소)	8:30 생장성당, 바실리크 노트르담 10:20 리용 출발 12:30 니옹 도착, 점심 3:15 니옹 출발(아비뇽까지 89km) 4:30 아비뇽 도착	생장성당 - 비잔틴 양식의 화려한 내부 니옹(라벤다 본고장)에서 프랑스식 식사 라벤다 비누, 프로방스풍 식탁보 구매 포도밭, 빨간 양귀비 들판, 저녁은 베트남 국수 소나기가 쏟아지는 아비뇽성당. 중세 모습 그대로
5/31 토 (제 6일) ☀	아비뇽 → 님 → 그라스 → 니스 (메디치)	8:30 아비뇽 출발 42,321km 9:10 아비뇽의 성베네제다리 산책 2:05 님 출발 5:30 그라스 / 7:24 니스 도착	님 원형경기장, 메종카레 네비로만 찾기 어려움. 퐁뒤가르 아울 Pass 그라스의 향수, 포푸리. 향수농장 3시까지라 입장불가 베트남 쌀국수. 니스의 밤 해변 산책
6/1 일 (제 7일) ☀	니스 → 피사 → 아레초 (미네르바)	8:15 니스 출발 42,709km 8:53 이탈리아 입성 42,763km 1:38 피사 도착~4:00 피사 출발 6:00 아레초 도착	니스 해변 유턴 안돼 고생. 차안에서 햇반과 컵라면 토스카나의 양귀비 들판, 지중해의 우산 소나무 피사 세레당에서 아름다운 천상의 소리 아레초 벼룩 시장 (일, 월 휴장으로 구경은 못함)
6/2 월 (제 8일) ☂	아레초 → 시에나 → 피렌체 → 제노바 (Aassarotti)	8:15 출발 43,276km 9:40~1:00 시에나 7:20 피렌체 미켈란젤로언덕 출발 11:20 제노바 도착	깨끗하고 쾌적한 호텔, 반딧불 기름 넣다 실패/주유구에서 빼내질 못함 시에나 주차장소(캄포광장) 잃어버려 방황 피렌체 두오모, 우피치 미술관
6/3 화 (제 9일) ☀	제노바 → 앙시 → 베즐리 (La Renommee)	7:50 출발 1:40 앙시 도착 9:00 베즐리 도착	평야지대 거쳐 계속 알프스 터널 앙시 호수, 강 따라 구시가지 산책. 스위스 국경 넘어 다시 제네바로 갈뻔. 베즐리 밀밭의 노을, 예쁜 마을
6/4 수 (제 10일) ☂	베즐리 → 파리 (포뮬)	9:17 베즐리 숙소 44,516km 파리까지 243km 2:20 파리 입성	베즐리 성당. 파리 숙소 못 구해 차 하루 추가 렌트. 렌트함. 지하철로 이동해 시내 구경 샤펠, 노트르담 노틀담 한국식당
6/5 목 (제 11일)	파리 → 서울	9:55 공항으로 출발 21km 10:20 공항 도착 44,840km	주차 티켓 분실 공항 너무 커서 허츠 직원의 도움으로 겨우 차 반납

'플라멩코'를 보았다

내가 생각했던 플라멩코는 그런 춤이 아니었다. 플라멩코 하면 어감이 주는 느낌 때문일까, 왠지 발랄하고 유쾌하고 로맨틱한 춤, 보고 나면 저절로 흥이 나고 행복해질 것 같은 춤이라고 생각했었다. 대체 그런 심한 오해는 어디서 시작된 걸까? 어쩌면 오래전의 TV 영상 때문이 아닐까? 스페인 광장에서 김태희가 그 춤을 추면서 핸드폰 광고를 했던 CF를 본 사람이라면 나처럼 그 춤에 대해 오해할지도 모르겠다. 빨간 치마에 꼭 끼는 까만 블라우스를 입고 머리엔 빨간 꽃으로 장식하고 더할 수 없이 사랑스럽고 행복한 표정으로 추는 그런 춤은 플라멩코가 아니었다.

스페인 여행을 하던 중 세비야의 늦은 저녁, 붉은 노을이 지던 언덕의 작은 극장에서 플라멩코를 보았다. 언젠가 페테르부르크에서 「백조의 호수」를 보겠다고 거금을 주고 갔다가 너무 조는 바람에 감동은커녕 본전 생각이 나서 혼난 적이 있다. 그 좋은 오케스트라와 발레를 보면서 공연 내내 졸았던 전력도 있고 해서 '그래. 이번에는 졸지 말고 끝까지 보자.'라는 것이 공연 전 나의 소박한 목표였다. 그런데 웬걸. 공연이 시작되는 순간부터 끝날 때까지, 아니 시간이 한참 흐른 지금까지도 그때의 충격에 가까운 감동을 잊을 수 없다. 공연 시작 전 상그리아라는 스페인 전통 음료가 나오고 곧이어 공연이 시작되었다. 어쩌다 보니 우리 일행이 맨 앞자리에 앉게 되었다. 무용수들의 숨소리, 뚝뚝 떨어지는 땀방울, 무대를 구를 때마다 일어나는 먼지, 심지어 체취까지 맡을 수 있는 자리여서 맨 앞자리는 기피석이라는데 하필 그 자리에서 보게 되었다.

'와. 이런 춤도 있구나….' 그들은 예쁠 필요도, 행복해 보일 필요도 없어 보였다. 그냥 있는 그대로의 집시의 삶과 이야기를 통째로 보여주고 있었다. 그들은 김태희처럼 웃지 않는다. 어리지도 않다. 행복해 보이지도 않는다. 거의 무표정하거나 약간 찡그린듯한 얼굴이다. 동작도 섬세하고 예쁜 것이 아니라 남성적인 근육과 절도 있는 움직임, 절제된 힘을 보여주고 있다. 귀청이 떠나갈 정도로 큰 소리의 발 구르기는 탭댄스와 비슷하다. 라틴의 탱고처럼 관능적인 춤이 아니다. 밸리댄스처럼 현란한 춤과도 다르다. 무용수들은 대개 나이가 있고 건장해 보이는 여성과 젊은 청년으로 구성되어 있었는데 혼자 추다가, 같이 추기를 반복했다. 토게라는 기타 반주와 어우러지는 칸테라고 하는 노랫가락이 우리나라의 판소리와 흡사하다. 밭일하면서 웅얼대는 우리 아낙들의 노랫가락과도 매우 비슷해 놀라웠다.

신기한 나머지 녹음했던 부분을 친구들에게 들려주었다. 정말 비슷하다는 내 말에 그들도 동의했다. 악보 없이 웅얼거리듯 노래하는 것도, 추임새 넣는 것까지도 딱 우리 가락이었다. 「서편제」의 한이 집시음악에도 있구나 싶었다. 바일레라고 하는 춤은 정말 혼신을 다해서

추는데 손뼉을 치며 발장단을 구르며 혼자 혹은 여럿이서 교대로 춤을 춘다. 특히 땀을 비 오듯 흘리며 추었던 남자 무용수의 눈빛을 잊을 수 없다. 사진을 찍었는데 신기(神技)에 가까운 눈빛이 무서울 정도로 강렬해서 바로 지워버렸다. 집시들이 아니면 이런 춤은 출 수가 없겠다는 생각이 들었다.

플라멩코는 스페인 남부 안달루시아에 내려오는 집시의 춤이라고 알려져 있다. 집시 하면 어떤 생각이 떠오를까? 맨 먼저 구릿빛 피부와 인도 아리안의 뚜렷한 이목구비가 떠오른다. '집시룩'이라고도 하는 독특한 복장도 생각난다. 그들은 인도 북부 펀자브 지방에서 8세기경 유럽으로 흘러들어왔으나 유럽인과 동화되지 못하고 계속 떠돌아다니는 유랑민들로 2차 세계대전 당시 나치에 의해 수만 명이 학살당한 역사가 있다.

어쩌면 세상의 규범과 가치를 무시하거나 초월하는, 우리가 모르는 그들만의 철학이 있는지도 모른다. 그러나 자유롭고 낭만적인 집시의 이미지는 벌써 오래전에 바뀐 것이 아닐까 싶다. 요즈음 무엇보다 강력한 그들의 이미지는 안타깝게도 소매치기다.

유럽 여행할 때 가장 경계하고 조심해야 하는 것이 집시의 소매치기다. 나도 집시를 몇 번 본 적이 있다. 아이들을 앞세워 구걸하던 집시. 풀밭 나무 그늘에 앉아 졸망졸망한 아이들 속에서 아기에게 젖을 물리고 있던 집시. 그리고 소매치기하다 현장에서 잡혔던 집시도 보았다. 그들에게는 하나같이 지독한 가난의 냄새가 났다. 고독한 삶의 흔적은 멀리서도 딱 표가 나게 마련이다. 순전히 내 생각이다. 그들은 어쩌면 내가 생각한 것보다 훨씬 자유롭고 행복한 삶을 살고 있는지도 모른다.

세상에서 가장 천대받는 부류가 셋이 있는데 1억에 가까운 인도의 불가촉천민, 일본의 부락민, 그리고 '로마'라고 하는 집시다. 천 년을 넘게 떠돌아다니며 차별받았던 집시들이 아무도 그들을 주목하지 않는 세상을 향해 이렇게 외치는 것 같다. '태어날 때부터 나쁜 사람은 없어. 아픈 사람만이 있을 뿐이야. 우리도 아이들에게 예쁜 옷도 입히고 싶고 제대로 가르치고 싶고 깨끗한 집에서 살고 싶은데 그럴 수가 없어 소매치기라도 하는 거야. 차별당하고 무시당하는 인생이 어떤 건지 니들이 알기나 하니? 몸으로 겪지 않으면 절대 알 수 없지.'라고 말하고 있는 듯하다. 작은 소리로 하면 못 알아들을까 봐 귀청이 떠나갈 듯 손뼉 치고 발을 구르고 온몸으로 말한다. '아프다.'라고.

"아프냐? 나도 아프다." 드라마 『다모』에 나왔던 널리 알려진 명대사다. 현실은 드라마처럼 착하고 아름답지 않다. 그들이 이토록 아픈데 세상은 그들에게 아프냐고 묻지조차 않는다. 그래서 견디다 못해 '아프다.'라고 말하면 '나도 아프다.'가 아니라 '또 아프냐. 넌 왜 맨날 아프냐?'라고 한다. 반응도, 공감도 없다. 위로는 더더욱 기대하기 어렵다.

아무리 열심히 춤을 추어도 집시의 삶이 달라질 것 같지가 않다. 집시가 아무리 불쌍해도 내 가방의 안전이 더 중요한 것처럼 세상은 그들의 고통과는 무관하게 꽤 살만하고 행복하다.

그리고 어쩔 도리 없이 그들을 맥 놓고 보아야 하는 현실도 있다.

내가 아무리 악을 쓰고 울어도 절대 바뀌지 않는 세상이 있다는 것을 온몸으로 리얼하게 보여주는 춤. 그것이 내가 만난 플라멩코다.

2012 세비야. 플라멩코를 추는 여인

실록의 길

가고 싶은 곳이 생겼다. 내장산에 있는 '실록의 길'이다. 내장산 하면 으레 단풍이 아름다운 곳으로만 알고 있었는데, 그런 특별한 길이 있다는 걸 최근에야 알았다. 실록의 길은 내장산이 있는 정읍에서 용굴암까지 가는 1.8km의 길을 말한다. 왜란 중에 '실록'을 지키려고 전주 사고의 기록물을 가지고 들어갔던 피난길의 일부 구간에 붙여진 이름이다.

유네스코 세계기록문화유산으로 등재된 『조선왕조실록(국보 151호)』은 상세함이나 규모로 볼 때 세계 어디에도 유례가 없는 기록물이라고 한다. 실록의 특별한 가치는 물론이고, 숱한 전쟁 속에서 어떻게 아직까지 온전히 보존할 수 있었는지 불가사의하다. 잘 알려진 대로 실록은 4개의 사고(史庫)에 비치되어 있었는데, 임진왜란 때 모두 소실되고 전주사고의 실록만 유일하게 남아있다. 이 기록물이 남아있을 수 있었던 것은 그곳 사고의 책을 모두 실어 깊은 산속에 숨겨놓았기 때문이다.

실록은 민족의 정신이며, 역사다. 실록이 사라지면 역사가 없는 민족이 되는 것이며, 민족의 앞날을 기약할 수 없게 된다. 그래서 반드시 목숨 걸고 지켜야 하는 것이라 믿었던 사람이 있었다. 전주 인근에 살던 선비 안의(1529~1596)와 손홍록(1537~1610)이다. 그들은 왜군이 금산에 침입했다는 소식을 듣고 사고에 보관하고 있던 「태조실록」부터 「명종실록」까지 13대의 실록과 태조의 어진, 중요 도서들을 옮기기로 했다. 62개의 궤짝에 책을 나눠 담아 우마차 수십 대에 실은 후 내장산 깊은 곳으로 이동했다. 자신들의 가솔과 하인 30여 명을 모아 그 엄청난 일을 수행한 것이다. 그냥 맨몸으로 걷기도 힘들었을 먼 곳이었다. 사고에서 내장산 용굴암까지는 거의 40km, 서울에서 수원까지의 거리다. 차로 옮기기도 쉽지 않았을 멀고 험한 거리를 오직 우마차를 이용해서 도보로 옮겨야 했다. 전주 사고에서 내장산 깊숙이 용굴암에, 다시 더 깊은 은적암에, 더욱더 깊고 높은 곳에 있는 비래암으로.

지금은 1.8km라는 짧은 구간에도 8개의 교량이 있지만, 변변한 교량 하나 없었던 시절 어떻게 그 많은 시내를 건넜을까? 무거운 책을 지고 험준한 산을 넘고 가파른 비탈을 오르느라 얼마나 구슬땀을 흘렸을까. 그곳에 다녀온 친구의 얘기로는 은적암까지도 얼마나 높고 깊은지 맨손으로 오르는데도 다리가 후들거려 한 발 한 발 내딛는 것이 매우 힘들었다고 한다. 그런데 옮겨놓은 것으로 끝이 난 것이 아니었다. 그 험한 곳에서 다시 1년이 넘도록 밤낮으로 실록을 지켰다고 한다. 안의가 기록한 『수직(守直)일기』에는 실록을 누가 며칠을 지켰는지가 정확히 기록되어 있다.

도무지 믿기 어려운 대단한 프로젝트였다. 당대의 중차대한 일이니만큼 당연히 관직에 있는 사람이 사명감을 갖고 책임지고 해야 할 일이었다. 그런데 실록을 지켜낸 사람은 관리도 아니고, 중앙부서의 책임자도 아닌 이름 없는 유생이었다는 사실이 그저 놀라울 뿐이다.

실록의 가치를 알아보고 소중히 여기는 마음과 무슨 일이 있어도 우리 것을 반드시 지켜내고야 말겠다는 투지가 없었다면 불가능한 일이다. 그러나 그것만으로는 부족하다. 치밀한 전략과 구체적인 준비가 있어야 했다. 어디에 숨겨야 안전할까 최적의 장소를 찾기 위해 백방으로 뛰어다녔을 것이다. 일을 위해 동원해야 했던 사람들을 먹이고 재우는 일도 보통 일이 아니었을 텐데 사재를 적지 아니 털어야 했을 것이다. 어느 것 하나 쉬운 일이 있었을까? 안의와 손홍록 그리고 그 일을 함께한 수많은 사람의 피땀 어린 수고가 없었다면 불가능한 일이었을 뿐 아니라 전주 사고본의 실록은 물론이고, 지금의 『조선왕조실록』도 없었을 것이다. 아무도 알아주지 않는 그 일을 마침내 성공적으로 해낸 그들의 이야기가 눈물겹다.

이와 비슷한 얘기를 들은 적이 있다. 러시아의 오래된 도시 상트페테르부르크에 있는 에르미타주 박물관에 관한 얘기다. 세계 3대 미술관 중 하나라는 에르미타주는 무려 270만 점에 달하는 소장품을 가지고 있다. 러시아 사람들이 아무 일을 안 해도 몇백 년을 먹고살 수 있을 만큼 재산 가치가 어마어마하단다. 전쟁 중에 그림을 잃어버릴까 봐 많은 소장품을 기차에 실어 우랄산맥 깊은 산속에 숨겨놓았다가 전쟁이 끝나고 완벽하게 도로 가져왔다는 이야기를 들은 적이 있다.

에르미타주 미술관이 100년 전의 이야기라면 실록의 경우는 지금으로부터 400년도 더 된 아주 오래전의 일이다. 그들이 미술 작품을 기차를 이용해서 날랐다면 우리는 책을 우마차에 싣거나 지게에 실어 한 걸음씩 걸어서 옮겼다. 그것도 관(官)이 아닌 개인이 이뤄낸 일이라는 점에서 크게 다르다. 우리의 이야기는 에르미타주 미술관에 관한 것과는 비교할 수 없는 깊은 울림이 있다.

　요즘 '한류'라는 이름으로 우리의 영화, 드라마, 노래가 세계적으로 주목받고 있다. 다른 나라 젊은이들이 한국말 노래를 따라 부르는 게 처음에는 신기했는데, 이제는 우리도 별로 놀라지 않게 됐다. 한류는 어느 날 갑자기 찾아온 우연이 아니다. 우리 민족에게 누적된 이런 스토리가 있어 가능했는지도 모른다. IT 강국도 좋지만, CT(Culture Technology) 강국이 되면 얼마나 근사할까?

　실록의 길에 담겨있는 보물 같은 스토리들이 새삼 소중하게 느껴진다. 이런 이야기는 아무나 흉내 낼 수 없고, 노력한다고 해서 만들어낼 수도 없다. 이런 스토리가 어쩌면 우리의 잠재력이고, 미래를 꿈꾸게 하는 동력이 아닐까 싶다.

　실록의 길을 꼭 한번 가보고 싶다. 혹시 그 길 어디에선가 그 길을 걸었던 이름 없는 선비의 맑은 영혼과 마주칠지 모르겠다. 무슨 대단한 벼슬도, 대단한 집안도 아닌 평범한 풀들의 이야기를 들으면서 나도 모르는 사이 옷깃을 여미게 될지도 모르겠다. 사실 훌륭하고 아름다운 것은 나무나 꽃의 일이지, 풀의 일이 아니라고 생각했다. 그런데 한낱 풀이라도 이렇게 아름답고 위대할 수 있다고, 이들의 이야기를 들어보라고 한다.

400년 전의 '풀'이 묻는다.

너 이대로 살아도 괜찮은 거냐고, 누구를 위해 땀도, 눈물도 흘려본 적 없이 마냥 어린애처럼 살다가 가도 괜찮겠냐고. 네가 반드시 지키고 싶은 것이 무엇이냐고, 네가 만들어 놓은 길과 네가 들려줄 이야기는 뭐냐고. 풀의 질문이 아프다.

실록의 길. 제자 신경화가 그려준 삽화

내겐 너무 특별한 고택(古宅)

　　　　　　안동 하회마을의 충효당과 강릉의 선교장은 나에
게 매우 특별한 고택이다.

　하회마을의 충효당은 『징비록』을 쓴 서애(西厓) 유성룡(柳成龍,
1542~1607)의 종가다. 아주 오래전, 1970년대 초반 경상도 지방을 답
사하다가 충효당에서 하룻밤을 묵은 적이 있다. 내가 답사한 곳 중 가
장 아름다운 곳을 꼽으라면 하회마을을 빠뜨릴 수 없다. 하회마을은
마을 자체가 아름다울 뿐 아니라 주변 풍광도 뛰어나다. 낙동강이 굽
이치며 만들어 놓은 넓은 모래밭과 나룻배를 타고 건너야 하는 부용
대(芙蓉臺), 한옥들이 옹기종기 모여있는 모습이 정겹고 평화롭다. 하
늘 가득 별들이 총총했고, 은하수가 길게 펼쳐져 있었던 그 날의 밤하
늘을 차마 잊을 수 없다. 티베트의 라다크를 떠올릴 만큼, 때 묻지 않
은 순수함과 기품이 서려있던 곳이다. 별똥별이 몇 차례 떨어졌는데
너무 짧아 소원 빌기를 번번이 놓쳐버려 다음엔 소원을 아주 짧은 말
로 준비해야지 다짐했던 일과 충효당의 넓은 대청마루에서 종부가 삶
아 내온 고구마를 먹었던 일, 오래된 툇마루의 거칠고도 시원한 촉감
의 기억도 잊을 수 없다. 그리고 무엇보다 내가 놀랐던 것은 숙박료와
식대를 받지 않았던 일이다. 주인이 극구 사양하는 바람에 결국은 서

른 명 가까운 대학생들이 거저먹고 자는 신세를 지게 된 일이었다. 갚을 길 없는 환대를 받았다. 그때만 해도 후덕한 양반 사대부 가문에서 방값을 받는 것이 예(禮)가 아닌 것으로 여겼던 것 같다. 그렇게 손님과 나그네를 대접하는 일로 일 년에 쌀이 몇 가마니가 든다는 종부의 얘기를 듣고 입이 다물어지지 않았다. 집만 훌륭하고 멋진 것이 아니라 그곳에 사는 사람의 넉넉한 마음 또한 믿기지 않을 정도로 아름답고 훌륭해 보였다.

하회마을은 2010년 8월 세계문화유산으로 등재되었고, 내가 잤던 충효당을 비롯해 양진당, 옥연정사 등 마을 전체가 관광 명소가 되었다. 영국 엘리자베스 여왕이 다녀간 후 많은 관광객으로 붐비게 된 하회마을에서 예전만큼의 기품과 고즈넉함을 기대

2013 하회. 스승님 내외분(권혁재교수님과 이현영 교수님)과 올케언니랑 부용대 가는 나룻배에서.

하긴 어렵다. 그래도 하회마을의 충효당은 여전히 하룻밤을 묵고 싶은 곳이다. 인위적으로 만든 집이 아니라 수백 년을 살아왔고, 지금도 후손들이 살고 있는 고택의 특별함이 좋다.

그다음으로 좋았던 고택은 몇 해 전에 가족과 함께 다녀온 강릉 선교장(船橋莊)이다. 선교장은 오죽헌보다는 덜 알려졌지만, 우리나라에서 흔치 않은 99칸의 사대부 가옥이다. 효령대군 11대손 이내번(李內

番)이 지은 300년이나 된 아름다운 고택이다. 선교장은 내 마음을 단박에 사로잡았다. 연꽃이 있는 연못과 그 위에 널찍하고도 시원하게 자리 잡은 활래정(活來亭), 이름도 하나같이 예쁜 사랑채, 안채, 별당, 그리고 넓고 깨끗한 마당과 뒷동산의 소나무 숲에서 내려다보이는 너른 들판까지. 모두 한 폭의 그림이었다. 강릉에 갈 때면 몇 차례 선교장에 들렀지만, 숙박하기는 처음이었다. 이곳저곳 둘러보느라 밤늦은 시간에 선교장에 도착했다. 주변이 어찌나 캄캄하고 적막한지, 무서울 정도로 서늘한 느낌이 들었다. 어릴 적 공주 외갓집에 가면 칠흑같이 캄캄하고 고요한 밤을 만날 때가 있었는데 어릴 적 보았던 그런 캄캄한 밤이 아직 그곳에 남아있었다.

우리가 묵을 곳은 입구에서 꽤 떨어진 '중사랑'으로, 계단을 올라가 좁은 마루를 끼고 작은 방 두 개가 딸린 사랑채다. 옛날 온돌방으로 안쪽 미닫이문과 밖의 여닫이문이 이중 창호 문으로 되어있고, 방과 방 사이에는 드르륵 열리는 미닫이문이 있다. 문마다 병풍에서 보았던 족자형 풍경 산수화가, 벽장문에는 꽃을 그린 수묵화가 액자처럼 붙어있다. 옛날 옷장이나 집기들이 소박했고, 이부자리도 정갈했으며, 샤워장과 화장실도 나무랄 데가 없었다.

그날 밤 우리는 날이 흐려 기대했던 은하수나 별을 볼 수는 없었지만, 고요하고도 깊은 밤을 산책했다. 음악, 휴대전화, 자동차 등 항상 무언가의 소리로 가득했던 곳을 떠나 조용한 곳으로 들어서니 귀의 피로가 확 가시는 느낌이었다. 높은 아파트와 빌딩 등, 온갖 높은 곳에 갇혀 혹사당했던 눈의 긴장도 풀렸다. 일층 이상의 어떤 건물도 없는 넓은 들판에 서있으니 저절로 가슴이 시원해졌다. 소리와 조명, 그리고 고도가 주는 폭력에서 벗어나는, 이 쉽지 않은 일이 그곳에서는 자연스럽게 이루어지고 있었다. 산책을 마치고 방에 들어갔다. 이불 밑으로 만져지는 따끈한 구들 방바닥이 그렇게 좋을 수가 없었다. 천정은 낮았고, 방도 작은 편이라 서로의 숨소리를 들으며 잠을 잤다. 아침 일찍 선교장 뒷산의 소나무 숲길을 산책하면서 아들이 여기 다 좋은데 뭔가 하나 빠진 것이 있단다. 뭐냐고 물으니 새벽에 닭 우는 소리란다. 아 참, 그렇지. 수탉이 그 흉내 낼 수 없는 고음으로 아침을 알리면 더 좋았겠다. 솔잎이 떨어져 폭신한 산책로에 내리던 아침 햇살이 싱그러웠다.

일반 한옥이 관광객의 수요에 맞춰 새로 지어진 집이라면, 고택은 몇백 년의 오랜 세월을 견디며 여러 대에 걸쳐 살면서 가꾸어온 집이다. 심장이 뛰는 살아있는 공간이다. 슬픔과 아픔, 기쁨의 세월이 켜켜이 쌓여있는 그곳은 고향 같은 곳이다. 금방이라도 행주치마 입은 어머니가 나를 반겨줄 것 같고, 나는 어느새 순한 아이로 돌아갈 듯하다. 어스름 저녁, 굴뚝에서 연기가 모락모락 피어오르면 밥 짓는 냄새와 함께 느리고 다정한 사투리가 들릴 것 같다. 고택은 이런 정겨운 모습들을 떠올리기 좋은 곳이다.

고택에서는 왠지 시간이 천천히 흐르는 것 같다. 욕심내지 않아도 될 것 같고, 서두르거나 큰소리칠 일도 없을 듯싶다. 나는 무엇보다 고택의 작은 방들이 맘에 든다. 도산서원에서 보았던, 너무도 작아서 초라하게 느껴질 정도의 작은 교실, 작은 학교였지만 그곳에서 가르쳤던 학문의 경지는 심오하고, 선비들의 뜻은 높았다. 고택에서는 뭘 애써 가르치지 않아도 저절로 배워지는 무언가가 꼭 있을 것 같다. 이를테면 염치라든가 겸손, 절제, 후덕함. 이런 것들이 굳이 글로 배우지 않아도 몸으로 저절로 체득될 것 같다. 아이들이라면, '이제부터 효도해야지.'라든가 '착하게 살아야지.' 혹은 '이번 겨울에는 소학을 떼고 말테다.'라는 뜬금없는 결심을 할지도 모를 일이다.

시간이 흐를수록 배운다는 것이 참 어렵다고 느껴진다. 배움에 대한 간절함은 늘 있었던 것 같은데, 그동안 무얼 배웠는지 잘 모르겠다. 겉모습이야 세월의 흔적으로 어쩔 수 없다지만, 속사람은 매일 새롭게 태어나기를 바랐다. 고택의 작은 방에서 잠시 생각해 보았다.

바르게 사는 것이 무엇인지, 어떻게 살아야 어제보다 조금이라도 나은 사람이 될 수 있는지.

2015 선교장. 지붕과 처마, 툇마루와 마당까지 단정하고 정갈하다.

거북이와 함께 춤을, 모모의 시간

　　　　　　향기로운 시간을 만들기 위한 비책으로 가득한 책
이 있다. 미하엘 엔데(1929~1995)의 『모모』라는 책이다. 이 책은 시간
을 돈처럼 아끼며 아등바등 살면서 우리가 정작 놓치고 있는 것들에
대해 돌아보게 한다. 어린 모모는 듣는 일에 남다르다. 아무것도 가진
것이 없는 불쌍한 모모가 뜻밖에도 가장 풍요롭고 특별한 존재가 될
수 있는 것은 바로 듣는 일에 뛰어나기 때문이다. 모모는 이 세상 거의
모든 말에 귀를 기울이고, 청소부 배포와 이야기꾼 기기의 이야기를
좋아한다. 카시오페이아는 느리지만, 무엇이 중요한지 정확히 알고 있
는, 없어서는 안 되는 친구다. 빠른 치타, 힘센 사자, 예쁜 토끼가 아니
고 느려터진 거북이라니. 이 시대에 가장 실패 확률이 높은 거북이를
통해 시간의 문제를 풀어가는 얘기가 놀랍도록 신선하다. 모모를 만
나는 사람은 시계나 달력으로 잴 수 없는 특별한 시간을 만나게 된다.
모모의 시간은 의미와 즐거움, 가치 있는 것으로 가득 차있다. 모모의
시간은 매일 새롭게 피어나는 시간의 꽃들과 새로운 낱말들을 만나면
서 한층 더 아름답고 풍요로워진다.
　지금은 속도의 시대다. 느린 것은 견딜 수 없는 세상이다. 인터넷 속
도도, 신상품 출시도, 심지어는 드라마의 스토리 전개나 게임의 속도도

빨라야 한다. 나같이 매사에 느린 사람은 '속도' 앞에서 맥 못 추는 아날로그 인생이다. 공부도 겨우 했고, 운전도, 컴퓨터도, 뭐든지 겨우겨우 따라가느라 고생이 많았다. 집에서 딱히 하는 일도 없이 항상 시간에 쫓기고 늘 시간이 부족했다. 시간이 어찌나 빠르게 지나가는지 그야말로 내 시간을 누구한테 도둑맞는 기분

1987 옥천. 해먹도 타고 나룻배도 저어보고
톰소여처럼 모험을 하다.

이 들 때가 많다. 늘 어제는 아쉽고, 오늘은 바쁘고, 내일은 걱정이었다. 이따금 세상의 속도를 따라가기가 버겁고, 몸과 마음이 소진된 느낌이 들 때가 있다. 더 좋은 스펙을 쌓기 위해서, 더 많은 것을 소유하기 위해서, 보다 놀라운 성과를 보여주기 위해서, 그야말로 전력 질주해야 하는 세상에 살고 있다. 눈 감으면 코 베어 갈까 봐 잠도 제대로 못 자고, 자기 착취의 시간을 보내기도 한다. 가족들과도 속 깊은 대화를 나눌 시간도, 누구의 안부를 자세히 물을 시간도 없이 모두 얼마나 바쁘게 사는지 시간이 없다는 말을 입에 달고 산다. 속도는 얻었는지 몰라도 잃어버린 것이 많다. 가까스로 차에 오르긴 했는데 중요한 보따리를 깜빡 놓고 온 건 아닌지, 알맹이는 놓치고 껍데기에 목숨 건 것이 아닌지 아차 싶을 때가 있다.

지난여름 내가 사는 동네 개울에 주말이면 아이들이 떼로 나와 노

2020 서판교. 코로나로 학교 대신
집앞 개울가로

는 모습을 자주 볼 수 있었다. 예전에 한 번도 보지 못했던 풍경이다. 기저귀 찬 아기부터 고등학생들까지 연령층도 다양했다. 다슬기나 물고기를 잡느라 정신이 팔려있는 꼬맹이들, 거머리가 있다고 화들짝 놀라는 아이, 개울물에 드러누워 떠내려가는 아이, 아예 물속에 의자를 펴고 동화책을 보는 아이, 애들 핑계 대고 어린애처럼 재미있게 노는 어른까지 볼 수 있었다. 아마 코로나 때문에 학교나 학원도 못 가고, 집에만 있기 답답해서 뛰쳐나온 건지 모르겠다. 노는 아이들이 예년보다 확실히 많아졌다. 코로나가 우리의 시간에 제동을 걸고 간섭하기로 작정한 것 같다.

아이들이 초등학교 2학년, 3학년일 때, 화학 공장을 짓기 위해 현장에 내려간 애들 아빠를 따라 서울에서 서산으로 이사를 해서 꼬박 2년을 살았다. 그때 그곳은 학원도, 놀이터도, 마트도, 그 흔한 중국 음식 배달 집도 없던 시골이었다. 거의 매주 주말마다 아이들과 함께 서산 일대를 쏘다녔다. 해미읍성, 추사 고택, 개심사, 덕산온천, 수덕사, 삼십 분이면 갈 수 있는 학암포, 천리포 바다를 방앗간처럼 드나들었다. 안면도 해변은 썰물 때는 아주 단단해서 자전거 타기가 좋아서 차 뒤에 자전거를 싣고 다녔다. 붉게 노을 지던 해변에서 아이들이 신나게 자전거를 타던 모습은 「시네마 천국」의 한 장면이었다. 그때의 시간 속에는 그리움 말고도 마음 가득 차오르는 충일감과 회복의 에너지가 있다. 우리 부부가 아이들에게 준 최고의 선물은 시골에서 보낸 2년의 시간이었다고 자부한다.

1990 안면도. 일몰의 해변에서 자전거를 타다.
자동차 트렁크 문이 닫히지도 않아 끈으로 묶고 덜커덩 거리며.
아들아 너만 행복하면 그거로 됐다.

현장 근무가 끝나서 분당으로 이사해 살아보니 공기도 다르고, 시간도 다르게 흐르는 듯싶었다. 이곳에서는 계속해서 뭔가를 하지 않으면 왠지 뒤처질 것 같았다. 아이들을 학원에 등록시켰고, 주말에 멀리 교외로 나가는 일은 더는 없었다. 아이들도, 나도 시골 쥐에서 서울 쥐로 변신하느라 기를 썼다. 그러니까 느린 시간에서 빠른 시간으로, 평화로운 세상에서 경쟁이라는 보이지 않는 전쟁의 세상으로 빠르게 적응해 나가야 했다. 사는 곳에 따라, 경험에 따라 시간의 많은 것들이 이렇게 다르구나 느꼈던 때가 그 무렵이었다. 시간의 속도는 물론, 시간의 결도, 시간의 밀도와 색깔도 사람마다 지역마다 다 다르겠다 생각했다.

오하우섬의 하나우마 베이에서 스노클링을 하다가 운 좋게도 거북이를 만난 적이 있다. 수족관에서만 보던 거북이를 바닷물 속에서 직접 보다니 믿기지 않았다. 지금도 생각하면 꿈꾸는 것 같기도 하고, 가슴이 막 부풀어 오르는 그런 느낌인데, 딱히 뭐라고 설명해야 할지 모르겠다. 바닷물 속으로 햇빛이 깊게 일렁이고, 산호초 사이로 알록달록한 물고기들은 휙휙 빠르게 움직이고 있었다. 거북이는 물고기와 달리 사람을 전혀 의식하지 않고 자기만의 속도로 천천히 유영하고 있었다. 나도 거북이를 따라 같은 속도로 춤추듯 함께 움직였다. 거북이를 건드리지 않으려고 조심했지만 이따금 거북이의 등에 내 발이 닿기도 했다. 그때마다 거북이보다 내가 더 놀랐던 것 같다. 믿기 어렵겠지만, 그 뒤로 두 마리가 더 있어서 도합 세 마리와 함께 놀았다. 거반 두 시간 가까이 거북이를 따라다닌 것 같다.

2006 슈니케 플라테. 아빠와 아들의 망중한

거북이와 함께했던 그 시간은 짧았지만, 새롭고도 특별했다. 힘든 시간을 보내고 있던 우리 가족에게 선물 같은 시간이었다. 그냥 재미 있고 신기했던 시간이라기보다 향기롭고 풍요로운 시간이었다. 짧아도 오래 남아 있는 행복의 기억들은 대부분 카이로스의 시간이다. 크로 노스의 시간에서 아주 가끔은 이런 카이로스의 시간을 살고 싶다.

한병철은 『시간의 향기』라는 책에서 우리에게 향기 나는 시간, 시간 혁명이 필요하다고 말한다. 느리게 살기, 또는 머무름의 기술을 통해 서, 사색적인 삶을 통해서 향기 나는 시간을 만들어 낼 수 있다고 말 한다. 모모의 시간은 향기 같은 것, 바람 같은 것, 음악 같은 것이다. 어쩌면 지금 우리에게 가장 절실한 것이 모모의 시간일지도 모른다.

2006 슈니케 플라테. 야생화가 피어있는 알프스 산자락 호젓해서 더욱 좋다.

꽃이 피면 꽃밭에서

내가 둘러본 정원 중에서 다시 가보고 싶은 몇몇 정원이 있다. 좋아하는 사람에게만 알려주고 싶은 그런 곳이다. 맨 먼저 가보고 싶은 곳은 영국의 '코츠월드'다.

영국의 오래된 마을 '코츠월드'는 영국 사람들이 은퇴 후 가장 살고 싶어 하는 곳이라고 한다. 코츠월드의 버튼언더워터와 또 다른 분위기를 가진 바이버리 지방을 둘러보았다. 옥스퍼드 근교에 있는 전원 마을인데, 오래된 주택과 정원을 보면 '와!' 하는 탄성이 저절로 나온다. 아무리 돈이 많고 기술이 좋아도 그런 마을을 재현하기는 쉽지 않을 것 같다. 그곳의 집들은 라임스톤이라는 석회암을 주재료로 써서 대부분 회색 벽돌, 회색 지붕이다. 마을 전체가 통일감과 안정감을 주는 회색 톤의 컬러가 좋았다. 맑은 물이 흐르는 개울가에도 예쁜 꽃들이 지천으로 피어있었다. 집집마다 정원이 어쩌면 그렇게 예쁜지 도저히 눈을 뗄 수가 없었다. 정원에는 덩굴장미, 양귀비, 접시꽃과 같은 다년생 식물이 많았는데, 화원에서 사다 심은 모종이 아니라 추운 겨울을 견디고 여러 해를 살아낸 것들이 대부분이었다. 마을을 천천히 여유를 가지고 보고 싶었다. 그런데 문제는 그 아름다운 마을을, 다시 가기도 힘든 그곳을 거의 뛰다시피 둘러볼 수밖에 없었다는 것이다. 단체 일정에

묶여 내가 보고 싶은 것을 지나쳐야 하는 패키지여행의 한계를 실감하면서 너무 아쉬운 마음에 울고 싶었다. 코츠월드에서 일주일만 살아보는 것이 내 버킷 리스트 가운데 하나다.

2015 코츠월드. 이곳에서 딱 일주일만 살아보고 싶다.

정원에 대한 자부심이라면 프랑스도 영국에 뒤지지 않을 것 같다. 베르사유 궁전에 가봤다. 이른 아침인데도 거울의 방은 사람들로 가득했다. 아름다운 샹들리에, 천장과 벽을 장식하는 수많은 명화, 호화로운 방들과 집기들은 과연 듣던 대로 바로크의 화려함을 원 없이 보여주고 있었다. 프랑스 혁명이 왜 일어났는지가 궁금하다면 루이 14세의 절대 권력을 상징하는 베르사유에 가봐야 한다는 말이 실감이 났다. 메인 정원과 분수들도 하나같이 기가 질리는 느낌이 들 만큼 화려했다. 아무튼, 베르사유의 현란한 아름다움에 어지럽거나 얼이 빠지는 느낌이 들었다면 꼭 '쁘띠 트리아농'에 가야 한다. 시골 같은 그곳에서 더워진 머리를 식혀야 한다. 알랭드 보통의 『영혼의 미술관』이란 책에 이곳의 특별함에 대해 써 놓은 부분을 읽다가 내가 쓴 거랑 너무 비슷해 신기하다고 생각한 적이 있었다. 그곳에는 마리 앙투아네트를 위해 만든 작은 별궁이 있고, 시골 농가를 재현해 놓은 초가집과 과수원, 호수 주위로 꽃들을 볼 수 있는 아름다운 정원이 있다. 초가지붕 위로 쪼르륵 피어 있는 꽃들이 아주 인상적이었다. 사람들이 별로 없어 한적하기까지 하니 이보다 좋을 수가 없다. 하얀 모래가 깔린 산책로를 걷다 보면 프랑스 영화 「마르셀의 여름」이 생각난다.

그곳은 베르사유 궁전의 숨겨진 보물과 같은 곳이다.

2015 코츠월드. 개울가에 핀 빨간꽃과 낭만적인 다리.

2008 지베르니. 비오는 날의 한적한 모네정원

그리고 파리 근교, 지베르니에 있는 모네가 만든 정원도 잊을 수 없다. 모네의 대표작 「수련」이 그려진 곳으로 유명하다. 개인 소유로는 꽤 넓은 정원이다. 개울물이 흐르는 것처럼 수로를 만들고 일본식 다리를 놓고 연못에 수련을 잔뜩 심었다. 집에서 내다보는 정원도, 산책하는 정원도 아름다웠다. 온갖 꽃들이 자연스럽게 어우러져 있는데, 세심하게 설계된 작품을 보는 느낌이 들었다. 운 좋게도 그곳을 두 번 방문했는데, 친구들과 갔던 비 오는 날의 지베르니가 한적해서 더 좋았다. 그곳은 프랑스에서도 일조량이 가장 많은 곳 중 하나라고 한다. 연못의 수면과 수련 잎으로 빗줄기가 떨어지고 있었다. 이상하게 비가 오는데도 흐리지가 않고, 밝고 환한 오후의 햇빛이 참 신기했다. '대기의 투명도'라는 말이 있는데, 그곳의 대기는 거의 만점을 주고 싶을 만큼 투명했다. 지베르니의 정원 가득 피어있는 꽃들과 그곳에 쏟아지던 투명한 햇살의 감촉이 모네의 그림과 함께 떠오른다.

2008 쁘띠트리아농. 지붕위에 쪼로록 심어놓은 꽃들 좀 봐.

유럽에서 보았던 정원과는 또 다른 느낌의 정원을 일본에서 보았다. 교토에 많은 볼거리가 있었는데 이상하게도 정원만 보고 온 것 같다. 특히 모래 정원, 그중에서도 은각사의 모래 정원이 특별했다. 하얀 모래를 산처럼 높게 쌓아놓기도 하고 바닥에는 동그라미나 사선 또는 물결 모양으로 섬세한 이랑을 만들어 기하학적인 문양의 추상화 느낌이 나는 정원이다. 우리나라에선 본 적이 없는 새로운 정원이었다. 이우환 화가의 단색화와 비슷한 느낌을 받았다. 료안지(龍安寺)의 석정도 특별했다. 사찰의 긴 툇마루에서 조용히 내려다보는 정원이다. 유홍준의 『나의 문화유산 답사기 교토 편』 표지에 나와있다. 숲을 배경으로 낮은 담을 두르고 마당에 모래를 깔고 모양도, 크기도 제각각인 작은 바위 느낌이 나는 돌 15개를 드문드문 배치해 놓은, 눈으로 감상하는 정원이다. 단순함과 절제된 아름다움이 있다. 선종의 영향을 받아 수행과 침묵, 사색을 위한 조용한 분위기가 특별하다. 그곳에서 가만히 있다 보면 문득 깨달아지는 돈오의 경지에 이를 수도 있을 것 같다. 섬광처럼 느닷없이 순간의 깨달음을 얻는다면 얼마나 황홀할까? 비 오는 날과 눈 오는 날을 골라서 다시 한 번 가보고 싶다.

오하라의 산젠인(三千院)은 이끼 정원의 진수를 보여주는데, 이끼의 종류도 많을뿐더러 바닥 전체에 빈틈없이 이끼가 깔려있다. 초록색 카펫이 쫙 깔린 것 같은 이끼 정원은 얄미울 정도로 완벽했다. 마침 이끼를 관리하는 것을 볼 수 있었는데 그야말로 장난이 아니었다. 나무 주변이나 바위 주변의 이끼들 속에 자라는 잡풀을 가느다란 송곳 같은 도구로 일일이 뽑아내고 관리하는데 정말 기가 찰 노릇이었다. 아름다움이란 세월이 흐르다 보니 저절로 얻어지는 게 아니라 상당한 수고와 관리를 통해 얻어지는 것인지도 모른다.

끝으로 정원을 얘기할 때 절대로 빠뜨릴 수 없다는 담양의 소쇄원을 얘기하고 싶다. 맑고 깨끗하다는 뜻의 소쇄원(瀟灑園)은 조광조의 제자 양산보(梁山甫, 1503~1557)가 만든 500년도 더 된 정원이다. 일본 정원이 아름답지만 어딘지 숨 막히는 느낌이 든다면, 소쇄원은 소박하면서도 시원하고 넉넉한 느낌이다. 기품이 서려있는 선비의 정원이다. 일본 정원이 어딘가 선생님 같은 느낌이라면, 소쇄원은 내 모습 그대로 받아주고 사랑해 주는 어머니의 느낌이 든다. 소쇄원 안에는 작은 개울이 흐르고 시원한 물소리를 들을 수 있는 계곡과 사랑방 역할을 했던 광풍각(光風閣)과 독서당에 해당하는 제월당(霽月堂)이 있다.

소쇄원은 스토리가 있는 정원이다. 스승 조광조(趙光祖, 1482~1519)가 기묘사화로 사약을 받고 절명하는 것을 지켜본 양산보가 벼슬에 환멸을 느껴 귀향하여 평생을 선비로 살면서 만든 정원이다. 양산보는 선비가 가장 불리고 싶어 했던 '처사(處士)'라는 호칭을 갖게 된다. 소쇄원 건축의 백미는 다섯 구비 계곡을 뜻하는 '오곡문(五曲門)'이라고 한다. 보통 개울이 있으면 징검다리, 돌다리를 놓는 데 반해서 오곡문은 개울 가운데 석축을 쌓고 돌담을 둘러 담 밑으로 흐르는 냇물을 볼 수 있어 특별하다.

소쇄원에서 내가 제일 특별하게 기억하는 곳은 애양단(愛陽壇)이다. 겨울에도 따뜻한 햇볕이 든다는 애양단에는, 송시열이 썼다고 전하는 '소쇄처사 양공지려(瀟灑處士 梁公之廬)' 소쇄처사 양공의 조촐한 집이라는 아주 멋지고 큰 글자가 담벼락에 옆으로 길게 쓰여있다. 글귀가 예사롭지 않다. 흙으로 만든 담벼락에 어떻게 그런 걸 써넣을 생각을 했을까 궁금하다. 한자를 잘 모르는 내 눈에는 그것이 마치 시처럼, 혹은 그림처럼 멋지게 보였다. 그곳에 가면 맨 먼저 '소쇄처사 양공지려'라는 글자를 다시 보고 싶다. 그리고 제월당에서 달구경하고 광풍각에서 바람 소리, 물소리, 바람 불 때 부딪치는 서늘한 댓잎 소리를 듣고 싶다. 매화를 볼 수 있다면 좋겠지만, 설사 못 본다 해도 소쇄원은 그냥 그대로 아름답다.

할 수만 있다면 세상의 온갖 정원을 구경하고 싶다. "꽃이 피면 꽃밭에서 아주 살았죠."라는 동요 가사처럼 하루 진종일 꽃만 들여다보면서 살고 싶은 때가 있다.

스토리는 힘이 세다

트로이는 세상에서 가장 오래된 이야기, 호메로스의 「일리아드」라는 전설 같은 스토리가 있는 땅이다. 하인리히 슐리만 (1822~1890)이라는 사람이 없었다면, 그리고 그가 어릴 적 아버지가 들려주던 그 얘기를 그냥 재미있는 얘기로만 들었다면 아마 오늘의 트로이는 없었을 것이다. 하인리히 슐리만은 아버지로부터 되풀이해 들었던 이야기를 가슴속에 간직했다가 기어코 트로이를 찾아가 그의 재산과 인생을 걸고 발굴 작업을 하여 지금의 트로이를 찾아냈다. 고고역사상 가장 위대한 발굴 중 하나라고 한다.

터키 바닷가에 있는 '트로이'는, 유네스코문화유산으로 등재되었음에도 막상 볼 게 없어 실망했다는 말을 들은 적이 있다. 트로이가 얼마나 나를 실망시킬지 궁금했다. 볼 게 없더라는 말은 과연 참말이었다. 유적지 발굴로 드러난 집터와 성벽의 일부, 최근에 만들어 세운 것이 역력히 티가 나는 목마 상이 전부였다. 과거의 영광을 생생하게 보여준 '에베소'의 화려한 유적지를 본 다음 날이어서 그런지 트로이는 더욱 초라했다. 하지만 트로이는 멋진 유적을 보러 가는 곳이 아니다. 삶이 스토리가 되고 다시 역사가 된 것을 보여주는 그곳에서 아가멤논, 헬

레네, 프리아모스, 헥토르, 아킬레우스, 오디세우스를 만나야 하는 곳이다. 그들의 사랑과 질투, 전쟁의 이야기를 만나러 가는 곳이다. 인간은 왜 이토록 여전히 고통스럽고 슬픈지, 수천 년이 지나도록 지금까지 하나도 달라지지 않는지, 아픈 질문을 던져야 하는 곳이다. 폐허가 된 유적지 곳곳에 빨간 양귀비가 피어있었다.

2016 트로이. 폐허 속에서도 이야기는 살아 남아…

2016년 5월, 잉글랜드 축구의 만년 꼴찌 팀이었던 레스터시티가 프리미어 리그 우승을 했다. 불가능한 일이었고, 두 번 다시 일어날 리 없는 일이라고 한다. 첼시, 맨유 정도는 들어봤다. 하지만… 레스터시티? 처음 듣는 이름이다. 이름 없는 가난한 팀이 창단 132년 만에 처음 1부 리그에 진출한 것만도 대단한데, 우승팀이 되었다. 천문학적인 몸값의 선수들로 구성된 슈퍼 명문 팀을 레스터시티가 이길 확률은 제로에 가까운 0.02%라고 했다. 레스터시티 Best 11 선수들 연봉의 합이 손흥민 선수의 이적료와 맞먹는다고 한다. 레스터시티의 우승은 도저히 이길 수 없는 싸움에서 얻은 기적이다. 감독의 리더십, 선수들의 열정, 다른 팀의 악재. 이런 것들로 기적을 설명하기엔 아무래도 부족하다.

2012년 레스터시티의 어느 주차장에서 리처드 3세(1452~1485)의 시신이 발굴됐다. 리처드 3세는 요크 왕조의 마지막 왕으로 셰익스피어 작품의 주인공이기도 하다. 장미전쟁의 마지막 결전지에서 장렬히 전사했다고 하지만, 시신을 수습하지 못해 어디 묻혔는지 몰랐다. 발굴된 유골이 2015년 3월, DNA 일치 여부를 거쳐 리처드의 시신이 틀림없다고 밝혀졌다. 레스터시티 사람들은 리처드 왕의 유골이 묻힌 곳이 자기들의 고향이었다는 사실에 흥분했을 것이다. 리처드 왕의 성대한 장례식이 530년 만에 치러졌고, 레스터시티에 안장됐다. 기적의 시작은 그 무렵부터였다. 레스터시티 도시 전체가 설명하기 힘든 자신감으로 가득했고, 선수들 역시 경기력만으로 설명할 수 없는 뭔가가 있었다. 맥락도 없고, 근거도 없는 얘기라고 할지 모르겠다. 리처드의 이야기는 선수들 가슴에 불을 지펴 불가능한 꿈을 꾸도록 만들었고, 고향에 대한 자긍심과 새로운 에너지를 만들어 낸 것은 아닐까 싶다. 아무것도 아닐 것 같은 스토리가 골리앗과 같은 거대 자본을 쓰러트린 다윗의 물맷돌, 기적의 씨앗이 된 것이 아닐까 추측해 본다.

스토리는 힘이 세다. 사람을 끌어모으고, 부를 창출하고, 변화와 기적을 만들기도 한다. 그 속에서 수많은 경험과 살아있는 캐릭터를 만날 수 있고, 소중한 가치를 발견할 수 있다. 무엇보다 꿈을 꾸게 하고 상상력을 갖게 하는 점에서 스토리 말고 다른 무엇이 있을까 싶다. 트로이 전쟁은 끝났지만 「일리아드」라는 스토리는 이천 년을 훨씬 지난 세월 동안 사람들에게 읽혀왔고, 지금도 스토리의 현장으로 많은 사람을 끌어모으고 있다.

영국은 신사의 나라, 해가 지지 않는 나라, 산업혁명이 시작된 나라, 브렉시트(Brexit)로 EU를 탈퇴한 나라다. 셰익스피어의 나라이며 브론트 자매, 셜록 홈즈, 『나니아 연대기』의 C.S 루이스, 『반지의 제왕』의 J.R.R 톨킨, 『해리 포터』의 조앤 롤링의 나라다. 영국을 한마디로 말하라면 나는 '스토리 텔링의 나라'라고 말하고 싶다. 셰익스피어를 인도와도 바꾸지 않겠다는 그 말이 어쩌면 허풍이 아닐지도 모른다. 셰익스피어와 영국의 전성기가 일치하는 것도 그냥 우연이 아닌 듯하다. 스토리의 힘이 국력과 무관하지 않음을 말해주는 것이 아닐까?

『해리 포터』는 소설과 영화를 통해 300조 원에 달하는 경제 효과를 만들어냈다. 갖가지 장난감과 놀이기구 등으로 끝없이 파생되고 있으며, 흥행은 아직도 진행 중이다. 「타이타닉」과 「아바타」의 흥행 수입도 수조 원에 달한다고 한다. 자동차 만드는 것보다 스토리를 만드는 것이 더 괜찮은 사업이 될 수도 있다는 말이다. 스토리가 자본을 이길 수도 있다는 말이 황당하기만 한 건 아닌가 보다. 우리도 세계를 놀라게 할 스토리 강국이 되면 좋겠다. K-pop, K-드라마, K-클래식에 이어서 셰익스피어와 조앤 롤링과 같은 작가의 나라, 스토리텔링의 코리

아가 된다면 더욱 멋질 것 같다.

한때 재미있게 보았던『미스터 트로트』,『싱어게인』,『팬텀싱어』의 뜨는 스타들을 보면 간절함이나 실력은 기본이고, 자기들만의 이야기가 있다. 별이 되려면 스토리가 하나쯤은 있어야 한다. 각자가 겪어낸 좌절과 방황, 아픔이나 절망에 관한 이야기를 꺼내놓아야 한다. 아무도 알아주지 않는 마이너에서 메이저로 가기까지 어떤 눈물겨운 노력을 했는지에 대한 이야기에 팬들은 감격하고 열광한다.

2014 보스니아 모스타르.
스타리모스트라는 이 아름다운 다리가 보스니아 내전 때 파괴 되었다가 복원되었다.
전쟁이 아닌 평화와 사랑에 대한 이야기가 있는 그곳이 되기를.

그러나 우리에게는 너무 훌륭하고 뛰어난 다른 사람의 이야기만이 아니라 모래알처럼 작지만 소중한 나의 이야기도, 풀처럼 이름 없는 우리들의 이야기도 필요하다. 진짜 스토리는 각자의 인생 이야기이다. 서말이 넘는 인생의 구슬들을 어떻게 꿰어서 어떤 스토리를 만들 것인가? 이제는 내가 만든 나의 이야기를 들려줄 차례다.

2015 스트렛포드. 셰익스피어 생가의 월북(wallbook)
내 인생의 월북에는 어떤 이야기가 들어갈까...

추천의 글

'송인자'라는 책의 페이지를 열어 보세요

꽤 오래전에 '사람 책 프로젝트'라면서 인터뷰 요청을 받았을 때 '사람 책'이라는 단어의 신선함과 통찰력에 놀랐던 기억이 있습니다. 사람이 내게 온다는 것은 하나의 우주가 오는 거라는 시인의 말처럼 한 사람이 살아온 이야기는 정말 한 권의 책 이상이고, 그 무게와 크기는 엄청나니까요.

오로지 대학입시 성적을 올리기 위한 경쟁으로 내몰리던 고등학교 1학년 교실에서 처음 만난 송인자 선생님은 숨 막히던 그 시간을 견딜 수 있게 해준 분이었습니다. 졸업 이후 제가 삶의 파도 속을 통과하면서 끊어졌다 이어졌다 40년 넘는 만남 속에서 때론 언니 같고 친정엄마 같기도 한 저의 베프가 되어주셨습니다.

선생님은 사랑이 흘러넘치는 분입니다. 사랑을 표현하는데 늘 서투른 저는 선생님의 밝고 따뜻한 무한긍정의 모습이 부럽기도 신기하기도 했습니다. 어머니께 충분히 사랑받았던 어린 시절이 그 원천이기도 하지만, 그 이상의 사랑 능력치를 가지고 태어난 분 같습니다. 사진 찍기를 싫어하는 저를 향해 틈만 나면 셔터를 누르시는 선생님 덕분에 인생 사진을 여러 장 가지게 되었습니다. 피사체에 대한 애정과 관심으로 빛나는 순간을 포착한 사진이 태어나듯이 선생님은 주변 모든 사람들을 특별한 존재로 만들어주는 분입니다.

 작은 풀꽃 하나에도 감탄하고, 책의 한 구절, 영화의 한 장면에 감동하고, 또 그 감동을 나누고 싶어 하고, 호기심은 또 얼마나 많으신지! 소박한 욕망을 애써 감추려 하지 않고 내보이는 솔직함, 때로 무모해 보이는 도전을 할 수 있는 용기, 세월이 흘러도 딱딱해지지 않고 어린아이처럼 말랑한 감성, 이 모두를 간직한 선생님을 보면서 나도 이렇게 나이 들어야지 매번 다짐합니다.

 이 책에서 저자는 어머니를 비롯해서 많은 읽혀지지 않은 사람들의 이야기를 풀어냅니다. 모든 내용이 흥미진진했지만 저자 자신의 이야기가 제일 재미있었습니다. 잘 알고 있다 생각했던 선생님의 또 다른 모습을 발견하며 놀라기도 했고, 선생님이라는 책의 읽지 않았던 페이지들까지 마저 읽게 된 기쁨도 누렸습니다.

 어린왕자와 꽃과 시를 사랑하고, 기타 치며 노래하기, 영화 보기, 사진찍기를 좋아하는 저자, 할머니가 된 빨간머리 앤이 꼭 이런 모습일 것 같습니다. 한없이 귀엽고 사랑스러운 우리 송인자 선생님을 독자 여러분들도 만날 수 있게 된 것을 진심으로 축하드립니다.

윤영주 교수(부산대 한의학전문대학원), 『한의학탐사여행』 저자

산문문학의 영원한 베스트셀러 3대 요소는 유익하고 재미있고 따뜻한 것이다. 유익함은 정보와 새로움이고, 재미는 신기함과 오락성이며, 따뜻함은 인간미 넘치는 휴먼 정신이다. 앞의 두 가지는 학습과 수련으로 단기간에도 발전할 수 있지만 마지막의 인간미는 단련만으로는 이룩하기 어려운 인격과 품성의 총체이다. 이 세 가지를 다 갖추고 있다면 더 따질 게 없다.

송인자 님의 글이 여기에 해당된다. 현대인이 갖춰야 할 인간적인 품성과 결부시켜 내는 예지와 분석과 유추의 문학적 상상력이 뛰어나다. 여기서 그치지 않고 작가는 곧바로 이런 논리적인 연장선으로 자신을 내성하는 산문문학의 본령으로 회귀한 점 또한 경이롭다.

임헌영 문학평론가, 『유럽문학기행』 저자

그녀의 글은 봄날의 햇살처럼 따사롭고, 연못 위의 수련처럼 우아하다. 오랜 세월 '나만의 책을 낼 수 있다면'이라는 소중한 꿈을 안고 달려온 그녀의 글을 읽고 있으면, 우리가 살아온 모든 순간들이 때로는 아팠지만 끝내는 찬란하다는 것을 깨닫게 된다. 때로는 지금의 일상이 너무 힘겹고 외로울지라도, 그녀의 문장 하나하나가 이끌어주는 '인생의 나침반'을 따라 걸어가면 문득 외롭지 않으리라.

정여울 작가, 『끝까지 쓰는 용기』·『비로소 내 마음의 적정온도를 찾다』 저자

책방을 열고 얼마 지나지 않았을 때 얌전하고 어진 인상의 부인 한 분이 오셔서 C기획의 ○○○ 을 아느냐 물으셨다. 호감을 갖고 있던 전 직장의 후배였는데 그 친구의 어머니였다. 문향이 느껴져 글 쓰시는 분인가 했는데 실은 제자의 권유로 새로이 글을 쓰기 시작했고 올 여름, 저자가 되셨다.

글은 저자, 송인자 선생님 마냥 따뜻하고 그윽하다. '백만송이 장미' 라는 노래의 가사에서 사랑을 받기보다 주고 오라는 의미에 천착하고, 사랑하는 사람이 곁을 떠나면 이름을 불러줄 이도 줄어든다는 문장까지 저자의 글은 깊고 다정하다. 그 어느 때보다 위로가 필요한 세상이지만 제대로 위로하고 위로받는 게 점점 어려워지는 시절, 이 책 자체가 커다란 위로로 다가온다.

최인아 대표(최인아책방)

<시간의 다락, 읽히지 않는 책들에게>을 읽으면 저자의 목소리와 시선이 놀랍도록 섬세하고 다정하다. 일상의 그 자리로 돌아가 나와 주변을 찬찬히 다시 바라보게 한다. 들려주는 이야기들이 어쩜 그리 따뜻한지 울다 지친 아이가 듣는 엄마 자장가와 같이 위로가 된다. 송인자 선생님의 첫 수업을 듣고 가슴이 뛰었던 기억이 아직도 생생하다. 수업시간 마다 깊은 산속 옹달샘을 다녀오는 느낌이었다. 이 책에는 영혼 사랑이 스며있어 사랑의 묘약 같은 치유력이 느껴진다. 실제 삶에서 만났던 선생님의 환대가 세상을 향한 언어로 연주되어 한없이 감사하다. 고통의 정점에 선 소외된 내담자들, <읽히지 않는 책>들의 주인공들에게 꼭 권해주고 싶다.

유성경 교수(이화여대 심리학과)

감사의 글

나는 사랑을 많이 받은 사람입니다. 갚을 길이 없는 사랑을 받았습니다.
정말 복이 많은 사람이구나 싶습니다. 고마운 사람들에게 부족한 글로
오래 벼르던 감사의 인사를 대신할까 합니다.

이 책이 나오도록 아낌없는 격려와 응원을 쏟아준 윤영주, 정여울 작가
님께 감사를 전합니다. 유성경, 신경화, 예일여고에서 만난 친구들에게 감
사 합니다. 내 인생에 함께해 준 소중한 형제들과 친구들에게 감사합니다.
사랑하는 아들 성현과 딸 유진, 예쁜 며느리 정민이와 멋진 사위 승주
에게, 내 사랑 본희와 하민에게 사랑을 전합니다.
나에게 사랑을 가르쳐준 어머니와 하나님을 알게 해준 남편 조충연 님에게
그리움을 담아 감사와 사랑의 인사를 드립니다.
끝으로 허름한 나의 다락에 특별한 애정을 갖고 찾아주신 한분 한분께
깊은 감사를 드립니다.

송인자 올림.

시간의 다락
읽히지 않는 책들에게

펴 낸 날　2022년 10월 12일
2쇄 펴낸 날　2022년 12월 2일

지 은 이　송인자
펴 낸 이　이기성
편집팀장　이윤숙
기획편집　이지희, 윤가영, 서해주
표지디자인　이지희
책임마케팅　강보현, 김성욱
펴 낸 곳　도서출판 생각나눔
출판등록　제 2018-000288호
주　　소　서울 잔다리로7안길 22, 태성빌딩 3층
전　　화　02-325-5100
팩　　스　02-325-5101
홈페이지　www.생각나눔.kr
이 메 일　bookmain@think-book.com

• 책값은 표지 뒷면에 표기되어 있습니다.
  ISBN 979-11-7048-450-9(03810)

* 이 책은 경기문화재단의 창작지원을 받아 발간되었습니다.